Jürgen Grambow
und Wolfgang Müns

Pommern

Ein Lesebuch II

Blag-Öschen un
spökende Buern

POMMERN

Ein Lesebuch II

Jürgen Grambow
und Wolfgang Müns

HINSTORFF

Herausgeber und Verlag danken Sabine Curio, die uns
ihr Gemälde „Kuhherde am Haff", Öl 1989, für den Schutzumschlag
zur Verfügung stellte.

Bibliographische Information Der Deutschen Bibliothek
Die Deutsche Bibliothek verzeichnet diese Publikation in der Deutschen
Nationalbibliographie, detaillierte bibliographische Daten sind im Internet
über http://dnb.ddb.de abrufbar.

Lagerstraße 7, 18055 Rostock
Tel. 03 81 / 49 69 - 0
Internet: http://www.hinstorff.de

1. Auflage 2003

Herstellung: Hinstorff Verlag, GmbH
Druck und Bindung: Ebner & Spiegel, Ulm
Printed in Germany
ISBN 3-356-01012-3

Inhaltsverzeichnis

Die mit einem * versehenen Überschriften stammen von den Herausgebern.

Zieht ein Unwetter herauf, so sagt man: „Dor treckt wat up“, oder: „Minsch, dat givt einen stiefen Nurnurwest“, oder: „Hoal dat Boot rin. Hei fingt an tau weigen.“

Hans Werner Richter

Wecker Farw mi von all de leewst deit wesen? De blage! Blag is de Heben un blag schemert das Og’ von min Dirn. Kik tom Heben ik rup, is ’t mi, as seg’ ik ehr Ogen, Seh ik in ’t Og’ ehr, so strahlt leeflich de Heben mi an.

Albert Schwarz

Fritz Dittmer

Von den Pommerschen Käkenzeddel

Wenn taum Harwst dat fett Vierteljohr losgeiht, wenn ein Murd üm den annern in Swin- un Gaus'stall bigahn ward – Junge di, wecker müсht denn woll nich Bur sin? Giwwt dat in'n Sommer, wenn de Bur awends paddendot un hunnenmäud nah Hus kümmt, meist Pölltüffen un Hiring un 'ne Schöttel Dickmelk – in n' Harwst ward dat all wedder gaud makt, wat äwer 'n Sommer de Arbeit von de Ribben tehrt hett.

De Gäus' sünd jo meist tau'm Braden väl tau fett, un dat is jo man üm dat beten Gaus'smolt un dat beten Swartsur. Wenn dei Gäus' slach-t't warden, wur manche Dirn hett all 'ne Tachtel bi't Blautrühren kregen. Wenn dat nich richtig linksch herüm rührt ward, denn ward dat dick. Je, dat Swartsur! Wenn sick dor Mudder noch up Wickelfäut versteiht!! Dor kann sick ein so dick an freten, dat ein sick vier Wochen nich rögen mag.

So'n Hauhn is ok grad' nich tau verachten; dat heit, up den Mann möt en Vagel kamen. Un denn Klüt orre Klümp ut rein Weitenmehl in dei Supp', de vör luter Fett quittengäl utsüht. Dat is wat anners as witten Krischo, de uns in de Hungertiden mihr as tau oft unner de Firma „Weichkäse“ up den Disch begägent is.

Na, ick segg! Dick Arwten un Swinsnuten un Poten – wenn't in'n Winter so recht kolt is, wecker dor nich sin Vadderuns' girn vörweg bäden deiht, is nich wirt, dat hei Pommer heit.

Mit den Kohl, jä, dat is ok so 'n eigen Ding. Den roden Kohl kann einer tau Not tau Gaus'braden oder son'n recht fetten Swinbraden dalwörgen. De Gräunkohl hengegen is en Gericht för sick.

Hei smeckt irst, wenn hei den irsten scharpen Frost äwer sick hett ergahn laten. Un denn nich tau mager, in rein Swinsmolt kakt un up den Mann 'ne halwe Uehl armdicke Lungwust.

Äwerhaupt all dat beten Wust, wat üm disse Tid tau Ruum kümmt. Dat kann einer tau Not ahn Brot äten. Dat heit, ümmer ok nich. Dat kümmt jo öfter anners, as mit de seel' Frau, un so güng dat oll Bur Brümmern in Poggenpauhl:

Brümmer hadd so'n Swin von vier Zentner inslacht. As nahsten de irste Wust mit de irste Spickgaus (de ok nich tau verachten is) ut den Rook keem, seeten all, Knechts un Dirns un kaugten, as wenn sei up

Nadeln kaugten. Brümmer dacht: Man jo nicks marken laten. Hei hadd de Käksch bi't Wustmaken taukäken un in den säuten Vörsmack de Käksch enen Säuten updrücken wullt. Man de hadd em 'ne Tachtel gewen, un Brümmer was trügg zupft, hadd äwer bi de Gelägenheit dat heil Liespund span'schen Päper, wat up den Disch stünn, in den Wustdeig stött.

Brümmern argerte dat nu, dat de annern nicks äten wullen. ‚Man jo nicks marken laten!' Hei fratt in de Wust; dat em sweit'te un säd: „Smeck du, as du wilst, ick weit, wat du freten hest."

Otto Wobbe

Von'n pommerschen Döst

Dat dei richtigen Pommern von öllers her en utverschamten Döst hatt hemm, is bekannt un dörch männig olle Urkunn'n bewäsen. Un väle olle Läuschen giwwt dat, de von desen allmächtigen Döst vertellen.

Lat jug mal een dorvon updischen:

Dat is all en poor hunnert Johr her, don wir von Hamborg ut en grot Kopmannsschipp nah Amerika ünnerwägens, un up dit Schipp wir uck 'n Matros', de ut Pommern stammen ded un en richtigen pommerschen Döst har.

Up de Reis' güng dat nu ganz schön, bet sei nah de Azoren-Inseln rankemen. Dor kreg sei äwerst en bannigen Storm to faten, un dat Unwäder würd so dull, dat sei all glöwten, nu wir't Matthäi an'n letzten, un dat Schipp müßt' mit Mann un Mus afsupen. De ganze Mannschaft makt sick för den Unnergang parat. Weck füngen an to bäden, weck besöpen sick as de Schwien, un weck seten stumpsinnig dor un leten allens äwer sick ergahn.

Man blos uns' Pommer blew sihr pomadig. As dat em äwerst doch dücht', dat nu woll glieks allens koppheister gahn würd, güng hei bi un kniewelt sick en origen Knast von sin Brot af, streugt dor fingerdick Solt up un fritt dat up.

Aewerst dat kem anners as mit de sel' Fru. De Storm güng äbenso fix vörbi, as hei kamen was, un as dat nu wedder klor würd un de See sick läd't, don markten sei, dat sei bet nah de Insel Madeira up'n Kurs kamen wirn, un wil dat sei allerhand Hawarie in de Takelasch un uck sünst Schaden harn, lepen sei de Habenstadt Funchal för Nothaben an.

As de Geister sick nu en bäten beruhigt harn, frögen sei all unsen Pommern, worüm dat hei so geruhig bläben wir, un worüm dat hei dat Brot mit so väl Solt upfräten har.

„Je“, säd hei, „dor wir jo gor keen Gefohr nich bi! Ick dacht’ so bi mi: Wenn dat Schipp koppheister geiht, denn süppst du de lütt Waschschöttel von Ozean fixing leddig, un denn sitten wi all schön in’n Drögen, denn ick har just en bannigen Döst!“

„Den hest du ümmer!“ rep een von sin Maaten.

„Dor dank du den leiwen Gott för, denn min Döst har jug’ Rettung wesen künnt!“, säd de Pommer, „na, as ick nu äwerst an de hogen Bülgen seg, dat doch en groten Barg Water in’n Ozean in is, dacht ick so, ick müßt minen Döst mit Solt man noch en beten scharper maken, süs wir’ck am Enn noch to fräuh satt worden. Na, un nu möt ick fix an Land un min Döst löschen!“

Dat hett uck gor nich lang duert, don har hei den ganzen Madeira-Wien, de up de Insel man jichtens up Lager wier, utsapen, un de Insulaners müßten bet to de nesten Aust Water supen. Un dorüm sünd se bet up den hütigen Dag fünsch up de Pommern. Wenn nu mal een von min’ Landslüd nah Madeira führt, denn rad ick em, dat hei sick dor as Gripswoller orre as Stralsunner orre as Anklamit orre so vörstellen deit, äwer man blots nich as Pommer, denn denn flüggt hei wedder rut, orre sei laten em gor nich irst rinner.

Korl Adam

Väl Grips un wenig Grütz

As de Walwief schreg

Wenn Ji glöwen dauht, dat unse Stadt von so ’ne Lüd ehren Namen het, dei veel Grips un wenig Grütt in den Kopp hebben, so kettelt uns dat twors bannig; äwer Ji hewt doch dormit in den Nettel leggt. Dei Nam kümmt von einen groten Busch, dei von dei Ostsee in eine Tur bet nah Gütschow ran güng. Un in den Busch seet en Undiert von Vagel, dei sick Vagel Gryp schimpen ded.

Gripswold würd tauirst as Dörp anleggt von flietige Mönke ut dat Cistercienserkloster Hilda, süs Eldena, an en drages Fleet, dat de Ryck ore de Reke benäumt würd; wieldat hei sick ganz liesing von grimmsch Boltenhagen bet in den Gripswolder Bodden räkeln ded, un dat grad up dat Flag, wo nurdwarts hard an den Ryck rieke Soltquellen tenst legen. Irst in dat Johr 1250 würd ut dat Dörp 'ne Stadt makt, dei mit alle mägligen Rechtigheiten un dunn uck bal mit dat lübsche Recht bepackt würd. Dei Stadt würd ficksing upbugt: Von 1250 bet 1290 wiren dei Straten, dei drei Kirchen, twei Klosters, twei Spitals, dat Raadhus – wat uck als Koophus gelden ded – un dei Muren mit alle Törm un Puurten farig bugt. Dei groten Hüser wiren halwe un ganze Arven, dei lütten würden „Boden" geheiten. Ich sprek dat „Bauden" ut. Doa gaw dat Eckhüser (orthus) un Dwaslingshüser (dwerhus). All in dat Johr 1242 hadden sick dei grisen Franziskaners in den Urd fastset't, un 1254 leten sick uck dei Swartröck von Dominikaners dor dal. Ansiedlers kemen in dei Stadt un in dei ümliggende Gegend, wo dat jichtens nich tau suppig wir, ut alle mägligen Länner, meist äwer von den Rhein her un ut Westphalen, von Magdeborg un uck rechtsch un linksch von dei Waterkant her. So kem dat denn, dat dor en groten Handel entstünn.

All 1262 nam König Hakon V. von Nurwegen dei Gripswolders in sienen Schutz un leet en in siene Stadt Bergen köpen un verköpen, wat sei Lust hadden. So kem dat ganz von sülwst, dat in Gripswold 'ne Bergenfohrer-Kumpanie entstünn. Sei hadd in dei Marienkirch ehre eigene Kapell mit en Altor, wo dei Seelenmessen lesen würden tau dei katholsche Tied. Ehr Siegel was en gekrönten Stockfisch von wegen den Fischhandel ut Bergen. Wiel dat sei unnerwegs up dei Insel Bornholm Statschon maken künn, wo sei en eigen Handelshus un 'ne eig'ne Kapell hadd, würd sei uck dei Bornholmsche Bräureschop benäumt.

Wi besitten noch hüt 'ne richt'ge Toll-Rull von Gripswold ut dat Johr 1275. Uter Kurn dörfte keine Handelswor ut dat Land herute, dei nich in Gripswold tau Verkop utstellt west wir. Un dei Toll hierup würd von dei Stadt Gripswold bört.

Mit Lübeck gaw dat en bedriewligen Handel. Uck in politische Bündnisse leet sick dei Stadt tiedig in, tauirst wol Juni 1283 in'n Landfredens-Bündnis tau Rostock wedder dei Markgraven von Bramborg. Von dunn an wiren Stralsund un Gripswold in Pamern ümme vörweg.

Mit grote Rieke as mit Dänemark stünnen sei sick tauirst sihr gaud. Un ehr Handel makte en riek.

Von dei ollen Kunst- und Bu-Denkmälers is in dei Stadt veel erhollen bleewen. In dei Marienkirch sünd wol mihre Bomben inmuert worden as Andenken an dei letzte Bescheitung. Oewer dat schönste an ehr is erhollen bleewen. As dat Anseihnligste an dit Hilligdom schätz ick den breiden, steigeln Gewel na Osten tau hinner den Altor. In dei protestantische Tied sünd noch weck Denkmäler tau dei veelen ollen hentau kamen. In dei Torm-Vörhall würd en groten Walfisch mit geele Farw an dei Wand malt, dei upstunns noch tau seihn is. Hei het 'ne spaßigrührsame Vorgeschicht. Un Bartelmeeus Sastrow het sei vertellt, un Kunstorialraad Mohnike het all siene Vertellungen vör 82 Johren in Druck rute gewen. Also in den März-Maand 1545 drew sick vör den Haven von Wieck – bei Rector magnivicus Oeder, wieldat hei klassisch upfödd wier, säd dunn Piraeus von Gripswold dorför – en Hei-Kirl von Walfisch rümme, dei in dei Länge siene 25 Schauh hadd. As hei dor nu up lütte Fisch jagen ded, leep hei in sied Water up 'ne Bänk up un kunn von 'lein nich wedder runne kamen. Dei Sei, wat sien Wiew is, wil em Hülpe plegen un blöst em grugligen veel Spritzwater ut dat Muul up dat Liew, üm em wedder in dat Foorwater trög tau blasen un so flott tau maken. Dorbie schriggt un weimert dat Kretur äwer so unminschlig, dat dei Wieckschen Schippers un Fischers nah dei Havenung tauhoop lopen kamen un den Hei mit Harpuns un Hakens un Reips up dat Land sleept kriegen.

Von grote Wirigkeit is in Sünt Marien dei Kanzel. Eikenholt tum Drögen würd in dat Johr 1581 dortau anfoort. Drei Johr, von 1585 bet 1587, het en Kunstdischer tau dei Udsmückung von dei Kanzel brukt un 2400 Daler Gold dorför kreegen. In dit Verhölnis sünd uck dei Arbeiden von dei Malers an desen Bu betalt worden. Dei Kanzel is in den Wedderburdsstil hollen, wurbei mang dat düstere Eikenholt helleres Holt so as Ahurn inleggt is, üm dei Köpp un dei Lidmaten dortaustellen. An dat Holt is brennt un dahn, üm dei Schattenrisse rute tau bringen. Uck Nätboomholt is mang nahmen, üm Kräns' un wat weit ick all vör Ornamenten uptaudregen. Unner dei Apostels, dei ut schieres Holt haugt sünd, stahn dei Wapens von dei drei Karkenprofisers, dei in dat Johr 1587 dat Amt führen deden. Sülwerne Poppen hebben sei uck in dei Kirch up dei verled'nen päwstligen Altors hat. Wer weit, wo dei awblewen sünd! Dei sülwernen Figuren von dei twölf Apostels sünd ut Nood in dat Johr 1646 in Stralsund verköfft, üm dat leidige Geld vör dei Unnerhollung von dat Hilligdoom uptaudriewen.

An dei schöne Domkark sünd dei fürigen Kugeln von den groten Kurförsten vörbieflagen, wol mit Wilen. Wenn du in Sünt Niklas treden deihst, verfiehrst du di woll äwer dei langen witten Wänd'. Aewer denn kickst du mit eins an dei langen ranken Pilers tauhöcht un di ward tau Maud, as wenn dei Reis' nah dei Ewigkeit losgahn süll, un du wardst ümme lütter, un dei Dom wasst in dei Ewigkeit. Un an den Kopp von dei Pilers is en Smuck so zoart, as wenn dei Hogwald in'n Rauriep steit. An den Altor-Ruum mötst du äwer neeg ranne gahn, denn dei Ranken an dei Muer sünd baben so fien as Iisblaumen an't Finster. Schöne Biller sünd hia erhollen bleewen, tum Biespil dat grote Rubenowische Bild, wat up fiev eikene Bred' malt is. Sülwst von dei allersworste Tied het Herr Professer Pyl schrewen: „Es ist bemerkenswert, daß mehrere Monumente aus der Periode des 30j. Krieges (1639–48) einen Reichtum plastischer Kunst enthalten, welcher mit den Bedrängnissen jener Zeit in lebhaftem Widerspruche steht."

Dei Gräwnisse von dei Wolmägenden wiren dunn noch in dei Kirchen. Un wer sick dor inköpen wull, dei müßt' en schönen Büdel vull Geld hebben. Uck frömde Offiziers leegen in Sünt Niklas begrawen, so Hövdmann Dober von't Hertzfeldsche Regiment siet den 24. Juli 1629 un ein Kornett von't Regiment Sparre Johann Balke, Arwherr up Balkenhusen, siet den 19. Juni 1628. För dit Graw sünd up blot 16 Johr „up Liewgeding un Verwesung" 100 Mark betalt: „Stein und grebteniß reifft der Kirchen." För dat arwlige Gräwnis von 'ne adlige Fru Bonow'sche sünd den 3. Mai 1608 tweihunnert Mark utbedungen.

Bie Gelegenheit von dat Gräwnis von den pamerschen Krönkenschriewer un förstligen Kanzler Valentin I. von Eickstedt up Jakobi-Dag 1579 möten föftig Daler för 'ne Tied von 40 Johr betalt waren. Dei Profiser het in dat Register indragen: „H. Valentin Eckstede yß begrauen worden up Jacobi-dach yhn de Kapelle, dhar men plechtt de Kinder yhn tho segnen; undt yß ein murth Graff, dhar he lichtt, undt scholen dhatt Graff beahrnen sin Fruwe undt sine Kinder undt Alexander Eckstede undt sine Fruwe undt sin Kinder 40 Jahr. Den schall ditt Graff wedder der Kercken sin ..."

Un richtig, nah 42 Johr möt dei Familie dat Graw von frischen betalen: Hans Blücher („Plucheren") up Plate betalt den 9. Juni 1621 för

Eickstedten siene Dochter Anna, wat dunn all dei Witfru von Hupold von Wedeln was, vulle 220 Mark an den Profiser. Von dit Graw is nicks mihr äwrig as 'ne Plate ut Mankgaud, un dorup is so 'ne Oart von Minsch, wat Genius heiten deiht, un het en Sandsaijer tau hollen.

Gegen so 'ne Wirigkeiten kann dei drüdde Kirch, dei lütte Jakob nich ankamen. Aewer wat het hei doch vör dei annern Karken vörweg: bie em is dat am warmsten. En beten liggt dat all in dat Gefäuhl, wieldat dei Wänd as Muerstein anstreken sünd. Aewer dei Inbeuterie is dor uck gaud in 'e Gang, dat kann'n von St. Niklas nich seggen.

Erich Hagemeister

De Papenbrand to Stralsund

En lütt Stück Weltgeschicht ut de „gode olle Tied"

Dat wier an enen Harwstdag in dat Johr 1407, as sick to Stralsund de junge un rieke Koopmannssoehn Degener Buggenhagen un de grootmächtige Kirchherr Kord Bonow tofällig begägenten.

„Mürder un Muurdbrenner!" schreeg de junge Koopmann den Kirchherrn an un bäwerte dorbi an'n ganzen Liew vör Wut un Grimm. „Du Afschlachter von Frugens un von Mannslüd, de nicks harren, üm sick to wohren! Du Füerschmieter up lütte Kinner, de in de Flammen ümkemen! Wat drägst du noch dienen Presterrock, den du in Schiet wöltert hest, datt dorin nich mihr de lüttst Faden witt bläben is? Kleed di an as Buschklepper un Schnapphahn, denn hest du dat Kleed, dat di tohürt. Du blödigen Schinner statts Prester!"

Wo wier dat möglich, datt en Börgersoehn dissen gewaltigen Herrn in Pommern up disse Oort in de Möt kamen künn? As lütten Pfarrer in de Nicolai-Kirch to Stralsund harr Kord Bonow twors anfungen, wier dunn aewer von sienen Bischof höger un ümmer höger upbörrt bet to'n Diakonus un Kirchherrn to'n Sunde, un nu stünn he gor de pommersche Hertogin Agnes as Ratgäwer an de Sied. Wecke stünn dor in Stralsund noch höger as he? Wo künn dor disse junge Degener Buggenhagen sone Räden gegen dissen mächtigen Mann wagen? Noch dorto he süß kene Fleeg wat to leed doon mücht? Wo künn dat dorto kamen? Dat füng an mit den Opperpenning, den de Börgers von Stralsund in de

Kirch ehren Opperstock schmäten. Wenn nu de Presters ehre Opperstöck utschürrten un dat Geld tohooptellten, müßten se faststellen, datt dat mihrste lege Hellings wieren, datt dat gode Sülwergeld aewer in de Tasch von de Börgers bläben wier. Disse Saak wull se nu gor nich passen, un se treckten en scheef Muul dorto. So künn un künn dat nich wiedergahn, meenten se, un dorüm würd Kord Bonow von ehr vörschickt, datt he bi den Rat von de Stadt sick dorgägen utspräken süll.

He wier uck de richtige Mann dorto. So stellte he sick vör den Rat hen un brüllte em an: „Worüm prägt de Stadt schietig Geld?" Aewer de Herren tuckten man mit de Schullern: „De Tieden sind leeg. Jedereen möt tosehn, woans he wat sporen kann. Stralsund maakt dat hierin nich anners as anner Städ uck. Un uterdem prägt de Stadt neben de Hellings uck noch noog godes Sülwergeld."

„Denn twingt de Börgers, datt se dit Sülwergeld in de Kirch ehren Kasten stäken un kene Hellings", fohrte Kord Bonow up. Aewer de Herren tuckten man wedder de Schullern: „Twingen? Wo künnen wi dat? Jedereen möt sülwen weten, woväl Geld dorto nödig is, datt he siene Sündenschuld bi unsen Herrgot aftaalt."

„Jawoll", ünnerbrök se Kord Bonow. „Ick heww nülich, so as mennig annern, uck den jungen Degener Buggenhagen wegen de Hellings in den Gottskasten to Räd stellt, dor meente he: In de letzt Tied heww ick nich väl Sünnen up mi ladt. Dorför ward uns' Herrgott all mit de Hellings tofräden sin. – Un so as he denken de mihrsten hier in Stralsund."

„Je", meenten de Ratsherren, „disse Gaaw is un bliwt nu eens friewillig. Wenn wi süß uck oewerall de Kirch giern to Willen sünd, hierbi koenen wi nicks maken!"

„So sall de Kirchpenning wiederhen as en Stück Bleck in den Kasten daalfallen?" schreeg wütig de Kirchherr. „Wenn de Stadt in de Hand von unsen Herrgott siene Deeners rinspiegt, statts ehr rintoleggen, wat ehr nah Recht un Gerechtigkeit tokümmt, so ward disse Hand sülwen weten, woans se totofaten hett. Mag de Stadt sick höden!"

Dormit güng he un schmeet de Dör achter sick to. De Herren von'n Rat lachten aewer man achter em an: „Drohen wil he? De fasteste Stadt in'n ganzen Nuurden will he drohen? Mag he ierst eens mit siene egene Oewerböstigkeit farig warden."

Dat wier en Harwstmorgen, as de junge Buggenhagen von 'ne Geschäftsreis nah Huus keem. Sien Hart wier vull von Freud as langen nich; denn up em töwte en lütt Mäten. Ehre hellen Ogen, ehr rode Mund un ehr godes Hart künn he för kenen Ogenblick vergäten.

Sien Vadder hürte de Dookmakergill an un harr en bäten suer rinblickt, as em sien Soehn de lütt Gisela Neuborg, de Dochter von 'ne arme Wittfru, as sien tokamen Bruut vörstellte. As he aewer Gisela ierst neger harr kennlihrt, harr disse frische Diern sihr flink uck den Weg in dat Hart von ehren tokamen Schwiegervadder funnen. So süll denn nu bald Hochtied maakt warden. De junge Buggenhagen harr ditmal för sienen Vadder allerhand kostbares Dook inköfft. Dor wier dat woll nich verwunnerlich, datt he för siene lütte Bruut en besonners schönes Stück utsöcht harr. Dat süll ehr Bruutkleed warden. Ihre he noch nah Huus güng, wull he ehr dat bringen, un he freugte sick all up ehre strahlen Ogen, wenn he ehr dat geew.

Gisela wier oewer jüst nich to Huus, as he bi ehr ankloppte. Ehr Mudder harr vör de Stadt en lütten Goren, dorhen wier Gisela an dissen schönen Morgen gahn, üm dor eens nah den Rechten to sehn.

So steeg de junge Buggenhagen denn up den Stadtwall un hüll Utkiek, wat he nich siene Gisela gewohr warden künn. Ehren lütten Goren seeg he twors dütlich in de Fiern liggen, aewer nich dor un uck nich up den Weg dorhen künn he ehr entdecken. Nich wied von em stünnen de Presters. Nu föl em up, datt se sihr upgerägt wieren, denn se spröken in grote Hast een mit den annern. Twors künn he nich verstahn, wat se sären, aewer wat Wichtigs müßt dat woll sin, dat seeg he an ehre Gesichter un an ehre wille Hantierung. Nu wieste ierst de een un denn uck noch de anner mit de Hand in de Fiern hen. Un uck Buggenhagen keek in disse Richtung.

Doch wat wier dat? Drömte he, orer wier dat Würklichkeit? En groten Trupp Rieders keem dor anjaagt. So an drehunnert Stück müchten dat woll sin. Un up den Weg, den se nahmen harren, seeg he oewerall Rook un Füer upstiegen. De Gehöft, an de se vörbikamen wieren, brennten. Sowiet he dat von hier ut erkennen künn, wieren dat luder Höw, de de Stadt tohürten. De Rieders nöhmen den Weg grad up de Stadt to. Aewer de Wächters up de Törm harren uck nich schlapen: De schworen Dören von de Muern würden tomaakt, un de Börgers in Stralsund wiren säker vör allens, wat dat von buten her an Gefohr gäben künn.

De Rieders wieren mitdewiel bi de Stadtwäll ankamen. En poor sprüngen von de Pier af un dreben de Rinderhierden, de dor grasten, vör sick weg; de annern aewer haugten mit de Schwerter up all de Minschen in, de dor ehre Arbeit maakten un kene Wapens bi sick harren, üm sick to wehren. Wat denn noch oewrig wier, würd daalschaten, Männer un Frugens. Uck nich een enzigen stünn toletzt noch up siene Föt.

De Inwahners von Stralsund, dörch den Larm anlockt, wieren mit de Tied in grote Mengen up de Wäll rupkamen un segen nu mit Gräsen, wat dor ünnen vör sick güng. Man de dre Presters hier baben schienten sihr tofräden dormit to sin. Buggenhagen seeg se nu ierst richtig an un würd gewohr, datt dat gode Bekannte wieren. De een, Pfarrer Hinrich Jargenow von de Marienkirch, reckte de Hand sogar wied ut un reep: „Dor kiekt hen, dat sünd de Seelenkersen, de de Kirch för de Falschmünzers anstäkt hett." – „Moeg se dat dor ünnen good bekamen!" sär mit Lachen de twet, de Pfarrer Johann Kolve von St. Jacobi. Un de drütt, Kaplan Wilken von de Nicolaikirch, winkte sogor enen von de Rieders dor ünnen to: „Wilkamen, Kord Bonow! Hebben uns' Armböst good schaten, un hett uns' Pulver good brennt?"

Kord Bonow! reep dat vull Schrecken oewerall up den Wall, un de dat repen, wullen dat gor nich glöwen, datt de gepanserte Mann up dat Pierd de Kirchherr Kord Bonow wier. De aewer reed dicht an den Wall ran un reep, wobi he siene Fust in Wut gegen de Stadt upbörrte: „Markt juch dat, ji vullfräten Dickbük, sone Antwuurd giwt de Kirch, wenn een versöcht, ehr to bedregen! Miene Adelsfrünnen rieden good, un uck miene Kaplans sitt de Harnisch as angaten." Dornah jagte de ganze Hupen ebenso flink wedder weg, as he kamen wier, un man harr glöwen künnt, dat Ganze wier man en bösen Droom west.

All de Doden un Verwundten würden nu in de Stadt rindragen, uck Gisela wier dor ünner. Se läwte noch, as se de junge Buggenhagen in siene Arms hüll. Up ehre Stirn harr se ne depe Wunn. „Wecke hett di dat daan?" frög he heesch. – „Kord Bonow sülwen", sär se mit de letzt Kraft. „Bestell dienen Brüjam", hett he dorto seggt, „nu künn he vör siene Bruut rohren as de Presters vör ehren Gottskasten mit dat lege Geld dorin." – Dormit wier dat to Enn mit ehr jung Läben.

Degener Buggenhagen brök nich in Jammern un Klagen ut. Ahn een Wurd to spräken, schnäd he von dat blonde Hoor, dat seine Leewst tohürte un dat nu dörch un dörch blödig wier, ne Strähn af un behüll se bi sick.

Datt de Presterschaft in de Stadt mit Kord Bonow tohoop an dit furchtbore Verbräken schüllig wier, dat wier sünnenkloor. Hans Kramer, de Gillen-Ollermann von de Drägers, de an den Muurddag vör de Stadt arbeit harren, wier de Spräker un Ankläger von de Börgers. Bi de geew dat in ehren Grimm un ehr Leed nu keen Hollen mihr. Dörteigen Presters würden upgräpen, Käden würden ehr anleggt, un so bröcht man se vör de beiden Mannslüd in'n Rat, de jüst dat Richteramt to verwachten harren. Dat wieren twe Männer, de süß vör Dood un Düwel kene Bangen harren. Aewer hier gegen dat schräben Gesetz vörtogahn, as de Börgers dat wullen, dat müchten se nu doch nich wagen; se wüßten, datt mit de mächtige Kirch nich licht ümtogahn wier, wenn een ehr up de Tenen perrte. Se sären: „Nah dat Gesetz steiht de Geistlichkeit ünner dat Gericht von de Kirch. Dorhen möten ji mit juch Anklaag gahn, nich to uns hier."

„Dat wi Narren wieren!" reep Hans Kramer. „Kennen ji nich dat Sprückwuurd von de Kreig, de kene anner Kreig en Oog uthackt? Wenn ji keen Hart in'n Liew un kenen Moot in de Bost hebben un keen Uhr för dat Schriegen un Jammern von arme kranke Frugens un lütte Kinner, de in dat Füer von de Muurdbrenners ümkamen sünd, so warden wi unsen egen Weg gahn!" – Un dat Volk schreeg: „Den Füerdood för de Verbräkers, de sülwen Füer un Dood utseigt hebben!"

So spunnten se denn de dörteigen Presters in en Huus an den Niegen Markt, 'n groten Meng Kluftholt würd rings üm dat Huus upstapelt, un man wull dorangahn, dat antosticken. Aewer de beden Stadtrichters deden allens, wat se künnen, üm de upgerägten Minschen dorvon aftohollen.

„Hebben ji jedeneen von de Presters nah Recht un Gerechtigkeit verhürt?" frögen se. „Soehns ut uns' Stadt sünd dormang. Weten ji, wat jedereen von ehr würklich schüllig is? Willen ji to de Schuld von de annern niege Schuld von juch sülwen dortoleggen? Un sülwst, wenn se all disse Straf verdeent harren, sünd ji säker, datt dat Füer von dat Huus hier nich wiederlöppt, mirren in de Stadt rin, un hunnert orer gar dusend von Minschen to Bettlers maakt?"

Disse vernünftige Räd wier nich vergäws. „Denn warden wi ahn den Rat von de Stadt Richters ut dat Volk wählen un de dat Recht spräken laten", sär Ollermann Hans Kramer. Un so geschach dat. Teigen von de anklagten Presters würden dörch dit Gericht friespraken. Man de dre, de dunnmals up den Wall stahn un dat grugliche Spill mit Hoegen un

Hohn ankäken harren, wieren schüllig. Se wieren dat west, de Kord Bonow Wapens, Pulver un Geld för sienen Muurdritt toschanzt harren. So sprök denn dat Volksgericht as Straf oewer de dre den Dood dörch Füer ut.

Hoch flackerte de Flamm', as de Büttels den Holthupen anstickt harren; un all dat Leed un de Gram in de Harten von de Minschen, de ründüm stünnen, steeg as schwarten Rook mit dat Füer nah den Häwen rup. In de flimmrige Luft seeg dat ut, as bäwerten vör dissen wilden Anstorm ut Minschenhart un Füersbrunst sülwst de gewaltigen Muern von de Marienkirch, vör de sick dit grugliche Gericht afspälte.

Man wier minschlich gegen de Presters un leet se nich enen qualvullen Dood starwen. De Henkerknechts bünnen se up de Ennen von Leddern un schöwen se in dat Füer, as dat hell brennte, so datt dat mit de dre ahn lang Besinnen vörbi wier.

Un Kord Bonow, de grote Kirchherr un bloddöstige Mürder, de dusendmal mihr den Dood verdeent harr as disse lütten Presters? Wat würd ut em? Mit Hülp von Kirch un Adel bruukt' he vör kene Straaf bangen to sin.

Buten up enen eensamen Weg vör de Stadt, wo wied und sied süß keen Minsch to sehn wier, hett man em aewer bald funnen.

Doodhaugt leeg he dor, as wier he en räudigen Wulf. Wecke harr dat daan? Kener wüßt dat. Man up de Bost von den Doden wier 'ne blödige Strähn von langen, blonden Hoor leggt.

De grote Flamm, de dat Volk in Stralsund nah sien egen Recht un Gericht anstickt harr, wier hell noog west, üm bet nah Rom to lüchten. Bann un Interdikt schmeet de Papst gegen de Stadt. Allens, wat de Kirch besorgt harr, hürte up: Dat geew kene Kinddöp mihr, kene Truung, kene Insägnung von de Doden, kene Miß würd mihr läst, kene Bicht afhürt, keen Abendmahl utdeelt un süß noch mihr so wat. Un dat harr dunnmals ganz wat anners to bedüden as in uns' Daag. För de Minschen, de vör fiefhunnert Johren läwten, wier dat, as harr man ut ehren Läben en groot Stück nödigst Brot wegnahmen.

Aewer de Stralsunner harren dat Glück, datt se disse Plaag bald afschürren künnen. Dat wier jüst to de Tied, as twei Päpst tohoop up Petrus sienen Stohl säten. Wat de een sägente, dorup schmät de anner sienen Flook un ümgekihrt. Den Papst, de se disse Straf upleggt harr, leet de Stadt bisied liggen un keem mit ehr Klaag to Gregor VII., wat sien Gegenspäler wier. För den wier dat 'ne grote Hoeg, de schwore Straf uptohägen, de sien Broder fastsett harr. Man noch en poor lütte Plichten bruukte de Stadt uttorichten, wovon de wichtigsten wieren, datt Stralsunner Bumeisters an den Dom in Schwerin, de noch nich farig wier, en Stück wiederbugen müßten un datt de Stadt näben ehre Marienkirch 'ne lütt Kapell bugte, in de Seelenmissen för de verbrennten Presters läst warden süllen. Dit wier allens! Dat leet so, as harr dat Schicksal sülwen de gerechte Waag in de Hand nahmen. De Füerflamm, de dit grote Unrecht utbrennt harr, hett kene Macht utpusten künnt.

De lütt Kapell steht noch hüt näben de grote Kirch as Andenken an den „Papenbrand to'n Sunde", wovon de Tiedgeschicht upschräben hett, datt he an'n 7. Oktober von dat Johr 1407 west is.

Ernst Moritz Arndt

De spökenden Buren

De Herr weet woll, wat hier im Lande för een dull Wesen is mit den armen Lüden, un wo hart un unchristlich de Eddellüde de Buren afdriwen un sleifen un ut ehren Dörpern grote, prächtige Häw maken; so dat nüms toletzt weet, wo he bliwen schall un oft slimmer daran is as eene wilde Duwe edder een Vagel, de Sommer un Winter frie dör Busch und Wald flegen kann un doch de Eek un Bök edder een Lock hett, wo he sin Nest buwen kann.

As ditt dulle Wesen nu hier to Lande anfung vör een föftig, säwentig Jahr, da wahnden in Langenhanshagen, wo nu de königlichen Pachthäwe sünt, idel freie Buren, de man een fast Grundgeld an de Kron betalden. Se hedden sick dar henbuwt vör langer Tid, noch vör den groten König Karolus, as't knapp was mit Minschen im Lande un gegen de Wülw un annere Undeerde Jagden anstellt wurden. Un se hedden Brewe un Sigel darup, datt, solang se dat Grundgeld richtig betalden, nüms se ut ehren Stellen rücken dürfte. As nu de slichte Tid kam, wo de arme Bur unnergahn un Gewalt för Recht gelden schull, un as in veelen groten Dörpern alle Buren smeten wurden, un de Eddellüde un Amtshauptlüde lüstern weren, prächtige Häwe darut to maken, da entstund hier ook een Prozeß tüschen Kron un Amtshauptmann un tüschen de freien Buren, de sick nich wullen affdriwen noch as de blöden Hunde van ehrem Egendom jagen laten. De Buren hier hedden dertid eenen düchtigen Schulten, de heet Gröning, de let dat so licht nich slippen. De Sak tog sick woll een fiw, sös Jahr so hen, un toletzt schullen de Buren un de Amtshauptmann na Wismar reisen un da vör'm Köning sülwst erschienen un spreken. Un Schult Gröning reiste ut mit eenem anner Buren, de Hinrich Lang het, un se hedden ehre Brewe un Papiere mitnahmen. Dat verging eene rume Tid, so hürden de Langenhanshäger, ehre Lüde weren in Wismar nich west; un to Hus kemen se ook nich wedder. Un se weren up ewig van disser Welt vörswunnen, un mit een weren ook alle Papiere un Landbrewe verlaren. Un bald ging't ook hier an de Junkerwirtschaft; alle Burstellen wurden dallegt un grote Häwe darut makt. Mank de Burslüde äwerst munkelde et, de Schult un sin Kamrat weren doodslagen up de Reis; denn de doode Hund bellt un bitt nich. Ditt geschach, as min selig Vader een junger Gesell was, de mi oft davan vörtellt hett. Dat markten sick de Lüd äwerst as wat Affsünnerlichs, as et sit der Tid nich richtig was an der Sandkuhle, wenn man den Weg kümmt, de ut Langenhanshagen nah Holthoff geiht un nah de Löbnitzer Mähl un Redebaß. Da hett et för mennigen spökt, un dat Volk seggt, keen Rüter kann da des Nachts vörbi riden, datt dat Perd sick strüwt un steilt un mit em utriten wil, un menniger is da im Sand ümwöltert worden. So weren veele Jahre vörgahn un de vörschollenen Buren lange vörgeten, da gröben se mal bi'n Wegbetern recht deep in de Kule herin un gröben de Knaken van twee Liken ut. Un de olden Lüde, de wieder denken künnen, spreken ünner sick, dat weren woll Schult Gröning un de anner Bur, de se nah Wismar affardigt hedden; de Bösewichter un Burenverdelger hedden de dood slagen, en de Papiere afnahmen un se in den Sand vörscharrt. Ob dat wahr is, weet ick nich; dat äwerst weet ick, datt et nich mehr spökt, sit de Knaken up dem Karkhoff bgraben sünt un in hillerger Erd liggen.

Ernst Moritz Arndt

De frame Bur

In Nubitz bi Kenz lewde een Bur, dat was een still, gottsfürchtig Minsch, un he hedd eene leewe un frame Husfrau un se lewden mennig schön Jahr miteenanner un hedden Glück un Kinner. Da sturf de Frau, un de Mann was sehr trurig, denn se was een Wif west as een Engel un so fründlich und godhartig, datt se keener Fleeg wat do Leden don kunn. Un de Mann were woll för all sin Lewen een Wittmann blewen, hedd he de lütten Kinderken nich hett, de en in ehrer Vörlatenheit jammerden.

Un he ging denn to un nam sick de tweede Frau, äwerst sin Hart was jümmer noch sehr bedröwt. Un ook disse Frau was een recht fram un fründlich Minsch un hölt de lütten Kindekens reinlich un nett un ertog se im Christendom un in aller Gottseligkeit; un de Bur hedd se recht leew un lede ook noch twee Kinder mit ehr to. Awerst sine erste Frau kunn he nich vörgäten, un dat was ook woll nich nödig. Se seggen, se besöchte en oft un kam binah jede Nacht an sin Bedd un sprak em fründlich to un ging denn rund üm de Bedden, worin ehre Kinder slepen, un ruunde en wat in de Ohren un segnede se.

Dat is äwerst gewiß, datt de Bur mennige Nacht keene Rauh hedd un upstahn müßt un in't Feld gahn. Un nüms wüßt, wo he henging. He ging äwerst na Kenz un up den Kenzer Karkhoff un lag up dem Grawe, worin sin Schatz vörgraben lag, un he meende, denn were em am nüdlichsten to Mod in sinen ganzen Lewen. Un he hedd dat nich heemlich vör siner jetzigen Fru, datt dat sines Hartens Froidestunden weren, un datt he dat Nachtwandeln nich laten künn. Un da lag un satt he in dem schönen, grönen Sommer un in dem kolden, bittern Winter, wo de Wülw un Vöß vör Frost hülen un de Tunkönig, de Lütte, üm de Finster flüggt un piept.

Un da hebben de Kenzer Lüde en eenen Morgen funden, datt he lang utstreckt lag, as hedde he dat Graf küssen wullt un mit sinen Armen ümfaten. Un so hett he eenen schönen, seligen Dood nahmen, un Gott un sine olde Leewste hebben en to sick ropen in dat himmlische Paradies, wo he nu de Kron dreggt. Un he hett so früntlich da legen, as de in Froiden ut disser Welt henäwergahn. Un se hebben en in't Graf leggt bi sinen Schatz un em da mit köhler Erd de warme Leewe todeckt. Un datt hett sick begewen, as dat Gras un de Böm bloihden, da wussen de schönsten Liljen un Rosen ut ehrem Grawe allen tom Teken, datt twee true Harten da begrawen sünt. Un de Blomen sünt jedes Fröhjahr wedder utbraken un hebben mennig Jahr bloiht, bet se eenen groten Steen up de Gruft leden. Don was't vörbi.

Emil Dräger

Herr Kohn

Wem so üm 1890 rüm vörmiddags dörch 't Bahnsch Dor na Pyritz rinkamm, sach bi d' klein Kirch midden up 'n Damm eenen Mann stahn mit 'n korten witten Vullbort un 'n schwarten stiwen Hot. Je na de Johrstit harr he de Hänn in d' Jacken- oder Oewertreckertaschen un löt sinen Handstock na d' Sit ruterbammeln. Üm 't Wejer kümmerte he sich nich fö 'n Drier. Em künn de Sunn up 'n Puckel brennen, dat all Lü de Schwucht kreejen – he höl up sinen Posten ut. Em künn de Schneepamp un Matsch bet an de Enkel reeken – un up Schleusnern sin Eck' was früher öfter wat gefällig! He was morjens pünktlich to Stell. Dat künn rejen un störmen, dat de ullen Witwer in 't Hospital hinner d' Hell tröpen un sich schüddelten un särn: „Nu 'n natten Sack üm un 'n Pott vull Dickmelk in 'n Buk un denn 'n Sturm up d' Eck!" He verlöt sinen Platz nich. He stellte sich jo uck nich tum Spaß dor hen. Nä, he' öwte dor sin Geschäft ut.

Diss' Mann was de Getreidehändler Kohn. He töwte dor up de Buern, dat se morjens in d' Stadt keemen un ehr Koorn tum Verkop brochten. Un dat mutt man seggen, he harr sich nich den schlechtsten Platz as Geschäftslokal utsucht; denn hier mußten se em all kamen. De Pyritzer äwer möken bald 'n Sprüchwoort up sin Standhaftigkeit. Noch hütigen Dags seggen se, üm uttodrücken, dat een Muer oder 'n Tunpahl oder süß 'n Gegenstand nicht inföllt: „Dat steht fast as Kohn an 't Bahnsch Dor!"

Fritz Worm

Ick bedank mi uk, Herr König!

Stralsund un de ganze Ümgegend was in beistige Upregung, un dat was kein Wunner. Friedrich Wilhelm IV. hadd Stralsund sinen Besäuk ankünnigt, un dese Nahricht flög nu dörch Stadt un Land. Na, de Stralsunner leten sick nich lumpen un deden ehr Mäglichstes, den König gehürig tau empfangen. Dor ging't an ein Ihrnpurtenbugen un an noch vele anner Upputzungen, dat was würklich grotorig.

De Ümgegend wull sick äwers uk nich lumpen laten, un ut alle lütten Ürter, de so üm Stralsund liggen daun, kemen Awordnungen, namentlich wirn de Schützengülden stark vertreden, de dörch Spaljeh un Vörbimarsch den König ehre Huldigung dorbringen wullen.

Na, unsern König gefull de Empfang sihr, un uk de Huldigung von de Schützengülden makte em vele Freud. Tau dat Königsmahl, wat in't Rathus innahmen würd, let de König uk de Kummandürs von de Gilden tautrecken, un bi de Tafel un in de ganze Stadt güng dat den Dag wirklich sihr vergnäugt her.

Nu was dor mang de eine Schützenkumpani ein furchtbor niglicher Schützenbrauder, den let dat gor kein Rauh, hei wull den König doch eis tau girn dichting bi seihn.

Vör Johren hadd hei bi sine Güld de Schützenkönigswürd so ut Verseihn eis dragen, un dorüm hadd hei äwer sine Paradeuniform noch ein Ritterband ut Sammt un Sülwer un midden in, so grad äwer de Bost, wir'n gestickten preuß'schen Adler.

Wer Örching so seg, un de em nich neger kennt', de glöwt worraftig, hei hadd't mit'n bannig hogen Kirl tau dauhn. Örching wull also sinen König seihn, un dor dat doch kein sünniger Gedanken wir, dacht hei: ‚Du sast't man wagen'.

Ahne einen von de Schützenbräuder von sin Vörnehmen wat tau seggen, maschierte hei ganz stolz up't Rathus los un gelangte an den irsten Posten. Wil Örching äwer gornich ängstlich uptreden ded, sick sogar ganz frech benehm, so full dem Posten dat gornich in, em antauhollen. As hei den tweiten Posten passierte, dunn präsendierte de sogar vör em, wil hei glöwte, dat müggt woll gar noch ein König sin. Örching dankte denn uk erhobenen Hauptes so huldvoll, as hei kunn, un nehm denn an de eine Eck bi de Dör Posto. De Dör was wid apen, un Örching kunn de ganze Dischgesellschaft äwerseihn. De Meisten hadden noch nich uteten un schnabelierten noch ümmer düller. Ein von de Gäst, so'n hoger, starker Herr, hadd sin Mahltid all beennigt un güng nu in'n Saal etwas up un aw. Örching dachte so bi sick, so ganz wat Dummes kann de unmäglich sin, äwers hei süht doch recht minschenfründlich ut. Wenn hei neger kümmt, wil ick em eis fragen, wecker von de Herrn dor woll de König is. Doch dat hadd Örching nich nödig. As de hoge Herr den staatschen Schützen dor an de Dör seg, güng hei up em tau un frog em:

„Nun, mein Lieber, was wünschen Sie denn?"

„Ach," stamerte Örching, „ick wull wirer nix, as minen König eis seihn."

„So", säd nu de fine Herr, „nun, den können Sie ganz in der Nähe sehen, der König bin ich selbst. Dann besehen Sie sich nun einmal Ihren König."

Dausend äwer, wat kreg Örching för'n Schreck, as em dat so güng.

„Ne würklich", säd hei tau'n König, „seggen Sei eis orig, sünd Sei't uk?"

„Natürlich, mein Lieber", bestädigte em nu Friedrich Wilhelm, un dorbi kunn hei sick dat Lachen nich hollen, „gewiß bin ich der König, oder soll ich am Ende noch Zeugen holen?"

„Ach ne, Herr König", meinte nu uns Örching, „dat laten S' man wesen, ick glöw En dat uk so."

As hei sick den König nu noch eis orig ankek'n hadd, säd hei: „Na, denn bedank ick mi um velmal. Adjüs, Herr König." Dunn makte hei kihrt un heidi! güng hei!

Fritz Worm

In de Bodder verrek'nt

Tau Oporto was 't in Portugall, von wo de Schippers ümmer den gauden Purtwin halen. Im Haw'n leg Schipp an Schipp, uk manches dütsche dorbi. De Dag was dor unner niderträchtig heit west. As dat nu so gegen Abend kem, dunn wannerte eine Teerjack nah de anner an Land, üm sick bi'n Schoppen Win mal gäudlich tau daun un vör den negsten Dag tau stärken.

De oll'n Käpp'ns wullen den Dausend nich an Burd bliwen un stürten ehren Kurs richtig uk in ne Kneip rin. Dor gew 't ein Begrüßen un Wilkamen, dat was grotorig. Glik funn sick'n Disch, an den sick olle Bekanne ut Meckelborg un de Stralsunner Gegend dallet'n, unner en was Niklas Rubort woll de Öllste. Sin Hor was all ganz sneewitt. Son Johre föftig müggt hei nu woll all de See deint hebben, un dorbi hadd hei noch nix vör sick bröcht un wir so arm blewen as son Kirchenmus.

„Lüd", säd hei tau sin Kameraden, „seggt eins, wo is dat mäglich, dat Ji all son'n Groten spelen känen. Ji fohrn noch nich halw so lang as ick, un daun doch so, as wenn Jug dat Geld man so in 'n Rachen rinnerregen deit. Wo is dat mäglich? Jug Jungens besäuken de Hoge Schaul un Jug Döchter treden up, as wenn sei Gräfinnen wirn. Ick kann mi plagen, as ick will, un kam doch nich höger, as ick bün."

„Dor fröggst Du noch nah, Niklas?" bedüdte em Korl Frettwust. „De Schuld liggt doch einfach an di, dat du nich rek'n kannst."

„Oho, oll Jung, man ümmer sacht! Mit min Rek'n kann ick mi ümmer seihn laten, dat hett mi uns' oll Köster gaud naug bibröcht", wehrte sich nu de Oll.

„Ja, weitst du, Olling, du versteihst mi nich ganz richtig. Du magst jo ganz nüdlich rek'n känen, äwerst de Bodderreknung, de versteihst du doch nich, un dorin liggt de ganze Witz", so belihrte em nu Käpp'n Frettwust.

„De Bodderreknung? Woso dat? Dat verstah ick nich, dor mötst' mi neger kamen."

Un Korl Frettwust gew sich nu alle Mäuh, den Kollegen, de noch so unerfohren wir, de Bodderreknung plausibel tau maken.

De Winter was kamen. De Schäp legen tau Winterlag, un de Kapteins wirn bi Frau'ns un Kinner. Uk Niklas Rubort was wedder tau Hus. Nahdem hei sich beten verhalt hadd, begew hei sick mit sin Awreknung nah sinen Korrespondenzreider. De freugte sich sihr, sin'n ollen trugsten Schipper, de ümmer so gaud awgewen hadd, weddertauseihn.

As sei sich 'n origen Strämel vertellt hadden, dunn nehm sick de Reider denn uk mal de Awreknung vör.

Hei hadd äwers noch gor nich vel nahseihn, dunn makte hei so'n dämlich Gesicht, schüddelte mit 'n Kopp, schow de Brill tau Höcht un säd: „Ja, min leiw Kaptein, dat is jo all's ganz gaud, äwers wat is dat ditmal snacksch mit Sei Ehre Reknung.

Dor steiht:

25 Pfd. Butter
1 Paar Stiefel für mir
30 Pfd. Speck
1 Anzug für mich
25 Pfd. Mehl
1 Kleid und 1 Teppich für meine Frau

Wat is dat blot? Wo kam'n Sei dortau, ehre persönlichen Bedürfnisse in de Schippsreknung tau schriwen? Dat hebben Sei jo noch ni dan."

„Nanu, worans geiht dat nich?" frog ganz verblüfft Käpp'n Rubort. „De annern all säden doch, grad so würd dat makt, un dat wir ganz in de Ordnung. Sei hadden dat all de Johr'n makt."

„Ih, min leiw Herr Rubort, dor hebben de Kijons En blos taun besten hebben wullt", meinte nu taufreden de Reider, „ick ward denn also de Posten wedder utstrik'n."

Wedder was dat Sommer. In Oporto leg wedder Schipp an Schipp. As de Abend kem, peikte ein Käpp'n nah den annern wedder in sine käuhle Kneip herinne. An den Disch dor links in de Eck dor seten grad so as in't vörrigte Johr all de Bekannten ut Mekelborg un ut de Stralsunner Gegend. Ein Wurt hadden sei hüt Abend, dat up de drüdde Hofstädt tau hürn wir. „Ne, Korl Frettwust, dat hadd 'ck nich von di dacht, dat du mi ollen Mann noch so tau'n Narren hollen dedst", schull Niklas Rubort. „Hew ick mi dor so schämt, as hei mi dor so uteseln ded."

„Woso? Wo kann de di uteseln, Niklas?" frog Frettwust. „Worans hest du dat denn makt?"

Un nu beschrew de Oll sin Bodderreknung. Na, nu gew dat ein Gelächter, dat wull gor kein Enn finnen. Käpp'n Rubort dachte all, sine ihrnwirten Kollegen wir de Win tau Kopp stegen. As sei sick tauletzt nu doch beruhigt hadden, dunn versöchte Korl Frettwust dat nochmal, sinen Schäuler de Bodderreknung klor tau maken.

„Du mötst, wenn Du twintig Pund Botter köffst, dörtig anschriwen. Wenn dat Pund teihn Gröschen kost't, mötst Du drütteihn notieren. Süh, so mak dat man, dor weit de Reider 'n Quark von! Du sast seihn, hei seggt, dat stimmt."

Niklas wull't so maken.

Glücklich wir Niklas wedder in'n Haw'n vör Anker gahn, hadd awtakelt un wir nu wedder wollbehollen bi Muddern.

In de irsten Dag begew hei sich mit sin Reknung nah den Reider, de seg sei nah, wir ganz taufreden, halte nu Buddel Win un säd: „Dat stimmt, Käpp'n, stimmt ganz genau!" – „Süh dor!! Dat stimmt also! Den Deuwel stimmt dat! Nu stimmt' also, un vörriges Johr dunn stimmt dat nich, un dorbi hew ick nu dreimal so vel för mi utgewen as verleden Johr. Ne, dat stimmt nich! Süh, so hew ick dat makt, un einfach all's in de Bodder verrek'nt. Ick will äwers kein Bedreiger sin un leiwer ihrlich starwen. Wenn 'ck Fru un Kinner denn uk keine Riktümer hinnerlat, denn wil ick en doch einen ihrlichen Namen hinnerlaten. Süh, dat is miene Meinung, un so stimmt de Reknung!"

Korl Tiburtius

Swintrecker Nehls

In de ollen gauden Tiden, as dat in Stralsund noch keine Trittours gaw und in jede Strat blot einen Rönnstein, de in de Midd entlang lep, wiren dor 'ne snurrige Ort Fuhrwark begäng', de Strandkoren. So 'ne Strandkor bestünn ut en por grote Böm, de äwer 'ne Ass up hoge Räder legen, und wenn up de Böm so'n twei Wispel Weiten de Reis' nah den Stralsunner Hawen dal makten, denn lep vör twischen de Böm ein Kirl, de de Blansirung hollen un dat Fohrtüg stüren müßte, un dortau hürten de strammsten Kirls, de för Geld to krigen wiren, un wer dit Handwark so'n twintig Johr bedräben hadd, de was mit sin' Knaken farig.

De oll' Swintrecker Nehls was in dese Handtirung ok bi lütten verbrukt worden un hadd krumme Knei und en krummem Puckel dorbi kregen, un nu was he afmeiert. Leben kunn he jo, denn de Strandkorers verdeinten dunntomalen in Stralsund vel Geld, un ehre Kass' betahlte gaude Pangschun. Dat to Strand'gahn der he dorüm äwer doch nich. Stats dat Bargdaljagen fung he nu dat Bargupsläpen an, und wenn dat mit de Sößschepelsäck un de groten Briggs un Barken nich mihr güng, so güng dat doch noch mit de Melkfät un Swin un Jungveih un de Fährböt, de disse Gesellschaft von Land Rügen heräwerbringen deden.

Sine ganz besondere Leiwhäweri un Spezialiteh, as de Lüd' nu dortau seggen, was äwer de Swintransport, un dorin hadd he nich sines Gliken. De groten Sägen schow he vör sik hen von 't Fährboot bet in 't

Slachterhus, un von de Farken un Pölk nam he furts twei, wickelte sik de Swäns' üm sine beiden Middelfinger un tog dormit af, wat för uns Schauljungs denn ebenso plesierlich antosehn as antohüren wir, so dat wi üm Swintrecker Nehls'en sinetwegen oft eins tau lat in de Klass' kamen sünd. Mi steiht de oll' gaude Mann noch vör Ogen – mit krumme Knei un krummen Puckel noch an söß Faut hoch, winters un sommers ümmer in densülben ollen gelen Flausch un winters un sommers ümmer mit 'n Drüppel an sine grote rode Näs'. Jedwerein was mit em gaud Fründ – vörut äwer wi Rügenschen Jungs, de wi von uns' Oellern up de hoge Schaul hollen würden, denn wenn de Wäschkörw' un Eikiepen von uns' Muttings kemen, denn bröchte se uns kein Anner' von de Fährbrügg herup as Jochen Nehls.

Dat was in't malle Johr achtunviertig, un ok in Stralsund füngen de Lüd' an, Poletik to bedriben, wenn ok man so as Herr Leutnant von Rambow de Landwirtschaft, dat heit: dämlich. De Demokraten, wat toirst de meisten wiren, güngen in den Volksverein, in den min oll' Lihrer Hannes dat Wurt hadd – nahsten deden äwer de Adligen und Preisters en Verein för König un Vaderland up, wo de Baron Kranichfeld un Burmeister Bartels de Unnerdanen klor makten, dat se, wenn se nich adlig wiren, nix brukten as Gottesfurcht un wat to eten. Jedwerein, de richtig de nige Weltgeschicht lihrt hett, weit nu, dat in Stralsund disse letzten up de Längde gewunnen hebben un de Annern unnerkriegen deden, un dat je länger je mihr Aewerlöpers Hannes'en un den Volksverein den Rüggen tokihrten un dorhen güngen, wo de Wollgeruch von de fine Gesellschaft oder de Utsicht up dissen oder jenen lütten Verdeinst se lockten. Dat ward äwer woll nich so allgemein bekannt sin, dat in Stralsund ok einmal dat Gegendeil passiert is, un dat ein von de iwrigsten Patriotten in 't Handümdreihn ein' von de giftigsten Demokraten worden is. – Dit was min oll' Fründ Nehls, un de Sak güng so tau:

De Burmeister Bartels stunn eines Morgens un barbierte sik. Dunn ded sik achter em de Dör up, Nehls kam herin, makt' en Kratzfaut un säd: „Morr'n, Wollgeburen!"

De Burmeister, de em in den Speigel sehn ded, nickte in den Speigel herin, säd äwer nix, wil he sine Tung dortau nödig hadd, sine Unnerlipp' uttobulen, mit de he noch nich klor wir – un Nehls, de dat Nikken nich gewohr worden wir, wedderhalte sinen Kratzfaut un sine Anred – äwer en beten forscher.

De Burmeister, de mitdewil sine Stoppeln afmeiht un sine Tung wedder fri kregen hadd, antwurt'te denn: „Morr'n, min leiw' Nehls – wat will Hei?"

„Je, Wollgeburen", säd Nehls, „ik kam to Sei, ik wull nu ok Pankrott maken." – „Wat?" säd de Burmeister, de meinte, sik verhürt to hebben, „wat will Hei maken?" – „Pankrott, Wollgeburen Herr Burmeister", antwurt't Nehls, „de Tiden sünd tau slicht, un ik möt Sei dat jo mellen un wull Sei bidden, dat Sei mi dorin raden dauhn – Sei hebben jo oft naug in unse'n Verein seggt, dat Sei all uns Mitbörgers in den Verein mit Rat un Hülp unner de Arm gripen wullen – un ik bün jo nich blot so'n Mitbörger – ne, ik bün jo en richtigen Stralsunner Börger – dat bün ik nu jo all föfteihn Johr lang west. Weiten S' nich mihr, Wollgeburen? Ik hadd mi dunn grad' dat lütte Hus in de Waterstrat köfft, wo ik noch in wahnen dauh – un ik müßte jo in 'ne Wrack un mit en Karabiner an-treden un Sei hebben mi jo sülben as Stralsunner Börger sworen laten. Un Sei säden noch to mi: ‚Gotts Dunner, Nehls, wat hett Hei vör en langen Snipel an – wo hett Hei den updräben – ik dacht', to sine Grött wiren alle Stralsunschen Kledröck' tau kort', un ik wis'te Sei noch, dat dit min Gottsdischrock wir, an den mine Ollsch' de Schöt vör afneiht hadd. Denn wat min' Fru is – de was de Meinung: wenn ik den Swur as Börger nich in den richtigen Verfat von mi geben ded, denn güll am Enn' de ganze Sak nich, un ik wir mine Gebühren los, ahn' dat ik en richtigen Börger würd'. Un de oll' Barbier Cosbahn, von den ik mi to de heilige Handlung barbieren let, säd ok to min' Fru, wildeß se neihen ded: ‚Ja, Madam Nehls'en, ich bün ganz die Meinung, die Sie auch sünd.'" De Burmeister hadd Nehls'en in sin Vertellen nich stürt, indem dat he sik de Seep afwischte un den Rock wedder antog – denn kreg he äwer en Blatt Poppier un 'ne Blifedder, sett'te sik an den Schriwdisch un säd: „Ja, Nehls, wenn Hei denn nich mihr anners dörkamen kann, denn helpt dat nich – denn lat Hei sehn, woans dat mit sin' Uemstänn' wesen deiht. Also: Aktiva?"

Nehls makte de Ogen un de Mund up, säd äwer nix, dat heit nich lud; bi sik äwer säd he: „Wat zum Dunner sünd dat doch noch för Dinger? Hürt hest' doch all dorvon", un füng an, so as dat in so'ne Bedenklichkeiten sin' Mod' wir, an sinen Brägen to klingeln; he fohrte sik mit de Hand an den Kopp, wickelte sik de Hor, de sin' Frau em lang' nich kappt hadd, üm den Middelfinger, so as he dat bi den Swintransport mit den Swäns' gewennt was, un ruck'ste orig eins tau – dat schinte ditmal man leider nich to helpen – he kunn sik nich dorup besinnen, wat Aktiva wesen dähr.

De Burmeister, den dat Besinnen tau lang' durte, dreihte sik, as Nehls grad' tom drüdden Mal klingelte, to em üm un hulp em tu den Drom, indem he säd: „Na, Nehls, weit Hei nich, wat för Aktiven Hei hett? Is Hei denn hüt Morr'n all to Bier west?"

Nehls fohrte in't Enn, denn dat Bier bröchte em plötzlich Erlüchtung: „Ne, Herr Burmeister, Aktiven hew ik nich kregen – ik harr ok girn weck' hatt, denn dei sälen jo nüdliche Zinsen geben – äwer uns' Ort kümmt jo an so wat nich heran, denn as de Herrn de nige Brugeri vör den Frankendur – se seggen jo Buck dortau – updeden, hebben se de Aktiven jo all unner sik uthäkert – uns Lütten laten se jo nich an de Schöttel, wenn so'ne Brocken dorin sünd – un ik hew dorüm för min' por Gröschen twei Vierunsößtigstel in de Brigg Hertha namen – Kaptein Brüdgam, de för Konsul Diekmann ümmer mit Weiten up Hull segeln deiht – min öllst' Jung fohrt jo as Stürmann unner em. – Na, 't geiht jo ok – Brüdgam giwt jo leidlich af – kann jo ok nich anners, denn sin' Rehders hebben em an 'en tau korten Band un känen em Allens nahreken – äwer Aktiven wiren mi doch leiwer west."

„Also Schäpsparten hett Hei", säd de Burmeister, „na, de Hertha is jo noch woll in de irste Assekuranzklass' – sin Parten warden also woll noch dusend Daler wirt sin – wat hett Hei nu sünst noch in'n Vermägen? Besinn Hei sik gaud un gew' Hei Allens richtig an."

„Je", säd Nehls, „dor is min lütt' Hus in de Waterstrat – kost't mi dunn föfteinhunnert – äwer achtein sünd mi verleden Frühjohr baden; un denn in de Sporkass' up mi säbentig und up min' Frau viertig Daler – und in den Strump in de Lad' wiren jo letzten Sündag säbenteihn Daler un denn" – un halte sinen Geldbüdel herut un füng an to tellen – „und hier up de richtige Sid in minen Geldbüdel sünd 28 Sülwergröschen, 7 Penning – da, Herr Burmeister, tellen S' nah – un denn hier up de unrichtige Sid hew ik noch so etzliche verdammte Demokraten, mit de ik ansmert worden bün, un wat se äwerall wat dägen, weit ik nich – ward se woll möten in'n Klingbüdel smiten", un dormit led he en pohlsches Achtgröschenstück up den Disch un twei Tweigröschenstück, wo en Pird, un ein', wo gor en Hirsch up wir.

As de Burmeister nu Allens richtig taxiert und upschräben hadd, frog he: „Un nu, Nehls, sin' Passiva? Wat un wen is Hei wat schüllig?" Nehls klingelte irst, böhrte denn den einen Bein up, so dat de Burmeister unner de Sahl kiken kunn un säd: „Kiken S', Wollgeburen – acht Wochen gah ik dor irst up un se sünd all dörlopen. Schauster Scheel verlangt ümmer en Daler för dat por Sahlen, för disse treck' ik em äwer acht Gröschen af. Min' Sahlen un Vörschauh betahl ik ümmer irst, wenn ik s' verdragen hew, und wenn s' nich orig hollen hebben, treck ik den Schauster wat af – acht Gröschen, ok fief – je nahdem, denn wenn Ein' dei Ort tau tidig betahlt un will nahher wat von sin Geld wedder hebben, denn maken Einen dei Cujohns blot mit Redensorten duhn, un Geld herutgeben is nich. Un Demokraten sünd disse Pickengels alltausam'. Schauster Scheel, wat min Nahwer is, dat is ok so'n Nägenklauken un löpt in den Volksverein – äwer wat sall ik maken? Rackertüg sünd se all', un as Ein' heit, süht de Anner' ut – nich en Einzigsten lett sik in uns'en Verein sehn – blot oll' Sahlmann, de för de Offziers un de hogen Herrn arbeiten deiht – dei is mi äwer doch tau dür."

„Na – möten doch en Daler schriwen", säd de Burmeister, sobald as he to Wurt kam, „und nu man wider: Wen is Hei denn sünst wat schüllig?"

„Sünst schüllig?" frog Nehls. „Ik, nix nich, Wollgeburen; wat süll ik sünst noch schüllig sin? Ik bün allmeindag en ordentlich Mann west und hew as Flügelsmann bi de Königs-Grenadier deint und bün minen König un Vaderland nix schüllig bleben und anner' Lüd' ok nich – blot mit de zakermentschen Schausters – dor hew ik mi säkert, so as ik Sei all seggt hew."

„Nu", säd de Burmeister, wenn Hei hierher kümmt, wil Hei Pankrott maken möt, ward Hei doch woll Schulden hebben – Wessels up sin Hus oder sünst dergliken. Und nu nehm' Hei sin' fief Sinnen tausam' un bicht' Hei – und en beten fixing! Ik hew vermorrntau noch to dauhn."

„Ne, wiß un warraftig nich, Wollgeburen! Wessels up min Hus sünd nich, und ok sünst kein Schulden' – nich en Witten. Wo ward' ik mi mit so wat bemengen!"

„Na, Nehls, wo kann Hei denn Pankrott maken? Hei is jo gaud in de Wehr und hett blot einen Daler Schulden. So'n Lüd' maken doch kei-n'n Pankrott nich. Wo kümmt Hei denn up so'ne Dämlichkeit? Ik verstah Em äwerall nich."

„Je", meinte Nehls; „Wollgeburen, verstahn dauh ik 't ok nich. Wenn ik 't verstahn der, brukt' ik jo nich to Sei to kamen. Sei möten 't jo doch verstahn, denn Sei sünd jo Afkat west, ihre Sei Burmeister worden sünd, un de Lüd' seggen jo, de Pankrotts, dat wir grad dat richtige Fauder för de Afkaten. Un Sei känen dat jo gewiß, wenn Sei man willen, un nu wesen Sei mi dorin nich entgegen und günnen mi ok eins en lütten Verdeinst."

„Also verdeinen wil Hei – ja, wo will Hei dat denn maken? Wo denkt Hei sik dat denn?"

„Denken? Ih, wat sall ik denken? Min' Fru seggt ümmer, Denken grippt den Kopp an. Von Denken hew ik gor kein' Gedanken nich. Aewer ik müchte doch up min' ollen Dag' girn noch ein beten Kopp's höger kamen, dat ik mine beiden Jungs – den Stürmann un den Smädgesellen, orig insetten künn. Wenn 't ok man en lütten Schoner för den einen wir – un för den annern mücht' ik girn de Smäd von minen ollen Fründ Brassen köpen, de sik to Rauh setten will; und en richtigen Pankrott, meint' ik, dei künn mi helpen – dor verdeinen jo ok anner Lüd' bi. Dat weit jo doch Jedwerein, dat de Kurnkopmann Susänger – sin' Frau is jo woll Annerbäulkenkind un Fründschaft von Sei, Herr Burmeister – verleden Johr Pankrott maken ded, und nu führt he wedder mit eigen' Pird un Wag' to Lann' und is baben up, und alle Lüd' seggen, dat hei bi sinen Pankrott schön wat verdeint hett."

De Burmeister würd' verdreitlich: „Ach wat, Nehls, Hei hett sik von dämliche Minschen Dämlichkeiten in den Kopp setten laten – wer kein' Schulden hett, kann ok kein'n Pankrott maken – un nu gah Hei nah Hus – ik hew kein' Tid mihr för sinen Unsinn – un sett Hei sik de Dummheiten ut den Kopp. Ik möt up't Rathus."

Dormit güng he nah de Eck, wo sin Haut un Regenschirm stunn un wull gahn.

Argerlichkeit stickt an. Oll Nehls würd' nu ok ungedüllig un säd: „So-o-o, Herr Burmeister? Schulden möt Ein' hebben, wenn He wil Pankrott maken känen? Susängers un Schuldenmakers, dei känen Pankrott maken, äwer en ordentlichen Mann, dei sall to nix kamen? Dit's doch Unrecht! Irst seggen Sei liebe Mitbörgers un smeren uns Botter üm't Mul, un denn günnen Sei uns lütten Lüd' rein gor nix? Dit's leeg von Sei, Wollgeburen Herr Burmeister, un dat segg ik Sei, un min Nam' is Jochen Hinrich Nehls, und nu känen Sei mi in de Runstudi setten laten."

Dorbi was he dicht an den lütten Burmeister herantreden, so dat he em baben up sinen Kahlkopp kek; un de Burmeister rüterierte, denn he fürcht't sik vör em, dat heit, mäglicherwis' weniger vör sine Füst' as vör sinen Drüppel.

In disse Bedenklichkeit füng nu ok de Burmeister an to klingeln – dat heit, nich an sinen Kopp – dortau was he tau rauhorig; und ok nich an Nehls'en sinen, denn so hoch kunn he nich langen, und herin kam Polezeideiner Fretwust mit en Bündel Akten, und sin Vörgesetzte schreg em tau: „Fretwust, bringen Sie mal diesen unverschämten Patron aus dem Hause!"

So geschach dat denn ok – äwer in alle Gelimplichkeit, denn de Beiden wiren gaude Fründ' tosam, un Fretwust säd blot: „Na, Jochen, denn kumm man", un güng mit em up de Strat.

Dit hew ik allens so genau beschriben kunnt, wil dat Nehls mi 't mit densülwigen Worten vertellt hett. As he noch vör den Burmeister sine Dör stunn, lep ik grad' vörbi mit min' Bäuker unner den Arm un hadd dat hellisch hild, denn't wir all teihn Minuten nah Klock achten; äwer as ik minen ollen Fründ ankek un sach, wo em de Hänn bewerten und sine Näs' ganz spitz und nüsterbleik wir, verget ik Klock un Schaulpflicht un rep: „Wat is Di passiert, Nehls?" Und Nehls strakte mi äwer un säd: „Körling, wenn Du grot büst un büst Burmeister, denn veracht' uns lütten Lüd' nich und günn uns ok wat." – „Ne, Nehls", säd ik, „so grot kann ik gor nich warden, dat ik Di verachten dauh, und nu segg blot: wen hett Di wat dahn?"

„Ik – hei!" säd Nehls und wenkte mit den Kopp nah den Burmeister sin Finster, „günnt mi nich Natt noch Drög un schimpt mi för'n Patron! Sülben Patron! Un mihr as dat: hei is jo 'n Patronat! Un dat kann ik bewisen: steiht jo ümmer in de Zeitung, wenn dor wat von de Klostergäuder un so'n Kram bekannt makt ward: Patronat Bartels – na adjüs ok, Patronat Bartels, Di ward ik doch noch en Sticken steken!"

Mitdewil wiren wi an de Eck kamen, wo ik linksch af nah de Schaul gahn süll, äwer Nehls stürte gradut, un so kemen wi ut den Rüter-Dur herut up den Wall, und Nehls vertellte mi dat Unrecht, wat em geschehn was.

Na, mit den Pankrott – dor hadd ik ok kein' Insichten von; äwer woans he sik an den Burmeister räken künn, dat let ik mi nu irnstlich dör den Kopp gahn. Wi seten nu denn up den Wall und ratslagten.

Nehls wull irst in den Verein för König un Vaderland uptreden un den Burmeister herunnerriten – ik red'te em dit äwer ut, wil dat he denn doch man an de Luft sett't würd', denn uter de Adligen und annern Mattadurs, de mit den Burmeister in eine Karw hauten, wiren dat Annern all' so'ne Jabräuder, de nich wagen würden, Nehls'en bitostahn, wenn sin' Sak ok noch so gerecht wir.

Am Enn' kemen wi denn äwerein, Nehls süll den Burmeister, wenn he em nu begegnen ded, nich mihr „God'n Dag, Wullgeburen", nu süll he em „God'n Dag, Patronat" grüßen – un dat mäglichst oft so inrichten, dat de Burmeister in sin' Arbeitstid so'n lütt Ständschen von 'ne Rügensche Säg kreg. Ut den Verein süll he natürlich ut un bi de Demokraten intreden, un bi dei künn he denn jo Bartels'en so vel em düchte slicht maken. He süll sik ok natürlich stats de preuß'sche 'ne swart-rot-gold'ne Kokard ansteken un süll dorup regardiren, wat he nich 'ne rode West bi irgend einen Plünn'kramer för old krigen künn. Mütz und Halsdauk wiren jo swart un de Flausch gel. Denn müßte de Burmeister doch, so drad he em in de dütschen Farben to sehn kreg, sik hellschen argern. De preuß'sche Kokard, de de Burmeister Nehls'en bi sine Upnam in den Verein för König un Vaderland sülwst verihrt hadd – dei müßt' em furts wedder hendragen warden, und ik sned se furts von Nehls'en sin' Mütz, wickelt' se in ein Quartblatt, wat ik ut min Upsatzheft ret, un de Upschrift was:

„Burmeister Bartels, Wollgeboren,
Der hat kein Haar auf seine Ohren",

und binnen stunn:

„Sie sünd jo man en kleines Männken
Un taten mit Patron mir kränken;
Drum schick' ich Sie dies Angedenken,
Das könn'n Sie nu en Dümmern schenken."

Hento Klock nägen güngen wi beiden verswurenen Fründ' utenanner – Nehls up Rache un Swintransport – un ik up Smuggeli, denn ik hadd de irste Stunn' versümt und müßte mi nu in de Klass' smuggeln, dat Hannes dat nich marken dehr. Na, ik hadd dat all oft dahn un 't wir ümmer gaud afgahn, denn Hannes was kortsichtig un sihr gelihrt un verget meistens sin' Brill to Hus. Dissen Dag hadd ik äwer Malür. Ik kam twors in de Klass', ahn' dat mi wen seihn hadd, müßte denn äwer furts von mine Kameraden hüren, dat Hannes in de irste Stund' up mine Meinung äwer Cornelius Nepos niglich west wir. As ik de Bengels nu mit grote Wichtigkeit vertellte, wat ik in disse Stund' utricht't hadd, geröden se in grote Upregung und up den Infall, 'ne Slacht twischen de beiden Vereine uptoführen, woans se sik üm Swintrecker Nehls' slagen deden, un dat verstünn sik von sülben, dat ik minen ollen Fründ' sine Rull dorbi äwernehmen müßte. De ganze Quarta ret sik üm mi, und wenn s' mi ok Arm' un Bein' nich ganz ut den Liw' reten, togen s' mi doch de Stäwel von de Fäut un den Rockkragen in Stücken.

De Twischenstund' was to Enn', as de Slacht am hitzigsten un de Stow am dicksten wir, so dat de Jungs den ollen Hannes irst sehn deden, as he midden mang ehr stunn, un mi denn in den allertrurigsten Verfat up de Dälen smeten.

Aewer dat kam noch slimmer: Hannes, de den Stow dörchut nich liden kunn, was wütend, slog mit den Stock up den Disch, dat dat knallte, un fluchte: „Muß ich den verdammten Staub in das verfluchte Maul schlucken!" Un as he mi to sehn kreg, wil dat de annern Jungs all seten und ik hinnerher up Socken to Rum fohren wull, kam he mi in de Möt, und nu müßt' ik Red' stahn: „Wie siehst Du aus, Schlingel? Wie der richtige Fechtbruder! Und wo hast Du gesteckt vorhin, als Du fehltest? Sprich – aber keine Lügen!"

Mine Utsichten in de Taukunft wiren ebenso slimm antosehn as ik sülben, äwer min Gewissen was rein, denn ik fäuhlte mi as Opfer up den Fründschaftsaltor, und dat stärkte mi, denn ik hadd nich ümsünst dat schöne Gedicht von den Thrannenfluch deklamiert, un denn meinte ik: wenn Hannes dat hüren dehr, dat min oll' Fründ nu ok to sine Partei gahn wull, würd' em dat woll begäuschen, und ik verdeffendierte mi denn: „Ja, Herr Professor, ich bün den Sweinezieher Nehls begegnet, der wil gern Pankrott machen, aber der Burmeister will das jo nich leiden, und nu will er auch in Ihren Demokratenverein einspringen, und ich hab' ihn zugered't, und wir haben derowegen auf dem Wall Rat geslagen."

Mine Verdeinsten üm den Volksverein hulpen mi äwer ebenso wenig as min gaudes Gewissen. De Stow was tau dick und Hannes tau quad; ut minen Bericht kunn he sik keinen Vers maken. He hadd blot dat Letzte verstahn un fohrte mit an: „Was machst Du für dummen Schnack, Bengel! Was soll das Radschlagen während der Unterrichtszeit? Das gehört höchstens in die Turnstunde. Treib' Deine Allotria später!" Un wil min Rockkragen afreten was, fot he mi mit eine Hand in de Hor un bog mi dal. Und mit de anner'?

He was de irste Släger in de Burßenschaft west und hadd en hellisch loses Handgelenk. Und so slütt disse Geschicht' mit en richtigen Warbel.

Heinrich Bandlow

In Verlegenheit

Dat Schellen up städtsche Angelegenheiten is en Hauptvergnäugen för'n lütten Mann, nochtau abends in't Wirtshus, wur flustert un wenkt un mit de Schullern treckt ward, un wur dat denn heit: „So bunt kann't jo uck blot hier hergahn!" – „Wat is dit wedder för'n Tetrow'sch Stück mit de Kieslieferung!" – „Wenn dit de Regierung un dat Konsistorium man eis so richtig tau weiten kreg; äwer dor baben hewwen sei jo kein Ahnung, wat alls mäglig makt ward!" – „Sast seihn, wat ick all ümmer seggt hew, Adolf Heuer ward Kameror, un denn gnad uns Gott; de werd uns den Pipp woll aftrecken!" – „Wat Jochen Klünner in't börgerschaftlich Kollegium wil, weit ick nich; mi dünkt, wenn noch Gerechtigkeit in de Welt wier, denn müßt ick – na, ick wil nicks seggt hewwen!" – „Wat daun wi eigentlich mit 'n Polizisten? Wurför krigt de Mann eigentlich dat swere Geld, wat uns ut de Rippen sneden ward! Alle Mond föftig Mark!"

Ick kem grad doräwer tau, as abends up des' Ort de gauden Börgerslüd ehr Gemäuter utrasen leten, un Dokter Lembk, wat en ollen gauden Fründ von mi is, set fram dormang un hürte gedüllig tau.

„Man nich, Herr Doktor", säd Snieder Peiters, „Sei sünd en studierten Mann; un denn waren Sei woll inseihn, dat en Polizist en äwerflüssigen Luxus is; denn nah minen lütten Verstand kann de Stadtschriwer dat Dörchschachten un Inspunnen von de Snurrers för sin grot Gehalt noch gaud un girn mit afmaken! Wat?"

Doktor Lembk treckte sinen Mund en beten scheif, so as sin Mod is, wenn em häglig tau Sinn is, und säd: „Je nahdem! Sinen Zweck un Nutzen hett alls up de Welt, un en Polizist woll uck!"

„Ih, dat wier doch snurrig", meint Peiters, un Möller Bernstein meint: „Dat düden S' uns doch gefälligst neger ut! Dat möcht ick doch girn eis hüren! Bi uns ward nich stahlen un inbraken, un uppassen up uns' Angelegenheiten känen wi allein, dortau bruken wi keinen, äwer uns ward dat Recht jo äwer'n Kopp wegnahmen!"

„Na", säd de Doktor, „denn will ick man blot seggen, dat uns' Polizist mi körtens ut 'ne grot Verlegenheit holpen hett, un dat sogor dormit, dat hei mi den Stürzettel bröcht!"

„Na, so wat lewt nich!" säd Peiters.

„Is dit de Mäglichkeit! Dit is man wedder so'n Spoß von Sei, mi dünkt, Sei maken so'n Gesicht, as wenn Sei 'n Schelm in'n Nacken hewwen!" redte ein anner dormang.

„Na", säd de Doktor, „denn will ick Sei de Geschicht vertellen! Seihn S' mal eis – dit möt ick vörweg seggen – Sei kennen all so tämlich min Verhältnisse! Sei weiten, dat ick twors nich rik bin, äwer doch tämlich ahn Sorgen lewen kann, utbenahmen, dat min Kutscher Krischan mi männigmal mit sin Scheniestreich argert. Äwer dat is nich so slimm. Jedenfalls bün ick upsteds ein von de glücklichsten Minschen hier in uns' leiw lütt Stadt, un dat dörch twei Umstän'n. Irstens hatt min gaud oll Tanten, de ick nu tau mi nahmen hew un de Sei jo all kennen, all min Schulden glatt makt, dat ick fri as en Vagel bün, un tweitens hew ick 'ne leiwe Brut, an de ick mit ganzer Seel häng! Un nu passen S' up! Äwer uck ganz prick!

Ick ligg vör einige Dag morgens gegen säben in'n Halwdrus, un so as dat gewöhnlich is, dröm ick denn allerlei, un in minen Drom bün ick denn mit eis midden in en Boot midden up'n Beisendiek, un in min Boot sitten min oll leiw Tanten un min junge leiwe Brut. Ick hew mi den Rock uttreckt un regier de Reimen; denn dat was swaul in de Beisen un wi drei Minschen geneiten den wunderschönen Abend, un uns is so tau Maud, as wenn wi uns' Glück nah de Sommerluft rinsingen müchten, un dit geiht uck los, un as ick anfäng: ‚Als wir jüngst in Regensburg waren', don singt min Brut mit ehr schöne Stimm mit, un oll Tanten stimmt uck mit in. So wid wir also alls sihr schön; ick kann mi nich besinnen, dat ick jemals 'ne schönere Waterpartie makt hew!"

„Dat glöw ick", smet Snieder Peiters dormang, „as ick noch in Gripswold arbeiten ded in min jungen Johren –"

„Ih, so lat doch den Doktor wider vertellen!" säh Klempner Festerling.

„Gaud", säd de Doktor, „blot ein Ding wier nich sihr schön bi des' Waterfohrt! Ick verstah nich recht mit de Reimen ümtaugahn, un dat Boot schockelt 'ne Wenigkeit, un sweiten würd mi uck von de ungewennte Arbeit.

Na, as wi so ungefihr midden up den Diek sünd un de Frugenslüd lustig singen, kümmt mit mal en Windstot un ritt mi den Haut von'n Kopp. Un as ick mi ümkik, seh' ick an'n Horizont, as wi Gelihrten seggen, en Wark stahn, un ick fat mi denn rasch un segg tau min Damen, dat ick irst minen Haut wedder upfischen un denn an Land raudern will. Ick künn minen Haut düdlich seihn un kutschier denn mit Gewalt dorup los. Un't durt nich lang, don bün ick bi em, un twors so neg, dat ick em woll aflangen kann. Nu treck ick denn de Reimen in un lang nah den Haut, äwer in densülwigen Ogenblick gripen min Tanten un min Brut uck tau, un dorbi kappt dat Boot üm, un wi drei scheiten nah't Water rin!"

„Großer Gott!" rep de Snieder un ret för Angst de Ogen wid apen, „Sei sünd doch nich dorbi versöpt?"

„Ne", säd de Doktor un lacht, „dat nich, süs set ick woll nich hier!"

„Ja, ja, so kann dat kamen", säd Möller Bernstein, „passieren deiht öfter so wat! Äwer wat mi an de Geschicht wunnert, is dat, dat ick noch gor nicks dorvon hürt hew! Von so wat pleggt doch snackt tau warden!"

„Nu hüren S' man wider tau", vertellt de Doktor, „swemmen kann ick recht gaud, un ick hädd dat Äuwer uck woll fat't, wenn ick ein von min Damen, de nich swemmen künnen, in'n Arm nahmen hädd! Äwer all beid mit eis tau redden, dortau hadd ick kein Kraft!"

„Mi dünkt, wenn Sei de ein Hackerbutt un de anner in'n Arm nahmen hädden", meint de Möller.

„Ne, dat güng nich! Denn wieren wi all drei versöpt! Nu hadd ick also min beiden hartleiwen Damen vör mi, min oll Tanten, de jämmerlich üm Hülp rep, de sich unner minen Schutz stellt hadd un de tau redden min Plicht wier, un dicht bi ehr min leiw Brut, de uck in't Water ampelt, un mit de min Lewensglück verloren gahn wier, wenn sei hier in't Water ehr Graw funnen hädd! Weckern süll ick redden? Ick wier in helle Vertwiflung, wur ick henlangen süll, un seihn S', mine Herren, in des' Verlegenheit is uns' lütt dick Polizist Tessendörp mi bisprungen! Hei kem tau rechter Tid un hett mi holpen!"

„Na, wenn't dat wier! Denn wull ick doch nicks nich seggt hewwen! Also Tessendörp kem? Weckern hett de denn reddt?"

„Gor keinen!" säd de Doktor irnsthaft.

„Na, dat verstah, wer will!" säd Peiters, „wurans hett hei Sei denn holpen?"

„Hei föt mi an de Schuller und säd: ‚Stahn S' up, Herr Doktor, Sei liggen hier in't Bedd un stähnen un sweiten, un't is hellig Dag, un hier is de Stürzettel!"

„Ach so! Up de Ort! Ja, na – Herr Doktor, dit süht Sei wedder ähnlich! Uns so antauführen! Nu seggen S' äwer jo nicks mihr von Ehren Krischan sin Streich!"

De Doktor müßt nu uck mitlachen, as hei de Reih nah de dämlichen Gesichter seg.

„Seggen S' mal, Herr Doktor", säd Festerling, „wil Sei grod von de Leiw reden; as ick in de Johren was, hew ick mal en Gedicht up min Brut makt, daun Sei dat uck?"

„Gewiß! Un ick denk, ick ward uck noch up ehr Gedichte maken, wenn sei irst min Fru is!"

„Ne", säd de Klempner, „dat ward nicks! Wenn Sei irst en Lock in Ehr Frau ehren Strump seihn hewwen, denn giwt sich dat!"

„Wat woll eigentlich de Leiw is?" frög Schauster Hempling, de uck wat seggen wull.

„De Leiw", säd Snieder Peiters, „is 'ne Ort Dullheit, un de Dullheit is wider nicks, as dat einer, so tau seggen, von Ur tau En'n dull is!"

Alma Kriesche

De Fomilienreis'

Dunnemals to anno Tobak was't anners mit't Reisen as hüt to Dag. Will nu ener na Wien, na Paris, na Rom, na Cunstantinopel, so wunnert sick wider ken Minsch doräwer un't is ok nicks lichter in de Welt as sone Reis', wenn ener Geld nog in de Tasch hett. Hei seggt adjes to de Nächsten, as wull hei blot 'n beten spazieren gahn, un vielicht noch to Dissen un Jenen von wegen de „gesellschaftlichen Rücksichten", sett sick up de Iserbahn un führt nu los, un hest mi nich geseihn, is hei ok all wedder trü, wenn em sin Geschäften orre sin Vergnögen nich länger uphölt; dat Reisen an sick kost wenig Tid. Dunnemals äwer was't anners. Wenn min Vadding to Meß führt na Leipzig, alle en twei Johr ens, denn was't en Awsched up Lewen un Dod. Irst würd 'ne lütte Awschedsreis' dörch de ganze Stadt makt, ihre dat mit de richtige, grote Reis' na de Meß los güng, un dorbi kreg hei denn so vele gode Wünsch von de Jungen un so vel goden Rat von de Ollen mit up'n Weg, dat hei'n god Gedächtnis harr hewwen müßt, harr hei dat all man blot bet na Hus hen behollen sült. 'n schönen viersitzigen Wagen würd meid, de kommodste, den oll Fuhrmann Basch jichtens beseit, twei bet vier Kopherrn deilten sick in den Rummel, un denn fünn 'ne Utrüstung statt, as wenn't eigentlich blot bi uns in Pommern wat to eten gaww un in de annern Städt un Länner vör Geld un gode Würd nichs to hewwen was. Möglich ok, dat de ollen Herrn de Erfahrung makt harren, dat annertwegend woll wat to kriegen was, äwer dat't narens son Spickgaus, son Schinken, son Aal andrapen würd as bi uns. Dor nu sone Reis' na Leipzig to Wagen sine goden acht Dag wohrt un 'n lütt nüdlich Deil in sonen pommerschen Wagen rin hürt, bet em dücht, dat hei nog hett, dor de ollen Herrn, wenn sei so inpremst seten, ok woll männigmal ut lange Wiel eten, so packt denn Mudding to Hus in de Foderkist, wat jichtens rin gahn wull: 'n lütten nüdlichen Schinken, en poor Spickböst, vel schönen, dicken Spickal, son'n as wi hier harren, as uns de Iserbahn noch nich allens vör de Näs' weg un na Berlin halen deihr, un den wi dunnemals vör dat sülwige Geld kregen, as nu de lütten, dünnen Maddings von Aal, de uns de Berliner hier äwrig laten, 'ne gebradene Gaus mit sone rechte schöne knusperige Hut un mit Fülls von Aeppel un Brod un Zucker un Rosinen, so recht för'n pommerschen Magen ingericht, ondlich 'n poor Buddel Rotspohn, den hewwen sei in'n Binnenlann nich, vörut in Sachsen, wur de Lüd' von „Blümchenkaffee" un Soldgurken lewen, 'n poor Buddel Portwin un wat süß noch de Leiw un de Stolt von eine brawe Husfru utklüwen kann, denn wat sei ut Leiw to ehren Mann noch nich rin proppt harr, dat stoppt sei nu na, dat sei sick vör de annern Fruens, de ok 'ne Foderkist packt harrn, doch nich lumpen laten wull. Wenn denn allens to Schick was, ging de Fohrt los, mit Tranen von Mudding ehr Sid un Trösten von Vadding sin. Ja, so was't dunntomal mit 'ne grote Reis', un 'ne Reis' na Leipzig was en höllsches Stück. Awer ok mit 'ne lütte Reis' harr dat so sine Swirigkeiten, verut mit 'ne Vergnögungsreis' von 'ne Fomilie. Selten frilich kamm so wat man vör, wer dacht bi uns Ollen an 'ne Reis' to'm Vergnögen, dat wiren niemodsche, lüstige Gedanken, un wil „Diners" un „Soupers" nich begäng wiren as hüt, wur't alle Näs' lang sonen groten Brüllup giwwt, as vördem höchstens alle Johr ens vörkem, bi 'ne besondere Gelegenheit, so harrn uns Ollen ok keine „zerrütteten Nerven", de alle Sommer in't Bad kuriert warden möten, dat sei den nächsten Winter man jo so lang tohop hacken, bet de „lebhafte Saison" wedder verbi is. Bi uns harr nu ok woll kein Minsch an son Unnernehmen, as 'ne Reis' mit de Familie is, dacht, äwerst dit harr sinen eigenen Haken, nemlich von wegen de Bildung. Min Unkel, de was höllschen för den „Furtschritt" un för de „Bildung", un up Reisen lihrt man Bildung un't is ok 'n groten Furtschritt, un dat was jo nu de Grund, dat de ganze leiwe Fomilie to 'ne schöne Reis' mit 'n Dampschipp kem. 'n Dampschipp! – Nu kennt jidwerein son Ding, jidwer lütte Fluß het sinen „Vergnügungsdamper", un wer den noch nich seihn hett, indem dat hei nich rute kamen is ut sin Dörp, dat vielicht hoch in de Barg liggt, wur de Flüß son Sprüng un Sperenskens maken, dat son Damper sin irst Fohrt ok sin letzt sin würd, wer also würklich noch keinen richtigen Damper seihn hett, de sach gewiß bi den Paster oder den Eddelmann sine Gören son Ding in'n Lütten up de Regentunn oder up den Gorentumpel swabbeln. To min Jugendtid äwer was son Dampschipp dat achte Weltwunner, wer son Ding seihn harr, de kunn mitreden, de kunn sick wat inbillen, dat was, as wenn up em en Awglanz von de Herrlichkeit, de hei ankeken harr, hacken blewen was. – In't „Kreis- un Wochen-Blatt", dat dunntomal alle Wochens erschiente, nu heit dat „Tageblatt" un kümmt alle Dag herut un hett noch enen Konkurrenten, de heit: „Kreisblatt", dat kümmt ok alle Tag herut, so grot is bi uns nu dat dägliche Bedürfniß na Bildung, in't Kreis- un Wochenblatt also harr stahn, un jidwerein harr dat mit eignen Ogen lesen, 'n Annern trugt hei dorin nich, de harr em jo woll 'n lütt niedliches Löschen upbinnen kunnt, dormit hei sick, wenn hei dat wider vertellt, utlachen laten kunn: dat en richtiges, natürliches Dampschipp von nu an alle vierteihn Dag enmal von W. na de Insel fohrt mit Fracht un ok Passagiere mitnehmen deihr. 'n richtiges Dampschipp, von dat bi uns noch kein Minsch 'ne Ahnung hewwen deihr, was also in W. to seihn, un man kunn sogor dormit führen; dat was 'n groten Furtschritt un 'ne schöne Gelegenheit, Bildung to lihren. Min Unkel bröcht dat nu to Gangn, dat wi dat Schipp seihn un ok dormit führen sullen. Dat was nu kein licht Stück, de ganze leiwe Fomilie klor to maken, denn to de Fomilie hürten egentlich vier Fomilien mit vele leiwe Gören: Min Vadderbroder mit Fru un drei Kinner, mine beiden Vadderswestings mit Manns un tohop acht Kinner un denn min Vadding un Mudding mit ehre acht Trabanten. Wenn de all up en Flag kemen, was't 'n lütten nüdlichen Hümpel! Alle kunnen nich mit, dat was nich minschenmäglich, vele von uns wiren noch to lütt, un harren doch nicks von de Bildung perfitiert, un denn was ok de Onnibus, de uns irst 'ne Stunn'n von D. na W. führen müßt, man vör 15 Personen berekent, wurbi en von de lütteren Kinner ümmer för 'ne halwe Person güll. Nu was de grote Frag: Wer sull mit, wer sull to Hus bliwen? Acht Olle, von de Kinner de vier öllsten, dat was gewiß, denn was äwer noch Platz vör söß von uns lütt Kruptüg. Na, min Unkel harr vel „organisatorisches Talent" un kreg ok dat to Schick, de Gören, de to Hus blewen, dürften kaken un wiren dormit ok tofreden. Mi un min lütt Kusining, mit de ick ümmer allerlei Undägt uthecken deihr, glückt dat, dat wi mitkemen. Na, de Freud! Sone rechte Vörfreud is oft dat best an dat ganze Vergnögen; hett man de Vörfreud, so hett man doch wat, ok wenn de richtige Freud, de nahsten kamen sall, enen in'n Stich lett un anners utföllt, as man dacht hett. Ick wull, ick wir wedder teihn Johr un künn mi freuen, as dunntomal. Nu heww ick ball grises Hohr, un bi jede Freud, de in Utsicht steiht, denk ick an dat, wat noch mäglicherwis' dortwischen kamen kann, orre an de Nackensläg, de nah kamen. Dunnemals äwer was ick en Kind un lewt in de helle Vörfreud bet to den Ogenblick, wur de Fohrt los güng. Üm acht Uhr süll de Damper von W. awgahn, ne knappe Stunn'n harren wi von D. na W. to führen, nu wir dat also na minschliche Insichten Tid nog west, wenn wi so gegen säwen hen ut D. awführt wiren, äwerst min Unkel, de dat ganze up Hänn'n harr, nu nennt man sonen Posten jo woll „Reisemarschall", min Unkel, segg ick, de makt uns all so gegen sößen hen klor. Man weit ümmer nich, wat enen unnerwegens passieren kann, säd hei, un hei wüßt allens am besten, un dit mal süll hei ok recht behollen. Also Klock sößen güng de Hopphei los. Min Kusining un ick harrn uns bi'n Kutscher insmuggelt, wil dat wi dor ondlich üm uns kiken künnen, wat in den ollen To-Omnibus nich mäglich was. Wi wiren lustig as de Schneekönigs, de Sünn schiente so hell, de Häwen was so blag, un nu güng dat rinn in den schönen Sommermorgen, dor sull ein Kinnerhart woll rascher slan! – Proviant harr jede Fomilie mitnahmen, 'n lütt nüdlich Deil, obglik wi nich ut us leiwes Pommerland herut un ok hüt Abend all wedder to Hus kemen. 't was enmal so Mod. 't was ok 'ne schöne Mod, narens smeckt dat so schön as bi sone lustige Fohrt in lustige Gesellschaft, un so fungen wi ok an to eten, as wi jüst in den Wagen seten; de Koffe mit den schönen Studen von Bäcker Sengdehl, de dat hüt „zur Feier des Tages" gaww, harren doch nich rechten Awgang funn'n, Kinner känen nich eten in de Vörfreud. Nu äwerst satten wi richtig in den Wagen, nu künn uns de Fohrt nich mihr in de Kratz gahen un nu stellte sick de Apptit ok mit duwwelte Gewalt in. As uns de Ollen so nehrig eten segen, fungen sei to Gesellschaft ok 'n beten mit an, so dat wi 'n lütt nüdliches Frühstück verputzten, wat bi gewöhnlichen Verhältnissen woll för drei mal rekt harr. Dat was äwerst ok man recht god, dat wi nu Vörpahl slögen, denn nahsten hewwen man de wenigsten von uns noch eten. Wi wiren nu mäglich lustig, weniger von wegen de Utsicht up de Bildung, as von wegen de Utsicht up dat Vergnögen, un dat was jo eigentlich all in'n vullen Gange. Min Kusining un ick vertellten uns up unsen Kutscherthron, wat wi doch vör höllschen wichtige Personen wiren un wur de annern in de Schol woll kiken würden, wenn wi morn so bi Weg langs fallen leten: „Wi sünd gistern ok 'n beten mit dat Dampschipp na de Insel west, 'ne lütte Vergnögungsreis'." – Ich heww späder inn'n Lewen männig Reis' makt, de de annern Lüd wunner wat dücht, mi kem dat man ganz simpel vör, äwer up dese Reis' kem ick mi höllschen vör un bild mi 'n möglich Stück dorup in. So führten wi denn nu in helle Lust un Freud na de schöne Gotteswelt herin. De in den Wagen wiren ok lustig, un sei sungen ok, min Unkel ümmer vorän: „Der Mai ist gekommen, die Bäume schlagen aus." Na, den Mai harren wi nu frilich all achter uns, äwer dat schad em nich, un singen deihr jidwerein na sine egne Melodie un ok in sine egne Tonort, männigen ok in sone, de dat gor nich giwwt, denn von dat musikalische Gehür harren wi, as uns leiwe Herrgott sine Gawen verdeihlte, nicks awkregen, (uns Herr Kanter harr to min Swesting seggt, de sick in de Schol von wegen dat Singen prüfen laten wull, gah du man, min Döchting, du brukst gor nich to versöken, allens wat R … heit, kann nich singen); äwer dat schad em ok nich, wi sungen doch, un uns Gesang kamm uns von Harten un gung uns ok to Harten, dat was de Hauptsak. So süngen wi ümmer tätig wider, en schönes Led na dat anne, un kemen in sihr gehabene Stimmung bi den Mählenweg an, de von de Schasse na dat Water ran geiht, wi harren höchstens noch fif Minuten to führen, denn süllen wi dat achte Weltwunner mit eigene, liwliche Ogen to seihn krigen. „Süh kik, süh, dor sühst du woll, dat möt dat Undirt von Dampschipp sin", segg ick to min Kusining, „dat grote Dirt, wat dor up dat Water swabbelt." – „Ach wat", seggt sei, „du büst 'n ollen blinnen Heß, wat du sühst, dat swabbelt nich up dat Water, dat führt an'n Strann'n un is ok ken Schipp, dat is 'n richtiges Föder Heu."

„Je, wur is denn äwerst de Damper?“ segg ick. „Je, dat mücht ick ok weiten“, seggt sei, „’n gewaltig grotes Dirt möt dat doch sin, dat ondlich mit Damp äwer dat grote Water fohrt, na, ick seih nicks as sonen lütten Schorstein äwer dat Oewer kiken, wenn dat de Schorstein von den Damper is, un ’n richtigen Damper sall jo ok woll’n richtigen Schorstein hewwen, denn gah ick up dat Dirt nich rup, denn is mit de Sak to wacklig.“ – „Je“, segg ick, „wenn hei’t in de Höcht nicht hett, hett hei dat mäglicherwies’ in de Breid, wi willn mal awluren, wat uns Ollen seggen.“ Aewerst de harren keine Tid, an den Damper to denken, de markten in ehren Kasten un bi ehren rührenden Gesang gor nich, dat wi all an den Mählenweg wiren, un as sei nu grad so recht mit Aewertügung sungen: „Nun geht die Reis’ in die weite, weite Welt“, dünn bögt uns Kutscher, de wohrschinlich von den Gesang sihr ergrepen was, na den Weg rinne, ’n beten wat kort aw, de Wagen kreg ne lütte Swenkung na linksch, un güng de Reis’ nu ok grad nich in „die weite, weite Welt,“ so güng sei doch in den nächsten Schassegraben, un tworst mit sonen Wubdig, dat de dor in ehren Kasten to Mod würd, as kemen Ostern un Pingsten up einen Dag, un de schöne Gesang mit en grotes Geschrei endte. Dor lag nu de ganze leiwe Fomilie as Krut un Röben in den Onnibus mangenanner, de Onnibus in den Schassegraben mit de Deck na unnen un de Räder na baben, as wullen de vertellen, wat hier passiert was. Min Kusining un ick wiren bi de Krampeli dal sprungen von den Buck un legen weik un god in en schönes grönes Roggenfeld; as wi uns dor nu rut ampelt harren un na den Wagen ran kemen, wiren all vier Herren, de dicht achter uns führt wiren, ok von wegen de Fohrt mit den Damper, dorbi, uns leiwen Vaddings un Muddings un Swestings un Brödings, de as krumm Stroh in den Wagen mangenanner legen, ut den Onnibus rut to lotsen. Dat was nu kein ganz licht Stück, denn wecker von sei, vörut min Vadding un min Mudding un ok min Unkel, wiren en beten wat füllig, äwer endlich harren sei alle rute fischt un all, de eben noch so schön ut depsten Harten sungen harrn: „Nun geiht die Reis’ in die weite, weite Welt“, de segen nu gor nich recht unnernehmend un reislustig mihr ut, sei stunn’n in Gegendeil man sihr mißtröstig dor, de en hüll sick de Back, de anner den Kop, de drütt den Arm orre dat Bein, ’n beten harr jidwerein awkregen; äwer in’n Ganzen was’t god awlopen, bi keinen was dat so slimm, dat hei up de Bildungsfohrt mit dat Dampschipp verzichten wull, un wenn’t ok woll hier un dor ’n beten nich ganz richtig was, de frische Seeluft würd woll allens wedder to Schick bringen. De Kränksten würden nu in den Wagen von de vier fründlichen Herrn packt, nahdem irst recht vele Kumpelmenten makt wiren, indem dat unse Ollen de Herrn nich den Platz berowen wullen un denn ümmer en den annern vör den Kränksten estimiren deihr', allens ut Höflichkeit. As sei denn nu endlich fast seten, güng dat na dat Schip dal, indem wi, de wi nich Platz in den Wagen kregen harrn, de wenigen Schritt to Fot makten. De Lustigkeit, de eben noch so schön in'n Gangn was, harr 'n lütten Stot kregen, äwer de würd woll wedder kamen, wenn wi man irst de frische Seeluft kregen. Dor lag de Damper nu vör uns. Wi harrn uns 'n Damper nu ganz anners vörstellt, wenigstens min Kusining un ick, dat was würklich man dat lütte Ding, wurvon min Kusining den Schorstein wohrnahmen harr, äwer de annern säden nicks, wat as Verwunnerung utsach, ick weit nich, was dat, wil sei to vel mit ehr Arm un Köpp un Bein to dohn harrn, oder ob sei sick son Ding grad so dacht harrn, genog, sei säden nicks, un so säden wi ok nicks, wenigstens nich lud, wi wull'n doch ok nich vör dämlich gellen, un deihren nu, as wenn dat so müßt, as wenn wi uns sonen Damper ok gor nich anners vörstellt harren. Wi kladderten nu up dat Dirt rup, sihr inladend was dat jüst nich, dat Schipp was jo eigentlich man för Frachtgod inricht un namm blot so nebenher Passagiere mit. Na, dat schad em wider nich, twei Stunn'n sünd dat jo man, un de Seeluft is jo enstwilen de Hauptsak un de Bildung, un beides künnen wi jo nu riklich geneiten. Dor wi uns tirig rut makt harren, so müßten wi trotz unsern unfriwiligen Upentholt in dat Roggenfeld un in den Schassegraben noch en beten luren un kunnen uns von unsen Schreck verhalen. Na, lang durt dat äwer nich, dunn was de Klock acht, un de Rummel gung los. Puff, puff, puff – tsch, tsch, tsch, du leiwer Gott in'n hogen Häwen, wat makt dat Dirt vör enen Spektakel, wi verfierten uns nich slicht, as dat los led, äwer de Ollen säden nicks, un so benehmen wi uns gebild un säden ok nicks, un ball makt de Sak uns Gören wenigstens mäglichen Spaß. „Du, kiek", seggt min Kusining, „kiek blot, wur Tanten Mining na de Maschin hen lurt!" – „Sei trugt den Freden nich", segg ick, „dat Dirt prust un spuckt, dat kunn jo mäglicherwies' ok bieten, mit son Weltwunner is männigmal nich to spaßen, un Tanten, dat weitst du, hett dat ümmer sihr mit de Vörsicht." – „Du", seggt nu min Kusining, „hest du nich noch 'n beten to eten? Ick bün nich to min Recht kamen, mi is min best Stück Schinken, dat ick mi bet toletzt uphegt harr, fleuten gahn bi den Wuptig von den Omnibus run." – „Ne", segg ick, „nu möt wi man uthollen bet Middag, uns Ollen mag't nu ok nich üm Eten angahn, de hewwen noch to dohn mit ehr Köpp un Arm un Bein, un denn, ick weit ok gor nich, ob wat von uns Herrlichkeiten rerrt worden is ut den Graben, dor hett woll keiner an dacht, dormit warden sick nu woll de Lüd vernüchtern, de den Onnibus ut den Graben tritzen." – „Na, denn man to", seggt Miken. – Nu wirt't woll so an de Tid west, dat wi von den egentlichen Zweck von de Reis' wat perfitiert harren, ick mein, uns Unkel harr sick nu woll 'n beten mit unse Bildung befaten kunnt, indem dat hei uns dat „Woso" un „Woans" von dat Schipp un von de Maschin un von den Schorstein verklört harr, äwer dat sull nicks warden. Wi wiren nu so mitterwils na de See rin kamen, de Wind pust düchtig, dat Schipp makt de lustigsten Sprüng, dat was jo likerwies' as in 'ne Schockrep! „Na, dit kann mi gefallen", segg ick. „Ja", seggt Miken, „up dese Ort geföllt mi dat Bildung-Lihren recht god, dat geiht hier vel sachter to as in ne Schol." Ball süll sei äwerst nog krigen von dese Ort. Na, enstwilen gefüll uns dat Stück jo wunderschön, as wi äwerst na de annern en Og slogen, dücht uns, dat sei dor satten as de bedröwten Lohgarwers. Was't von de Stanickels bi de Onnibuskrempeli oder harr dat noch'n annern Haken? Lang sull dat nich duren, dunn wüßten wi ganz genau dorvon Bescheid, dunn seten wi jüstement so stilling un kurlos dor as de annern. „Du", seggt Miking to mi, „ick weit nich, mi is so narsch to Mod, ick heww gor keinen Appetit mihr up Schinkenbodderbrod." – „Swig still," segg ik, „wur kannst du blot von Eten reden; nich fein! Mi is, as mücht ick min Dag nich wedder eten, wat heit dat blot?" – Baff schütt min Kusining an mi vörbi, na dat Gelänner ran, leggt sick äwer Burt un kickt, so dücht mi, sihr andächtig in dat Water rin, männigmal fohrt sei mit'n ondlichen lütten Ruck vöräwer. Wat kickt sei dor, denk ick, un obtworst ick mi sihr elend fühl, bün ick doch noch wat niglich un gah ehr nah. – Du leiwer Gott, wo sach sei ut, kridenblik in dat Gesicht un denn – na, was mi bit jitzt nich slicht, denn würd't. Wenn ick ok süß nicks up dese Reis' persitiert harr, ein Deil heww ick richtig ... verget ick nich, wenn ick ok hunnert Johr old ward. Ick heww ut'n Grunn'n to weiten kregen, wur einen seekranken Minschen to Mod is: Doh mi nicks, ick doh di ok niks, man blot nich: rühr an, nich lewen un nich starwen känen, dat is de Seekrankheit; un wenn denn de gesunden Minschen in de beste Awsicht kamen un enen fragen, wur dat geiht, wur enen to Mod is, denn hett man dat Geföhl, as lachen sei innerlich äwer enen, wil sei sülwst gesund sünd as'n Fisch in'n Water un ok recht god weiten, dat dat mit de Seekrankheit wider nicks up sick hett, dat sei vörbi is, wenn'n an Land kümmt un man denkt: Je, künn ick di man ens verreken för dine fründliche Anfrag un din Spitzbobengesicht, blot dat jede Bewegung de Sak slimmer makt. Na töw! – Mit vel Fragen würden wi nu jüst nich behelligt, uns Ollen wiren sülwst to krank an ehr Köpp un ehre äwrigen Glidmaßen, un dorto noch de Seekrankheit, dat sei uns girn tofreden leten. De schöne frische Seeluft, von de sei sick so vel verspraken harren! Dat müßt sei nu so begriesmulen. Na, endlich nah twei Stunn'n kemen wi in L. an, man'n beten sihr stilling, dat „Wannern in die weite, weite Welt" dücht uns gor nich mihr so pläsierlich as hüt Morn. In L. würden wi nu in twei Wagens stoppt un na de Residenz P., 'ne lütte Stunn' n von L., führt. P. was nu dat eigentlich Sehenswirte hier, wur wi ok noch vel Bildung persitieren künnen. Vör't irste Gasthus würd still hollen, un Miken un ick spröken uns, äwer man ganz lising, unse Verwunnerung doräwer ut, dat twei sone fine junge Herrn in'n Snipel uns entgegen sprungen, uns den Wagenslag upmakten un uns so recht orig un fründlich runne hulpen von den Wagen. Mit de Tid heww ik jo nu lihrt, dat sone finen jungen Herrn mit'n Snipel man ganz gewöhnliche Kellners sünd un dat ehre Fründlichkeit mihr uns Portemone gellt as uns; äwer dunnmals wüßt ick noch nicks von „Europens übertünchter Höflichkeit" un müßt mi äwer de fründlichen jungen Herrn un äwer son „Hotel", in dat ick ok tum irsten Mal kamm, sihr wunnern. 't was eben elw, as wi vör dat Gasthus still hüllen, um 1 Uhr sull eten warden, table d'hôte säden sei, un dat was nu wedder so wat, äwer dat Miken un ick uns hemlich wunnerten, wat dat woll wedder to bedüden harr, nu wi würden dat jo woll erlewen. Bet 1 Uhr was also noch wunderschöne Tid, 'ne Wannerschaft dörch de Stadt to maken, denn nahgradens würd dat nu woll Tid, sick'n beten mit de Bildung to befaten, wenn dat äwerall noch wat warden süll hüt. Min Unkel dücht dat ok woll, un hei frog nu, wer mit em gahn wull, hei wull uns nu de „Sehenswürdigkeiten" von P. wisen. Uns Vaddings un Muddings bedankten sick nu vel mal, de wullen versöken, 'n beten to eten un sick denn verhalen von de Seekrankheit un von de Stanickels, de sei bi de Reis' in den widen, widen Schassegraben kregen harren un de sick nu dütlicher as in den irsten Ogenblick mellten. Bi Gören hölt so wat nich lang vör, un so wannerte de lütt Gesellschaft denn mit unsen Unkel, de sick ok nich licht unnerkrigen let, an 'ne

Spitz vernögt aw. Uns Unkel, de up de Insel buren un tagen was, also god Bescheid wüßt, führt uns nu toirst na dat fürstliche Schloß, un wil de Herrschaften grad nich dor wiren, künnen wi dat ok för gode Würd un godes Drinkgeld inwendig to seihn krigen. Je ja, je ja, was dat schön! Sone Del, dat lat ick mi gefallen, de Wänn'n un de Säulen von bunten Marmur, Kron- un Armlüchters von blankes Gold un rund herüm schöne grote Poppen von witten Marmur, „Copien griechischer Statuen", säd min Unkel. Dat wiren de irsten von de Ort, de mi to Gesicht kemen, äwer mi was, as güng de Sünn nu eben irst up, de doch den ganzen Morn all recht heit up unsern Puckel schint harr. Ick kunn sei nich nog ankiken, de Poppen rund herüm, dat was jo kein Stein, dat was Fleisch un Blod, man sach jo dütlich de Adern unner de Hut liggen. Ick föt de ene Popp, späder heww ick lihrt, dat dat de „Venus von Milo" was, de schönste Statue dücht mi, de je von Minschenhand in olle un nige Tid makt is, ick föt ehr up den Fot un wunnert mi, dat hei nich warm un weik was. An dese Poppen heww ick noch oft naher dacht, un von desen Dag schriwwt sick mine Vörleiw för de Bildhauerkunst. – Na, nu äwerst de Trepp! Hoch un breit, dat sick twei vierspännig Föders dor god un girn harren vörbi führen kunnt, wenn't man kein Trepp wesen wir un ok ganz von Marmur. Ja, son Fürst hett dat god, dacht ick, ick wüßt dunnto mal noch nich, dat de Ort ok ehr Plag hett, männigmal mihr as wi. „Du", röppt Miking, de uns vörut de grote Trepp rup lopen was, „du, kumm blot rup, süh kik, hier is noch ene sone grote Trepp, von'ne anne Sid kann'n hier ok rupe kamen." – „Du büst nich klok", segg ick, „mi dücht, dese Trepp is all mihr as to grod, wat süllen sei woll mit twei sone dohn, un wenn son Fürst ok woll 'n hellschen Kirl is, so gewaltig vel mihr Platz as unserein ward hei jo woll nich vör sine hoge Person bruken." – „Je, dat möt doch woll", seggt Miking. „Kumm un kik sülwst to, wenn du meinst, ick wil di Löschens vertellen." Ick spring nu also ehr na, de Trepp herup un wil mi doch mit eigene Ogen äwertügen, ob dat würklich wohr is, dat son Fürst twei utverschamten grote Treppen hewwen möt, wur uns Oellern un wi uns got un girn mit den achten Deil von de en begnögt harren. Dor stah ick nu un kik, warraftig ja, dor is noch jüstement grad sone Trepp as de anne un führt na den sülwigen Awsatz rup. „Na, denn man to", segg ick, „wenn sei enmal dor is, wil ick ehr ok benutzen", un will in'n vullen Kurrir de Trepp dal. „Kamt her", röppt min Unkel nu von unnen, achter sone grichsche Popp rut, „wat hewwt ji dor allein baben rüm to snückern?“ Na, ick wir nu ok woll von sülwst kamen, denn as ick mit sonen rechten Angilopp de Trepp na de anne Sid dal will, krieg ick ens vör den Bregen, dat ick denk, Ostern un Pingsten kümmt up enen Tag, ick harr mit den Kopp dörch de Wand wullt, dat heit, dörch de Spegelwand, denn de tweite Trepp was blot de irste, de sick in de grote Spegelwand in liwhaftige Natürlichkeit awspegeln deihr. Glückliche Wies' was dat Glas up sone Buckspdrüng inricht, äwer min Kopp man nich, ick kreg 'n degten Brusch un föhlt dütlich, dat ick vör hüt kene Bildung mihr in mi upnehmen kunn. Wi würden nu dörch vele Stuwen un Saals lerrt, uns Unkel let uns nich mihr von de Sid un verklort uns vel von „eingelegte Möbel“ un „Geobelins“ un „Kunst“ un „Kunsthandwerk“, äwer ick hürt und sach nicks mihr, min Kopp drähnt mi un was nich mihr inricht up Bildung-Lihren. Ick was heilfroh, as dese Bildungsgang vörbi un wi na dat Hotel torü güngen. Uns Oellern, de sick midderwils mit koll Water un Sempplaster un Adebussade einanner unner de Ogen gahn wiren, kemen nu allmälig ok to Rum, äwer man sihr mißtröstig noch, de Bulen, de sei sick bi de Wagenkrempeli halt harren, fungen nu irst an weih to dohn. Wi setten uns nu an de „table d'hôte“. De fründlichen jungen Herrn mit de Snipels harren wedder de grote Gefälligkeit, uns dat Eten rümm to langen, un ick bedankt mi ok jedes mal sihr orig, wenn sei sick de Mäuh makten, mi de Schöddel hen to hollen. Unsen Pries hewwen wi all nich rut eten bi dese Gelegenheit, höchstens de annern Gören, de sick nich den Kopp stött harren; uns Oellern mit Utnahm von unsern Unkel, de sick so licht niks anfechten let, leten de meisten Schöddels an sick vörbi gahn, sei was gor to misig to Mod von den Fall un von de Seekrankheit, un as wi von Disch upstunn'n, dunn güng jidwerein wedder rup na sine Stuw mit den Bescheid, em to wohrschugen, wenn dat mit de Awfohrt los gahn süll, sei wull'n froh sin, wenn sei man irst to Hus wiren un in ehr eigen Bedd liggen gahn künnen. Min Unkel güng nu mit de annern Gören dörch den Park na de Brugeri un dörch de lütte Stadt un wiest ehr, dat alle Hüser in P. witt wiren tom groten Schaden vör de Ogen, äwer to Freud vör den Fürsten, de dat so wull. Dat hett lütt Miken mi nahst up den Trüweg vertellt, dat mi ok jo nicks von de Bildung verluren gahn sull, de sei genaten harr; ick harr mi na dat Middageten bi min Mudding up't Bedd leggt, von wegen de Drähnung, de ick noch in min Kopp harr. Punkte vieren hüll de Wagen vör dat Hotel, wi kladderten rup, nahdem en von de jungen Herrn in'n Snipel den Slag upmakt harr, hei hulp uns ok noch bi't

Instigen un makt ok ut grote Gefälligkeit den Slag to. Min Unkel rekt em tom Dank ok de Hand, de de Snipeljüngling denn gliks in de Tasch stek mit 'n depen Diener un vel schön Dank; mi wunnert blot, dat min Unkel, de süß doch ümmer sihr vör de Höflichkeit was, em nich ok in Würden dankt, äwer hei müßt dat jo weiten. Wi führten denn nu los un kemen ball in L. bi den Damper an. Lang brukten wi nu nich to luren, dunn sett sick dat Ding mit puff, puff – tsch, tsch in Bewegung, un ball wiren wi in See. De Wind harr sik leggt, keiner würd seekrank, un so harr dat jo, Enn'n god, alles god, 'ne ganz hübsche Trüfohrt waren kunnt, de all de slimmen Erlewnisse to'n stillen, friedlichen Awsluß bröcht harr, wiren wi nich noch eklig ut de Ruh upstäkert worden, de sick sacht äwer uns leggt harr. Min Tanten Minking harr sick gliks dicht an den Schorstein ran sett von wegen de Warmniß, ehr was trotz den schönen Sommerabend schurrig word'n na all de Erlewnisse, un de Maschin, dat harr sei jo up de Henfohrt seihn, bet nich, sei spuckt blot. En jung Minsch, ick glöw en Commis „voyageur", denn de Ort is jo ümmer Hans vor allen Hägen, mäglich ok, dat hei sine Bildung erwidern oder ok sick blot 'n beten warmen wull dor unnen, genog, de jung Minsch was in den Maschinenrum kladdert un molestiert dor den Maschinenhitzer mit sine dämlichen Fragen. As de nu seggt, hei hett kein Tid vör em, hei möt up sin Maschin passen, geiht de Jüngling up eigene Hand wider, ümmer dichting bi de Maschin, un't wohrt ok nich lang, dunn kriggt de Maschin 'ne Slipp von sinen Awertrecker to faten, dat giwwt enen Ruck, min Tanten, de dat von baben seihn hett, sriggt ludhals', sei markt jo nu, dat dat Dirt doch bitt; as wi Gören Tanten srigen hüren, srigen wi to Gesellschaft 'n beten mit, denn wenn Tanten sriggt, möt doch Grund tom Srigen sin; dat Schipp leggt sick ganz up en Sid, allens löppt un röppt wild dörch enanner, un wi denken nu nich anners, as uns selig Enn'n is kamen. Awer de Kaptain harr de Sak ok seihn in den Ogenblick, as de Maschin den Aewertrecker to faten kreg un harr: „Stopp" un „trüwärts" kummandiert. De Probenrider harr sick ut sin Aewertrecker, den hei blot so umhongen, woll wil dat forscher utsach, herute schellt as de Arwt ut de Paal, un för dit Mal wir hei un wiren wi noch mit den Schreck dorvon kamen. Aewer de was uns all doch eklig in de Glider fohrt, un mit de stille, ruhige Stimmung von de Ollen un mit de Lust an de Damperfohrt bi uns Jungen was't nu heil un deil to Enn'n. Wi wiren all heilfroh, as dat Schipp endlich in W. anleggen deihr und uns Onnibus, obglik hei uns hüt Morgen umsmeten harr, kem uns doch as en „rettender Engel“ vör in Verglik mit dat Dampschipp. Bi son Krempeli mit’n Wagen kann ’n jo eklige Stanikkels weg krigen, uns Ollen kunnen dorvon vertellen, man künn ok mäglicherwies’ Arm un Bein breken, obglik dat hüt nich so slimm kamen was, äwer dat oll Water hett kein Balken, un wenn son Schipp umsmitt, denn geiht dat furts an dat Lewen. As wi endlich wedder in den Onnibus seten un na ’ne lütte Stunn’n to Hus ankemen, wiren wi all sihr froh, dese Vergnögungs- un Bildungsreis’ achter uns to hewwen. – Wat mi nu anbedrapt, för de annern kann ick nich upkamen, so is dat mit dat Vergnögen up dese Reis’ man gatlich west, wenigstens von den Ogenblick an, wur wi mit den Onnibus umsmeten, äwer wat de Bildung angeiht, so möt ick doch seggen, dat de Reis’ för mi nich ganz vergews was: Irstens heww ick ut’n Grunn’n lihrt, wur enen seekranken Minschen to Mod is, un denn, un dat was en Gewinn vör’t Lewen, heww ick ’ne Ahnung dorvon kregen, wat vör schönen reinen Genuß man hewwen kann, wenn man Gelegenheit hett, sick bi de Reste von de olle, grichsche Kunst weg to drömen äwer de Jämmerlichkeiten von de Gegenwart, uterdem heww ick to weiten kregen, dat ’n sick eklig den Kopp stöten kann, wenn ’n dormit dörch ’n Spegel will, un toletzt heww ick noch markt, dat sone Dampschippmaschin ’n glupschen Ekel is un bitt, wenn en Commis „voyageur“ em sinen Aewertrecker hen hölt. – Min Unkel äwer möt dor doch woll ’n Hoor in funnen hewwen, ’ne Reis’ mit de ganze Fomilie von wegen de Bildung hett hei mines Weitens nich wedder unnernahmen.

M. Düsterbrock

Blag-Öschen

In’n Holt was sei buren, grad to de Tid, as de Böm Knuppen kregen un de irsten Bläumings, Annemonen, Stirnblaumen und blage Öschens, ehr lütten Köpp niglich hervörsteken un sick von de Frühjohrssünnenstrahlen küssen leten. Un desen Ümstand müßt dat woll tautoschriwen sin, dat sei sülben ok as ’ne richtige lütte Blaum was: fin, zort, äwer doch so äwer de Maten leiwlich, un ’ne Freud för jedvereinen, de dat lütt Dierning to seihn kreg. Am mihrsten natürlich för de glücklichen

Öllern, wat de Jägerslüd wiren; de meinen nich anners, as dat uns' Herrgott extra för ehr en lütten Sünnenstrahl in Fleisch un Blaud kledt hadd, de nu dat ganze Hus mit sinen Schin dörchlüchten un erhellen süll.

Ehr eigentliche Nam was Annemarieken; äwer wil sei gor so zirlich was, un wil ehr wachten Ogen ümmer blager würden, schir as de klore blage Hewen, so hadd Vadding ehr öfter „Blag-Öschen" nennt, un as sei gröter würd un sülben an to pohlen füng, dunn hadd sei dit upschnappt und hadd des' Beteiknung woll so recht paßlich för sick funnen un näumte sick denn sit de Tid ümmer sülben so; un so hebbt sei desen Namen.

Un sei höl sick tru to ehresgliken, nämlich to de Blaumen, den ganzen Dag spelte sei dormit. Un Sünnenstrahlen wull sei, wil't doch Verwandten von ehr wiren, ok ümmer gripen; en pormal hadd sei ok ganz gewiß einen fat't hatt, äwer wenn sei denn de Hand upmaken ded, was hei ümmer wedder rutwest, un mit en beduerndes „Ohh!" kek sei denn ümher un wunnert sick, dat de Racker all wedder an de Wand oder buten in de Böm rümmerhuschen ded.

As sei drei Johr olt würd, bläughte de Holt ok grad wedder so recht in vulle Pracht. Mudding hadd en lütten Kranz wickelt un dor en Kauken instellt, un ok noch en por nige Schauh un Spelings dorbileggt up en ganz lütten finen Disch, den Vadding för sin Öschen köfft hadd; äwer anstatt sick to freugen, säd de lütte Unverstand ganz bedräuwt: „Dor sünd so gorkein Bläumings up!" un lep nah buten un kamm nah ne Wil strahlend vör Freud torög: „Süh' so, Öschen hett irst weck halt, ne danze Szört vull!" un wes' de Herrlichkeit: luter Gras un Musch un twischendörch ok en por Waldblaumen dormang; äwer de lütten Finger hadden de finen Stengels nich faten künnt – sei hadd ehr all de Köpp afreten. Un de ganze Segen würd nu äwer den Disch schüddt, un Mudding hadd naug to stüren, dat tom weinigsten de schöne Geburtsdagskauken verschont blew.

Bi anner Lüd fingt de Aust in'n Sommer an, äwer bi ehr güng't all ümmer tidig in'n Frühjohr los: ganze Poppenwagens vull Krut un Blaumen würden denn inführt, un de best Spaß was denn noch, wenn't Fäuder scheif laden was un de Geschicht in't Wanken kamm un toletzt ümkappen ded.

Winters was ehr schlichtst Tid, denn künn sei nich buten ströpen un müßt sich mit de Isblaumen behelpen, de an de Finsterschiwen wassen deden. Äwer denn kemen ok Freudentag': Wenn't nich tau kolt was, nehm Vadding ehr männigmal mit, wenn hei dat Wild faudern ded. Oh, un dat was 'ne Lust, wenn de Diere denn ganz dichting rankemen, so dichting, dat einer ehr binah straken künn; un son lüttes Reh to eigen to hewwen, was Öschen ehr sehnlichste Wunsch. Un sei was äwerglücklich, as Vadding späder in'n Sommer würklich mal son lüttes helles Dierd mitbringen ded, wat in'n Jägerhus' uppappt warden süll, wil't kein Mudder mihr hadd. Dat würd denn nu Öschen ehr Fründ un Spelkamerad; Mudding müßt ehr en rodes Halsband schinken für „Resing", as sei't raupen ded (desen Namen hadd sei mal bi ehr Tanten hürt as Afkörtung von Terese), un ne eigen lütte Schöttel kreg't ok, wo't ut eten süll, un't hadd nich vel fehlt, denn wir't ok up'n Sofa un in Öschen ehr Bedd rinnernödigt worden.

As't utwossen was, dunn hadden all de Gauddahten Resing äwer nich mihr hollen künnt, sei was ümmer öfter to Busch lopen un ümmer siltener an Hus kamen, un toletzt was sei ganz utblewen.

Öschen hadd sone Undankborkeit gornich begripen künnt, wull äwer liker Böses mit Gauds vergellen, un en Por Strümp un en warmen Schaldauk fört't undankbore Veih knütten un em dat uphegen, falls sick't tom Winter noch wedder instellen süll.

Äwer 't stellte sick nich in; un Öschen künn dat ok mang de annern nich rutfinnen, wenn sei nahsten, as all wedder Snei lagg, mit Vadding nah de Fauderplätz güng; denn dat rode Halsband, woan't doch ganz dütlich hadd to kennen sin müßt, was em woll afhannen kamen. Un in trurige Gedanken äwer dat arme Resing, wat sin Glück so mit Fäuten von sick stött hadd, güng sei denn nah Hus un würd irst wedder froh, wenn Mudding sick in'n Schummern mit ehr ant Finster setten un ehr schöne Geschichten vertellen ded vont Wihnachtsfest un von den leiwen Heiland, de as en arm Kind to Irden dalkamen was, midden in'n kollen Winter, dat hei alle Minschen to sin Bräuder maken un ehr wisen wull, wo sei lewen müßten, üm richtige Gotteskinner to warden. Un dat hei besonners de Kinner so leiw hatt hadd, dat hei sei, as hei naher all en groten Mann west was, öfter up'n Schot nahmen un ehr küßt un segend hadd.

Wenn denn Wihnachten kamm, denn kek Annemarieken jeden Abend, wenn de hellen Stirn an'n Hewen upgüngen, dörch de Finsterschiwen, of woll nich de leiwen Engel wedder kemen un dat Christkind nochmal dalbröchten to Irden.

Äwer as sei nahsten irst nah Schaul güng, dunn wüßt sei all, hei kem nich mihr würklich dal, dat was blot dat ein mal west; nu kek hei ümmer ut den schönen, lichten Himmel herut un freugt sick, wenn wer an em dinken un em leiw hewwen ded.

Un Öschen hadd em leiw, oh, so leiw! Un sei breid't de lütten Arm wid ut, as wir hei dicht bi ehr, un sei müßt em ehr Leiw' dörch dit sichtbore Teiken bewisen.

In de Schaul geföl 't ehr sowid ganz gaud; sei mücht girn lihren, un de hübschen Lider süng sei nahsten mit Mudding tosamen ümmer all nochmal. Blot dat stunnenlange Stillsitten, dat was doch ne tau infamtige Inrichtung! Harwst un Winters äwer let sei sick dat noch gefallen; äwer so as dat irste junge Gräun hervörkamm' un de Blaumen an to bläuhgen füngen, denn was ehr dat Inspunnen äwer, un sei künn gornich begripen, worüm de Schaul nich buten afhollen würd, wo't doch so vel beter was.

Bi't Nahusgahn plückt sei denn ümmer grote Strußen; jeden Tag wiren frische Sorten von Waldkinner upslaten; weckmals müßten sogor de Bäuker rut ut de Schaultasch, un denn würd dei ganz vullpackt vull „Gräunkram", as ehr Schaulkollegen säden. Äwer – „Mudding, sei wiren so hübsch, ick wull s' di mitbringen!" säd sei denn as Entschülligung, un de freugt sich dortau, as äwerall, wenn sei ehr Kind glücklich sach.

„Sone schönen Blaumen kann doch kein Minsch maken as de leiw Gott, nich Mudding?" seggt Öschen einmal in grote Freud, as sei wedder mal 'ne ganze Schört vull anbröcht hett un nu gegen ehr Mudding vör de Husdör sitt un Kränz' dorvon winnt.

„Nee, dat kann kein Minsch", is de fründliche Antwurt; „uns' Herrgott möt ümmer irst sinen Segen gewen, wenn wat wassen un gedeihgen sall."

Un sei strakt ehr Döchting äwer dat siedenweike, blonne Hor un kickt ehr in de kloren Ogen un dinkt in'n stillen: ‚Du büst doch sin allerschönste Blaum!' Un ehr Hart flöggt rascher un vull heiten Dank nah baben: „O Gott, erholl s' so fram un rein!"

Mit einen mal föllt ehr in, dat de Lüd öfter seggt hewwen: Dat Kind ward nich grot, sei hett sonen äwerirdschen Blick! Un ehr Hart krampt sick tosamen – süll't wohr sin, wir dat Kind för de Welt to zort un to schad, süllt't ne Himmelsblaum waren? Nee, nee, dat kann nich sin, dat kann nich sin!

Lütt Annemarieken hett ehren Kranz farig, Mudding is so still – un eben – ja würklich, dor föl en natten Druppen up ehr Hand! Sei kickt tohöcht: „Mudding, rorst du? Da, Mudding!“ Ingstlich dringt sei sick an ehr un drückt ehr den Kranz, de unner de lütten warmen Finger all ganz welk worden is, in de Hand.

Sei nimmt dat Kind up den Schot un drückt't an sick un küßt 't wedder un wedder un hett blot ümmer dat ein heit Gebed: „Dit säute Lewen lat uns, o Gott!“

Un as Öschen dunn an to eien un to smeicheln fingt un allerhand Leiwliches un Vergnäugliches to vertellen weit, dunn sünd ehr Sorgen ok all wedder weg, un sei steiht up un seggt: „Kumm, willen Vadding entgegengahn, hei möt ball kamen.“

De Johren güngen hen. Dat Lewen in'n Försterhus' güng sinen ruhigen, glikmäßigen Gang, un warme Leiw verbünn de drei Minschen ümmer faster mitenanner.

Öschen was nu all insegent un hülp Mudding flitig in de Wirtschaft. Dat was schön un makt ehr vel Pläsier; äwer vel schöner was't doch, wenn sei in ehren leiwen Busch umherströpen künn, womäglich stunnenlang. Sei kennte jeden Weg un jeden Steg. Un so vele Fläg' wüßt sei, ein ümmer prächtiger as dat anner! Dor set sei denn dal un hürte de Vägel tau un süng mit ehr üm de Wedd; oder sei kek in de hogen Bomkronen un noch höger in de lichten blagen Wolken herin un dacht, dat sei doch so schrecklich glücklich wir, un dat't Lewen up Irden gornich mihr schöner warden künn.

Äwer von jeden Ströptog bröcht sei ehr Mudding noch ümmer en Hümpel Blaumen mit; wat Bläuhgendiges fünn sick ümmer: Slätelblaumen un Maiglöckchen un wat 't nich all was. Un Mudding freugt sick äwer ehren Sünnenstrahl un let em sin Vergnäugen; dacht ok woll, de Irnst kümmt för jeden Minschen ümmer noch tidig naug.

Äwer Öschen künn ok still un irnsthaft sin. Wenn sei Sündags mit ehr Öllern in de Kirch satt, denn lagg sone deipe, fierliche Andacht up ehr Gesicht, dat 't ehr antomarken was, 't güng ehr grad so, as 't von de Maria in de Bibel heit: sei hebbt de Würd un bewegt sei in ehren Garten.

Blot dat künn sei wedder nicht begripen, worüm Sommers nich buten predigt würd; 't güng ehr dormit ackerat so as früher mit de Schaul: Winters wir't ganz schön un schulig inwennig, äwer wenn de Vägel süngen un de Blaumen bläughten, denn künn de Kirch doch leiwer buten afhollen warden. „Mi dücht, de leiw Gott is dor vel neger bi einen as in de hogen ingen Muren“, säd sei.

Tom weinigsten äwer müßt Mudding de schönen Kirchenlider nahsten ümmer nochmal mit ehr singen, wenn sei unner de Eschen vör ehr lüttes fründliches Hus seten.

„Hir buten klingt’t doch ganz anners, wenn wi ok kein Orgel hewwen“, meint Öschen denn.

Wedder wiren de Johren hengahn, üterlich weinig Verännerung mit sich bringend. Un wedder was’t to Frühjohrstid, un Annemarieken hadd ehren Geburtsdag fiert. Sei was nu all achteihn Johr un was en grotes, schönes Mäten, äwer noch ümmer dat glückliche, tofredene Kind, dat alle Welt (ehr Welt was tworst nich grot) mit sin Leiw’ beglücken mücht.

Dit Johr hadd de Lenz sick en beten lang’ uphollen, ’t was all in’n April; dorför was hei nu äwer in de allerspendawelste Stimmung, un hadd so vele Smucksaken mitbröcht, dat de Wald schir utseg as en Stückchen von’t Paradies.

Dat dacht ok Annemarieken, as sei hüt dörch de Häng’ wannern ded un sick nich satt seihn künn an all de Pracht. Ehr Hänn’ folgten sick tosamen: „O Herr Gott, wo hest du’t all’ so schön makt!“ Un ehr föl en lütten Vers in, den sei hüt – ’t was Sündag – in de Kirch hürt hadd:

Wenn am Schemel seiner Füße
Und am Thron schon solcher Schein,
Oh, was muß an seinem Herzen
Erst für Glanz und Freude sein!

‚Schöner kann’t binah nich sin!‘ dinkt sei un steiht still un blickt wid in de Firn und süfzt toletzt deip up: ‚Nee, schöner kann’t nich sin as up de Ird, wenn’t Frühjohr ward!‘

Sei was nich gewohr worden, dat sei all längere Tid beobacht’t worden was. Unner ne hoge Dann stünn en jungen Mann in fine Kledung; sin hübsches, frisches Gesicht un sin ganze Hollung drückten so vel Frohsinn ut, as hädd em dat Lewen blot ümmer Rosen streugt un wiren de Durnen ’ne Sak, de em gänzlich gornichs angüng, un mit de hei sick äwerhaupt nich befaten müggt. Helle Bewunnerung lücht’t em ut de Ogen äwer dat leiwliche Bild, wat hei vör sick hadd: midden in all dat

Gräunen un Bläuhgen dese slanke junge Mätensgestalt mit dat leiwliche, frame Gesicht un de schönen blagen Ogen, de so utdrucksvull in de Firn richt't wiren. Hei trugt sick nich, sick to rögen, ut Furcht, ehr to stüren; irst as sei widergahn wull, tred hei hervör un böd er gauden Dag.

Öschen kek verwirrt up – 't was sone Siltenheit, dat hir mal en främden Minsch güng, de Arbeiters kennt sei alltosamen, un dit was kein, dortau sach hei tau fin ut, un ok liker – sei was so äwerrascht, dat sei knapptau en lisen Gegengruß farig kreg.

Hei frög, of hei woll up den rechten Weg wir nah't Dörp torög, hei wir up gaud Glück widergahn un künn sick nu nich torechtfinnen mang all de Weg'.

Nu müßt Öschen äwer doch lachen, dat was doch tau spaßig, wo künn einer sick blot in des' por Weg' verbiestern! Un hei lacht ok, un dorbi sach hei so fründlich ut, dat sei ehr Schugheit verget un sick erböd, em den rechten Weg to wiesen.

Un sei gahn mitenanner furt; un as hei seggt, wo schön dat doch hir in'n Holt is, hei hädd sick vorhen all ümmertau äwer de Pracht freugt, dunn däugt Öschen vullens up, un sei reden tosamen, as kennten sei sick all männigen Dag.

Hei vertellt ehr, dat hei Helmut Ellern heiten ded un siwuntwintig Johr olt wir, dat sin Vadder 'ne grote Fabrik hädd, de hei späderhen äwernehmen süll, un dat hei nu ne Tidlang bi sinen Unkel, wat de Amtmann in't Kirchdörp was, bliwen süll, üm sick de Wirtschaft hier en beten mit antoseihn. Hei säd ok, dat hei ehr hüt morgen all in de Kirch seihn un dat hei ehr glik wedderkennt hädd, as sei nu eben unner de Böm längskamen was. Un denn frög hei, of sei sick gornich ängsten ded, so allein hier to gahn. Sei lacht wedder, wovör sei sick woll ängsten süll, sei wir hier jo doch tohus!

Hei wüßt all, dat sei de Försterdochter was, un sei vertellt em von ehr Lewen, und dat sei't so schrecklich gaud hädd up de Welt, un alle Minschen, Vadding un Mudding natürlich babenan, so äwer de Maten leiw gegen ehr wiren. Wo dat ok woll anners möglich sin kün, dacht hei; lud äwer säd hei dat nich, üm ehr nich ut ehr truhartige Apenheit heruttorieten.

Un so vertellten sei un güngen wider un wider, bet de Böm dünner stünnen un sei an en Wischengrund kemen. Annemarieken stünn still. „Hir möten Sei nu räwergahn", säd sei un wiest em en Fautstig, de äwer de Wisch führen ded, „dor is ja ok de Kirchtorm, Sei känen nu nich mehr irren.“

Äwer nu wull hei ehr doch nich den langen Weg allein toröggahn laten; sei müßt em erlauwen, säd hei, dat hei ehr tom weinigsten noch en lüttes Enning begleiden ded.

Natürlich erlauwt sei't, un ebenso natürlich würd ut dat lütte Enn' en grotes. Un as sei toletzt wedder an de Städ kemen, wo sei sick toirst troffen hadden, dunn wüßten sei, dat dit en wünnerschönen Gang west was, un dat't schad was, dat sei nu scheiden müßten.

Äwer't was Tid. Öschen würd noch to gauderletzt doran dinken, dat sei jo för Mudding noch gorkeinen Struß hadd – wo sei dat doch ok hadd so reiden vergeten künnt! –, un sei bögt sick dal un plückt iligst noch ein Deil von ehr Namensswestern af, de dor in Mengen wassen deden. Hei fröggt, wo de Blaumen heiten. „Öschens!“ seggt sei, verwunnert, dat hei dat nich mal weit; un dorbi lachen ehr blagen Ogen em so strahlend an, dat em warm ümt Hart ward.

Sei will gahn, dunn süht hei to sin Fäuten noch en por Blaumen, sei sünd noch blager as de annern un stahn all' drangen anenanner. Hei plückt ein dorvon af und büdd sei ehr. „Weiten Sei äwer ok, wo des' heiten?“ fröggt hei un kickt ehr deip in de Ogen.

„Männertru“, flustert sei un sleiht de Ogen dal.

Un hei drückt ehr de Hand, so warm, so warm, un bidd't ehr, de Blaum to behollen.

Sei nimmt dat Bläuming ut sin Hand un nickt em tau un is henweg, un wo de Weg sick bögt, kickt sei sick üm un süht em noch up dat nämliche Flag stahn, hei swenkt nochmal den Haut un röppt mit sine helle, fröhliche Stimm: „Up Wedderseihn!“

Annemarieken ilt wider un höllt irst an, as se dicht bi Hus un ganz ut Stick un Aten is. O Gott, wo kloppt ehr 't Hart, un wat is ehr heit! Dor liggt en afsagten Bomstamm, sei möt sick en Ogenblick dalsetten.

Wat schient de Sünn doch hüt so warm, so gollen! Ach, un de Vägel, de lütten Vägel, wat singen sei so hell, so säut! Un wat is dat Gräun so frisch – un all de velen, velen Blaumen –, so schön is't noch ni süß west, nee, noch ni!

Äwer dat allerschönste is doch dat lütte blage Bläuming, wat hei ehr gew! Wo tru kickt ehr dat an! Sei drückt't an de Lippen. „Männertru!“ flustert sei wedder. Sei will't uphegen, will't in ehr Gesangbauk leggen! Äwer wat is dat?! Dor sünd jo all de Bläuten affollen? Trurig kickt sei't an; tröst't sick äwer rasch wedder: 't is de Ort so, de fallen ümmer ball af. Un en por Knuppen sünd jo ok noch anblewen, un de lütten gräunen Bläder – sei will't doch uphegen!

Un sei steiht up un geiht in't Hus herin. Vadding un Mudding sünd utgahn; binah is Öschen froh doräwer, sei hädd nich wüßt, wat sei hädd seggen süllt, denn von dat, wat ehr hüt begegent is, kann sei nich reden, nee, sei kann't nich!

Äwer as de Öllern abends tohus kamen, is ehr Döchting so vull Leiw' gegen ehr, un äwer ehr ganzes Wesen liggt sonen nigen Glanz von Glück un Freud, dat de Förster nahsten to sin Frau seggt: „Uns' Öschen ward ümmer hübscher! Wat hett uns' Herrgott uns doch för'n Schatz in dat Kind gewen!"

Dat „Kind" äwer künn keinen Slap finnen an desen Abend; lang' noch set sei in ehr lütt Stüwken an't Finster, dörch dat de Maan sin weikes Licht heringöt, un würd nich mäud, sich jedes Wurt un jeden Blick von „em" in't Gedächtnis torögtoraupen; un toletzt klüng ehr denn ümmer wedder sin fröhliches „Up Wedderseihn!" in de Uhren.

Un sei segen sich wedder, oft, oft. Un sin Blick un sin Hänn'druck würden ümmer warmer, un eines Dags – Annemarieken wüßt sülben nich, wo't kamen was – hadd hei ehr in de Arm nahmen un ehr küßt, dat ehr de Sinnen vergahn wiren, un hadd ehr fragt, of sei em voll leiw hewwen künn.Un sei hadd nickt un hadd de Ogen slaten, un 't was ehr west, as wir sei all in'n Himmel un hürte Engelssang.

Un ümmer schöner würd de Welt, un ümmer seliger slög Annemarieken ehr Hart, künn denn äwerhaupt en Minsch glücklicher sin, as sei't was?

De einzigst Schatten, de ehr towilen swer up de Seel lagg, was, dat ehr gauden Öllern von ehr Glück nichts wüßten. Toirst was't ehr sülben nich mäglich west, dorvon to reden, sei hadd't nich in Würd kleden künnt, so oft sei't ok versöcht hadd. Toletzt was sei sick all ganz slicht vörkamen un hadd sick denn enes Dags vörnahmen, 't süll noch hüt gescheihn.

Äwer as sei Helmuten dat seggt hadd, dunn hadd dei ehr utlacht un ehr denn unner dusend Zärtlichkeiten beden, ehr doch dit Glück, wat grad dörch de Ungestürtheit un Verborgenheit so säut, so einzig schön wir, nich to verkümmern, un dunn was't ehr ok gornich mihr as en Unrecht vörkamen, un sei müßt taugewen, grad dordörch, dat sei blot beid allein dorum wüßten, was't so besonners schön. Un Vadding un Mudding süllen't jo ok gewiß ball to weiten krigen, un dörch dusendfältige Leiw' wull sei denn wedder gaudmaken, wat sei dörch des' Heimlichkeit fehlt hadd.

So güng de Tid hen – vel, vel tau rasch! Un't was all utgangs Mai, as Helmut enes Dags säd, hei hädd Nahricht kregen, dat sin Vadder krank wir un hei tohus kamen müßt.

Öschen hadd bi des' Mitdeilung toirst gornicks seggen künnt vör Schreck un Trur; 't dücht ehr unmöglich, dat sei allein, ahn em widerlewen süll. Äwer hei wüßt ehr to trösten, säd, dat de Trennung vilicht gornich sihr lang' wohren würd, dat hei gewiß ball wedderkamen ded. Un in de Twischentid wull hei ehr schriwen, vel schriwen!

Un bi sin fründlichen Würd verfleigen ehr Schreck und ehr Trurigkeit as de Wolken vör'n Sommerwind, un sei freugt sick all up dat Wedderseih'n; oh, sei ward de Dag', de Stunnen tellen bet dorhen! Un morgen is jo noch en Dag, denn willen sei ehr Glück, ehr grotes, köstliches Glück nochmal so recht gründlich geneiten!

Un dat „Morgen“ kümmt: en wunnerherrlichen Dag mit Sünnenschin un Nachtigalsang.

Gegen abend willen sei sick treffen – dor unnen bi'n Wischengrund.

Öschen is all den ganzen Dag in fewerhafte Upregung, so dat Mudding ehren Sünnenstrahl oft verwunnert ankickt, wo hei in den Hus' ümherhuscht, hierher, dorhen; ball singt und lacht, ball wedder stillsteiht un as in en stillen, seligen Drom vör sick henkickt. Äwer Mudding seggt nichts, ehr Öschen finnt von sülben sin Glickgewicht wedder, dat weit sei.

Endlich is de Abend dor. „Mudding, ick möt noch en beten buten rönnen!“ seggt Öschen un fat't ehr gaudes, leiwes Mudding rund üm.

„Lop!“ is de fründliche Antwurt; „äwer nimm di en Dauk mit, 't ward wedder käuhl to Abend.“

Un weg is Annemarieken, grad so flink als vör Johren ehr lüttes Resing, as't de Friheit söcht hadd. Sei dörf sick jo ok nich uphollen, will de irst up'n Platz sin, hett em vörredt, sei künn irst späder kamen, nu will s' sick achtern Slehdurn versteken, un wenn hei an den Busch vörbikümmt, denn will sei mit einmal hervörkamen un up em taufleigen! Oh, wo sei sick freugt! Wo ward hei ehr wedder küssen, ehr wedder sine lütte Waldblaum, sin säutes Blag-Öschen nennen!

Mit fleigenden Aten steiht sei endlich achtern Slehbusch, grad to rechte Tid, denn dor kümmt hei all äwer de Wisch den Stig entlang.

Äwer dat sünd jo twei – wer mag de anner sin? Ach, dat ward sin Fründ sin, hei säd letzt, dat negstens en kamen wull, em to besäuken. Sei kamen neger, sei kann all Helmuten sin vergnäugtes Lachen hüren. Nu sünd sei dichting bi, jedes Wurt is to verstahn; sei reden von ehr, dütlich hett sei ehren Namen hürt.

„Na, äwer wat sall denn ut de Geschicht warden?" fröggt de Fründ, „wist du dat hübsche Kind denn frigen?"

En helles, kortes Lachen is de Antwurt. „Frigen? Wer dinkt denn all an frigen! So jung gew ick min Friheit nich up; irst will ick min Lewen geneiten!"

„Ja äwer", seggt wedder de frömde Stimm, „ward de lütt Diern ok dormit tofreden sin?"

„Dat weit ick nich, wi hewwen dor nich von redt. Un wotau ok? Is't nich vel beter un kläuker, de schönen Dag' to geneiten, as sick mit Gedanken äwer de Taukunft to plagen?"

„Dat woll, äwer de Mäkens dinken mihrstendeils anners, de nehmen jedes Wurt un jeden Kuß för boren Irnst un meinen ümmer glik, en möt un will ehr heuraten, wenn en mal en beten verleiwt is un tom Tidverdriw en beten mit ehr spaßen deiht."

„Je, worüm sünd sei so lichtglöwig, dor kann unseren' jo doch ok nich för. Un all de to heuraten, de en all mal küßt hett – na, dat würd wat Netts warden!"

Sei gahn wider; ehr Würd sünd nich mihr to verstahn. Annemarieken kickt ehr stir nah; ehr Hart steiht still, ehr is to Maud, as müßt sei starwen.

Is't denn mäglich, kann dat Worheit sin, wat sei eben vernahmen hett? Kann en Minsch, kann ehr Helmut, den sei leiwt, den sei vertrugt hett, so deip un so fast, dat sei't mit Würd gornich utseggen künn, sone Gesinnung hewwen?

Hett hei ehr nich seggt, ehr versäckert – ach, wo oft! – dat hei ehr leiw hädd äwer alle Maten? Un allens, allens nich wohr? Blot tom Spaß, blot tom Tidvertriw, üm't Lewen to geneiten?

Düsterrod gütt ehr't äwert Gesicht – furt, furt! is allens, wat sei dinken kann; weg von desen Urt, wo sei so Schreckliches erlewt hett.

Un in wille Hast löppt sei los, nah de entgegengesett'te Sid hen, deip in den Holt herin. Wo lang' sei dor ümherlopen is, sei weit't nich; irst as de Maan an'n Häwen steiht un de Newel upstigen, sleiht sei den Weg na Hus in.

Mudding steiht grad wedder vör de Dör; sei hett all mihrmals nah ehr Döchting utseihn. „Öschen, wo bliwwst du?“ röppt sei ehr besorgt entgegen, „'t is all so käuhl un fucht, du warst di verküllen! Un ahn Dauk? Ick säd di doch noch – o Gott, wat is dit?“ unnerbreckt sei sick, un helle Angst malt sick up ehr Gesicht, as Öschen ehr, ahn en Wurt to seggen, üm den Hals föllt un in so heites Weinen utbreckt, als wull ehr dat Hart breken, „Kind, Kind, wat heit dit – din Kopp brennt as Füer, un din Hänn' sünd kolt, wo büst du west?“

„Bi'n Durnbusch an'n Wischengrund, hu, Mudding!“ un sei schüddelt sick as in Fewer.

„Min Öschen, min leiwes lüttes Dierning! Kumm, kumm, du möst to Bedd!“

Willig folgt Annemarieken un lett sick to Bedd bringen, grad as in frühere Tiden, un grad so biddt sei: „Mudding, bliw bi mi!“

Un de Mudder sitt de ganze Nacht bi ehr un käuhlt den brennenden Kopp un redt ehr leiw un linn' tau; un endlich, endlich, as de Morgensünn all in de Finstern kickt, kümmt Rauh in dat upgeregte Gemäud, un de Ogen sluten sick to sachten Slap.

Dat Mudderhart atent up. Äwer as de Förster nu lis' in't Timmer trett un sin Frau bidd't, sick nu ok daltoleggen un em de Wak to äwerlaten, dünn schüddelt sei den Kopp: „Nee, nee, lat mi hier, ick heww't ehr verspraken.“

De beiden jungen Lüd wiren up un dal gahn; Helmut hadd af un an nah de Klock keken, toletzt was hei undgedüllig worden. „'t schint, as wenn sei äwerhaupt nich mihr kümmt“, seggt hei, „'t fingt all an to schummern.“

Sei gahn wedder torög bet an den Durnbusch. Dunn seihn sei dor en lüttes blages Dauk mang de Twigen, as wir 't bi'n iligen Lop dor hingen blewen.

„Dat is ehr Dauk!“ röppt Helmut, „ick kenn't genau; sei is hier west!“

„Äwer worüm is sei nich hervörkamen, sei möt uns doch seihn hewwen“, seggt de anner. „Un hürt villicht ok“, sett't hei hentau; „na, dat wir en nett Stück!“

Helmut makt en verdreitlich Gesicht. „Ja, dat wir fatal!“

„Äwer wo kann sei blewen sin, sei hädd doch woll ümmer desen Weg kamen müßt?“ fröggt de anner wedder.

„Dat nu grad nich nödig, sei kann ok nah de anner Sid tau gahn sin. Wi willen desen Fautstig hier mal verfolgen.“

Un sei gahn wider, densülwigen Weg, den Öschen vör ’ne korte Tid langlopen is. Toletzt würd dat Gestrük äwer dichter, un’t gahn so vele Stig’ krütz un quer, dat de Fründ stillsteiht un seggt: „Weitst du hier noch Bescheid? Süß känen wi uns hier dägern verbiestern.“

Helmut is ok stahn blewen; em was doch eben, as seg hei dörch dat Gräun en helles Kled schämern – dor is’t wedder. „Öschen!“ röppt hei, „Öschen! Annemarieken!“

Kein Antwurt kümmt torög; de Raup verhallt in de Abendluft. Sei seihn blot, wo de Gestalt dor vör ehr vörwärts stört’t, so hastig, dat de Fäut kum an den Bodden kamen.

De Beiden stahn un kiken sick an; Helmut ganz verstürt. „Sei was’t“, seggt hei; „un“, sett’t hei hentau, „sei hett allens hürt.“

De anner kriggt em unnern Arm to faten: „Kumm mit, hier hest du utspelt.“

Öschen hett sick langsam wedder verhalt; äwer still un bleik is sei worden, grad as en Harwstsünnenstrahl, de kein Kraft mihr hett, Lewen un Freud to wecken, de’t Hart weihmäudig stimmt un enen de Tranen utpressen kann; oder as ne Blaum, up de en Rip follen is, un de nu ok de upmarksamste Pleg’ nich wedder tom Wassen un Widerbläuhgen verhelpen kann.

Dat Ümherströpen in’n Busch hett sei ganz upgewen; am leiwsten sitt sei still bi ehr Mudding vör de Husdör, as de Vägelken, den de Flüchten lahm worden sünd. Un ok dat Singen hett sei verlihrt; „ick mag nich“, säd sei, wenn Mudding ehr dortau upmüntern wull, un: „Sing du!“ bed sei denn. Un denn würd sei nich mäud tautohüren. Towilen güng sei noch mit ehr Öllern spazieren; äwer bet an den Wischengrund güng sei ni wedder – ’t wir ehr tau wid, säd sei.

So vergüng Sommer un Harwst, un de Winter höl sinen Intog. Gegen Wihnachten hen würd Öschen nochmal wedder ganz dat selige Kind, wat sei früher west was, un hadd ehr Freud an allerhand Heimlichkeiten, womit sei Vadding un Mudding äwerraschen wull. An’n hiligen Abend süng sei sogor noch wedder de Wihnachtslieder mit un freugt sick as en Kind an den strahlenden Christbom, so dat in de bedrückten Öllernharten de Hoffnung wedder an to gräunen füng. Äwer dat was, as wenn de Körper blot noch dat letzt beten Kraft tosamenhollen hadd, üm den Lenz up Irden noch einmal to seihn: as hei dor was, as de Wald wedder sin Hochtidsgewand anleggt hadd, dunn brennte dat Lewenslicht deiper dal von Dag to Dag.

Äwer kein trurig Scheiden was't; still un fründlich lagg Öschen up ehr Bedd, selig lücht'ten de Ogen, as würd't ümmer schöner, ümmer heller üm un in ehr.

Un't kamm en Dag, so vull Glanz un Pracht, as gew't kein Sorg un kein Grämen up de Welt, as hürte hir blot de Lust un dat Glück tohus. Blaumenduft un Vagelsang füllte de Luft un drüng ok dörch dat apne Finster herin bet to dat leiwliche Minschenkind, dat dor in de witten Küssen lagg. Vadder un Mudder seten gegen dat Bedd; jeder hadd en Hand to faten, as müßt ehr Leiw' dat säute Lewen fasthollen; 't künn jo doch nich sin, dat sei't hergewen süllen!

De Dag neigt sick tom Enn', dunn bed Annemarieken: „Mudding, sing doch noch mal: Wo findet die Seele die Heimat, die Ruh'?"

„Mudding kann nich singen", säd de Förster mit halwerstickte Stimm.

„Ja, Mudding kann", säd Öschen dringlich, un ehr Ogen beden so beweglich mit. Un sei künn't; wat kann 'ne Mudder nich?

De Sünn was bi't Unnergahn; gollen flöten de letzten Strahlen in't Timmer un küßten noch einmal ehren Leiwling, ehr Öschen, un wöben bi en Strahlenkranz üm dat Mudderantlitz, as müßt so truge Leiw' krönt worden, de noch mit braken Harten ehr Kind to Rauh singen künn.

As dat Lied to Enn' was, dunn was de Sünn unner, un de stillen blagen Ogen wurden slaten; slaten för des' Welt, un de Seel was entswewt, üm as schöne Himmelsblaum wedder uptobläuhgen in unsen Herrgott sinen Paradisgoren, wo kein Storm un kein Led ehr mihr bögen kann ewiglich.

Albert Schwarz

Anseggt

Bute was dat koold un brüserig. Dei ool solt See herr an 'n Dagg so brüllt, un dat bedürt ümmer unstüer Werrer.

Binne awer, bi Buer Veerse, was dat warm un gemütlich. Im Schweew brenn hell dat Füer un lüchte rood an d' Stuuw erinner, un ok dei

Kachelawe was düchtig inne Fumm. Die Mägd herre de grote eikne Disch neeg anne Awe rückt un seite dor rund erümmer un spünne. Dei ool Kauknecht Hann Nijmann tünde 'ne Korf; dei Kauheir schellde Tuffle, Mudder Veersch satt uppe Mürbenk inne Schweeweck un knüttde, un wat hei was, Buer Veers, schnorkde im Grootvarrerstaul. Nümmed sprack e Woord, un blooß dat Schnorken un dat Burren van 'e Spinnrädre was tau hören un denn dat Knacken un Zirsen van dem graine Eikeholt, dat im Schweew brenn', un dat lies Günsen va Wassre, dei hinnerm Awe, inne Hörn, lagg un drömde.

Mit eis ging die Dör up, un oll Nawer Pitzk kamm in d' Stuuw.

„Dat laat ik mi gefalle; hier is 't bäter ais bute," sär hei. „Wi ware Schnei krige."

„Ja, ik löw ok," meinde Mudder Veersch. „Dei ool See brüllde hüt so. Wilkame ok! Wull ik segge, un denn kumm un ga e bäje bi mi sitte; hier is noch Platz."

Ool Pitzk ging an't Schweew eranner un lär sik en glöjnik Raal in 'e Pipekopp, paffde, dat em dei Kamp man so üm de' Oore floog, un sette sik denn daal.

„Is Peiter nich gaud?" fraug hei.

„Orer schlöppt hei blooß?"

„Nee, hei schlöppt blooß," sär Veersch. „Hei hett güt de ganze Dagg erümmer wuracht; dat hett em woll mair maakt. – Du, Peiter! Varmünner di! Du hest Besaik kräge", reip sei un gaff em 'ne düchtige Knuff in d' Siet.

„I, laat em doch schlape!" wärde Pitzk af.

Awer Peiter herr Mudder äre harde Puks in de korte Riwwe failt un richde sik nu up, plinkögde un reew sik in 'e Ogen.

„Gun Awend ok, Nawer!" sär hei. „Na, schmeckt das Pfeifchen?"

Nu ging dat Vartellen loos. „Mit som Schweew, dat is doch en gaur Inrichtung", fung Pitzk an. „Wi hewwe us' ok werrer in 'e Gang bröcht. Dei nij Tied wull dor twoors nist meer va weite; awer dat möckt doch dei ganz Stuuw gemütlich."

„Dat deet 't ok", meinde Veersch. „Un denn – dat is je son schlimm Tied upstunns mit dem Petroljum. Dat is je gor nich meer uptaudriwen."

„Ja, dei Krieg, dei Krieg!" sär Peiter.

„Dei bringt all dei ole More wedder up," meinde Pitzk, „so ok dat Spinnen, dat us' Mäjes al meest varleert herre."

Na, nu weere sei je up dat richtige Feld kame, un dat woord nu eirste maal orndlich dürchackert.

„Wat möckt juw Stoffer? Wo geet 't em?" fraug dei Nawer.

„Hei hett sörrer acht Dage gornist va sik höre late", sär Mudder Veersch. „Ik heff al all dij Tied up 'ne Breif luert; awer dor kümmt keie."

„Wär wett, wor dat an liggt," brummde Peiter, „du mußt Geduld hewwe."

Un so rärde sei wirer, keime va de Russe-Kosake up die Franzose un die Engelsmann, up die väle Lür, die dat in dijem Krieg koste deer un tauletzt up Dood un Starwen öwerhaupt. „Wat ik segge wull", sär Pitzk, „ja, ool Hann-Kasper Stüw hett sik nu ok unnerkrige late. Mien Fruw woord äwen raupe, dat s' em wasche schull."

„I, wat du seggst!" reip Mudder Veersch un lär är Knütthaas in d' Schlipp. „Gott ja, varuttauseihen was dat je; hei was doch al sörrer längere Tied recht spack un schwack."

„Ja, hei herr dat Öller," meinde Pitzk. „Der Junge kann, der Alte muß, heet dat. För 'e Dood is keie Kruut wosse."

Hann Nijmann höll mit sien Tünen up. „Dat heff ik namiddag al wüßt, dat hei hüt afschramme wör," sär hei.

„I, Hann," meinde Peiter, „woher schust du dat wüßt hewwe? Du rärst ümmer väl."

„As ik kort vöre Schummering die Achterpoort taustickde un öwer't Feld kike deer, don sach ick Stüwe, wo hei die Kirchstieg entlanker ging."

„I, Hann, wat rärst du!" meinde Pitzk. „Dei ool Stüw hett jo sörrer veir Wäken still daa läge un sik nich rücke un röge künnt."

„Pitzk, wat ik seihe heff, dat heff ik seihe," reip Hann Nijmann, „of du 't löwe wist orer nich. Hei ging die Kirchstieg entlanker, un dor heff ik mi gliek seggt: Hei geet na 'm Kirchhaaw un will sik sien Graffstär beseihe. Dat deet jeder Minsch, wenn 'e kort vör siem Enn is."

„Na, Hann, nu will w' man stillschwige", lachde Peiter kort up. „In dijem Punkt warr w' us doch nich einig. In 'e Welt geet alles natürlich tau; dat is mien An-"

„I Varrer," föll em Mudder Veersch int Woord, „segg dat nich. Dor geet doch väl vör in 'e Welt, wat nich Köster un nich Preester sik utdüre kann. Mien Mudder hett mi oft vartellt, wat sei eis beläwt hett. Ehr best Fründin was Anna-Jin Meiws wäst, Buer Struke sien Fruw, un as sei beir noch son kleine Mäjes wäst sünd, don hewwe sei sik dat Varspräken gäwe, wenn ein van är stürw, schull dei annert är wasche un anklere. Eis 't Awends, mien Mudder hett grar mit Vadre bim Aambror säte, dor kloppt dat mit einmaal recht lur un hard an't Finster, so dat sei all beer sik orndlich varfeere. Un as sei na 'm Finster henkike, dor röppt een hell Stimm: ‚Ha 's Plaathsch!' Sei stahe nu up un gahe ruter, üm tau seihen, wär dor is. Awer dor is nümmed. Dat Manelicht liggt witt un blank up 'e Straat, alles is dood un still un va keim minschliche Wäsen wat tau finnen. Kuum sünd sei werrer binne, don kame Struke är Mäjes un vartelle, dat är Mudder äwen varscheirt weer un dat sei noch kort vör ärem Door seggt herr, mien Mudder schull är wasche un dei Doodkapp antrecke."

„Ja, man schull 't nich löwe; awer dor geet doch so männigerlej vör inne Welt; wor man sik nine Vers up make kann", sär ool Pitzk. „Dat was, as Buer Schurrfaut sturw, don kamm e Handwerksbursch bi mi in't Huus, un as ik em en Schnär Broot gäwe herr, don fraug hei, of us' Nawer krank weer. Ja, sär ik, dei weer schwaar krank, worüm hei dorna fraig. Ja, sär dei Keerl, dei ward nich werrer bäter, dei starwt hüt noch. I, sär ik, wo hei dat va weite wull. Ja, vartellde hei, as hei am Kirchhaaw varbigahe weer, don weer dor grar e Minsch utem Liekhuusdoor kame, däm herr dat so anners late, un dei wer ümmer an siene Sier bläwe bet hierher, wor 'e bi usem Nawre rinnergahe weer. Un richtig, Schurrfaut sturw noch am sülwge Dagg."

„Na, ähnlich was dat je ok mit Hanne Griepe," fung nu Hann Nijmann werrer an. „Ji köne Hermann Kraigre dor sülwst na frage; däm is dat passiert. In jenne Nacht, as Hanne Griepe varscheirde, so hett hei mi vartellt, dor is hei mit sine Ole va Kortshage trüggkame, wor bi sien Schwager Klaaz wäst was, un as sei an 'e Kirch sünd, don kümmt dor e Fruuwsminsch an, ganz witt, un dei höllt ümmer Schritt mit siem Wage. Sien beere Ole weere woll indruust wäst va dei lange un langwielge Foort un herre nist markt; awer hei herr dat ganz genau seihe un dat Hanne Griepe dat wäst weer, un sien Peer ok; denn dei weere ganz wild wore, so dat hei S' kuum herr hole künnt. Em weer dei Schweit man ümmer so langst de Rügge lope; so harr he sik ängst un grüwt."

Peiter Veers, dei sik bi dijem Vartellen ganz still varhole un in deipe Gedanke säte herr, richde sik nu kraß up un wischte sik mit dei Hand öwer 't Gesicht. „Lür," sär hei, un sien Stimm' klung lies un bäwrig, „nu mutt ick juw doch ok wat vartelle. Ik löw je nich an sone Kraam; ik holl dat alles för 'ne ole Wiwerglowe; awer narrsch is 't doch, wat ik nülich 's Nachts – 't möge woll en veir, fiew Daag her wäse – beläwt heff."

„Hest woll vanne Müse drömt, dat s' in diem Gaste weere, däe d' noch nich döscht hest," spitzde sein Fruuw.

„Nee, Mudder, hör man tau. Ik herr, dat is waar, 'ne grüwlige Droom. Un mit eis, dor hörde ik, dat dei Dör upging, un 'erinner kamm us' Stoffer. Un hei sach van unne bet bawen ganz vull Leim ut, as wenn 'e in 'e Eer läge herr. Sien Gesicht awer was witt as dei Kalk an 'e Wand, un vam Vörkopp – varfeer di man nich, Mudder, dat is je alles Unsinn – ja, dor siperde em ut 'm kleine Loch e dick Stripe Blaud öwer dei rechten Wang un drüppte em vör up 'e Rock. Ik richte mi int Enn' un wull upstahe. Awer dor was hei mit eis varschwunne, un ik hörde, wo ierste dei Stuwedör tauklinkte un nahste ok die Huusdör. Un don fung dei ool Hund an to hülen."

„Hm –" markde Pitzk, „dat hest du woll man drömt, Peiter. Weil hei so lang nich schräwe hett."

„Nee, drömt heff ik dat nich; ik was ganz munter. Wat dat wäst is, weit ik nich, un wenn ik dat ok nich löw –" Hei brack af. Dat was ganz still wore in 'e Stuuw. Dei Mäjes hölle är Spinnrärer an, Hann Nijmann keek an 'e Böne, un Pitzke was dei Piep utgahe – alle seite s' dor, as wenn s' dei Starrkrampf herre. Man hörde dei Klock im Gehais' ticken.

Peiter sach sik na siene Fruwe üm, dei ganz in sik t'hoopsunke was, dei Mund fast tauknäpe herr un keie Woord sprack.

„Mudder, nimm di dat nich tau Harte; dat is je alles dumm Tüg, segg ik di. Un wenn dat ok dei ganze Daag mi im Kopp läge hett un all Wurachen mi dor nich van afbringe künn, Unsinn blifft dat likerst, hörst du nich, Mudder?"

Dor schlaug dei Hund hinnerm Awe an un sprung denn up d' Däl. Bute trampde sik wär dei Schnei vanne Stäwle un kamm denn erinner; dei Breiwdräger was 't.

„Wat, noch so laat am Awend, Trenn?" reip Pitzk.

„Ja, bi dijem Werrer", sär die Mann, „is je dat e schlimm Gahend. Dat schniet; man kann keie Oog updaue."

„Hest du wat för mi?" fraug Peiter.

„Ja, 'ne Feldpostbreif." Peiter mauk em mit bäwrige Fingre up. Hei aande al, wat darin stund; denn hei was nich va siem Junge. Alle käke Peiter an. As hei awer dei Hand mit dem Breiw sinke leit un e Tucken üm sine Mund ging, dor schreeg Mudder Veersch lur up: „Hei is dood!"

Margarete Nerese

De Bomkauken

„Süh so, seggt de Bur, wenn hei danzt hett, Mudder gah nah Hus, betahlen ward' ik!" rep de oll Gärtner Knopp un treckte sik sin witt Krawatt noch mihr nah sine brunroden Uhren hoch, strek vull Leiw an den nigen gräunen Rock mit de gollen Knöp rüm, treckte sin Hoorböst ut de Tasch un makte vör den ollen blinnen Speigelglas' sin krus' brun Hoor, wat al mit en poor witte Stripen dörchschaten wir, glatt.

„So, Mudder, bün'k nu man nich fin? Un kann'k mi nu nich seihn laten?"

„Jawoll, Olling, woll, woll!" rep Mudder Knoppsch un nickte mit den Kopp, „nu kannst du di äwerall seihn laten! Du hest di jo putzt as Nahwers Katt, un Herr Baron hett di je ok en grotmächtig finen Kledrock maken laten, mit den steckst du mäglicher Wis' noch unsen Herrn sülben ut! – Sall mi äwer gor nich wunnern, wenn du hüt de Finst büst! – Je, Olling, dat mutt en di laten, baben rüm lett di dat fürchterlich fin mit din witt Chimsett un Schlips un den Bort upgewichst – äwer unnen – ach du leiwer Gott, dei scheiwen Bein!"

„Nu holl äwer dinen Mund, Ollsch, du hest gor nix äwer min Bein tau schandieren", rep Knopp giftig, „un denn will 'k di man seggen, wenn ik di nich hadd un dat verfluchtig Reißmatismus un Gicht, un wir so twintig Johr jünger – un – un hadd de scheiwen Bein nich, denn süllst mal seihn, wat ik för'n Kirl wir!"

„Äwer Vadding, worüm näumst du mi tauirst un din Bein tauletzt? Mi dücht doch, dat müßt woll ümgekihrt wesen; ik heww di äwerhaupt ok dörchut nich argern wullt, et is jo man, dat 'k dorvon reden ded'! Knopp, wes wedder fründlich!" Un dorbi gew se den Ollen sonen deggten Puff in den Rüggen, dat hei up sine Teckelbein en Enn wider humpeln ded'.

Hei wir ok glik wedder fründlich; denn hei hadd von sine Frau ehr Sid en gortau gaud' Erziehung kregen, ja, dat müßten sei ehr all laten, de gaud' oll Knoppsch, ja, de verstünn't.

„Hei hett niederträchtigen Dwang vör sin Ollsch", säden de annern Dörpslüd' – un sei hadden dorin recht.

„Je, wat ik doch noch seggen wull, segg mal eins, up dat Sloß, dor geiht dat woll hüt hoch her? Mi dücht, de Deiner un dat Stuwenmäten un de Rid'knecht, dat wiren doch woll Lüd' naug taum Upwachten bi

Disch, un nu mößt du ok noch dortau hen un hest noch ganz expreß tau de Geschicht en nig Liwree kregen, obschonst din oll noch ganz gaud utsüht!“

„Na, worüm ok nich! Lüd’ sünd dor jo woll naug, äwer dei sünd alltohop nig un ik weit gaud Bescheid un verstah min Sak extra! Du sallst mal blot mit anhüren, wo’t geiht: ‚Knopp hier‘ un ‚Knopp dor‘, seggt sei denn, wat uns’ Baronin is; ja, up mi höllt sei väl, kann ’k di man seggen. Un hüt, na, hüt is nu irst recht wat los, wil dat de Döp von den Irsten von unse Herrschaft is – dor sünd allein twintig Mannsminschen un Frugenslüd’ von de Herrschaften, de äwer Nacht bliwen willen.“

„Ach du meines Lebens!“ rep Mudder Knopp dortwüschen un slög ehr’ beiden dicken Hänn’ äwer de Schört tauhop.

„Ja, ja, Ollsch, dat säd’ mi hüt de Deiner – un denn wat noch allens so üm un an hängen deit. Denn kamen de Parpartschen un de Zirwischen un de Mönchgrundschen un de Neiresschen un, un – na, wat weit ik! De führen äwer in de Nacht all wedder nah Hus.“

„Na, denn lett uns’ Herrschaft ok woll all Puppen danzen, obschonst de beiden Lüd’ süs sihr genau sünd un nix missen känen. Denn ward hüt woll gaud’ Tid sin, denn ward dat woll wat Fins tau eten und tau drinken gewen! Besup di ok nich, Vadding – un denn bring mi hüt Abend ok so – na, son beten wat mit, blot taum Präuwen! Man mag doch ok girn weiten, wat de Herrschaft bi sone Gelegenheit eten deit!“

„Na, ik ward’ seihn“, säd Knopp un fat’te sik nah de Taschen von sinen nigen Gräunen, üm tau seihn, wovel hei dor woll von den gauden Gawen rinner proppen künn.

„Dunnermiskatt! Nich noch mal – de hett de Oll mi fast tauneihn laten! Son boshaft Kreatur son!“

Na – nu wir hei denn so wid prat, un Mudder begleit’t ehren Ollen noch bet vör de Husdör und kek em nah.

„Ne, wo de Minsch blot up sinen Beinen gahn kann! Et is een Jammer – sonen schönen nigen Rock – un son scheiwen Bein!“ un dormit dreihte sei sik üm un güng an ehr Arbeit.

In’t Sloß Hochkirch süll hüt de Döp von den lütten Ernst Friedrich, den irsten Jungen von den Baron, de södder drei Johren mit en jung’ adlig Dam ut de Nahwerschaft verfrigt wir, firt warden.

Tau Klock fiwen wir de Firlichkeit ansett’t un Klock sössen rüm süll’t taum Een gahn.

Jitzt wieste de Tormklock teihn Minuten vör fiw, un Wagen up Wagen führte mit Gerassel äwer de Brügg von den Wallgraben un parierte mit korten Ruck vör dat Portal, äwer dat dat in Stein uthaute Wappen von de Hochkirchs prangen ded.

De Frau Baronin güng noch mal tau ehren kleinen blagögigen Jungen, de al tau Anfang von de negst Stunn uphüren süll, en Heidenkind tau sin, un küßte em wedder un wedder up sine runnen, roden Bakken.

Von't Kinnertimmer güng sei wider dörch de annern Stuwen bet in den Spis'saal, wo de Tafel in den ganzen Staat von all dat olle arwte Familiensülwer, de Tafelupsätz un Lüchters, dat fine Putzlan un de kostboren Gläser blitzen un blänkern ded.

De Ogen von de junge Frau gleden äwer den Disch, de herrlich mit Blaumen un Gräuns up de schönen witten Damastdecken upputzt wir. Ne, dor fehlte ok nix nich, allens stünn an'n Platz bet tau de Soltnäpp, de so licht vergäten warden känen. Allens wir in de beste Ordnung, ja, Knopp, de verstünn sin Sak un de Deiner ok, dat müßt sei em laten; äwer wo wir denn de Bomkauken? De fehlte noch!

„Knopp, wo ist denn der Baumkuchen?" rep de Baronin den ollen Gärtner tau, de grad in't Timmer kem, „daß mir der nicht vergessen wird!"

„Ja, gnä'gste Frau Baronin, ich hab'n ok noch nich geschn", säd Knopp, denn mit de Gnädge müßt hei ümmer hochdütsch spreken, et wir äwer ok dornah, „den Bukett, den hab ich abersten schon seit Middag in die –"

„Nein, Knopp, darum handelt es sich hier nicht, ich frage nur nach dem Baumkuchen! Er muß gleich auf die Tafel, damit er nachher nicht vergessen wird! Gehen Sie rasch zum Koch, vielleicht hat der ihn in Empfang genommen, denn der Konditor versprach mir doch, ihn zur Zeit zu schicken."

„Zu Befehlen, gnä'gste Frau Baronin, werd gliksten mal henspringen!" Dormit lep hei rut, kihrte äwer nah korte Tid mit de trurige Botschaft trügg: „Der Koch hat'n nardens wo gesehn, der Franz auch nich, un er meint, de wär woll noch nich angekommen –"

„Herrgott, was nun? Wir können doch nicht ohne den Baumkuchen, nein, undenkbar – Knopp, was nun? Vielleicht jemand nach der Stadt zum Konditor schicken?" – „Ja, gnä'gste Frau Baronin, wenn ik man en Pird kriegen könnt, denn wüßt ik, wat ik tät."

„Nein, Knopp, Sie sind jetzt nicht zu entbehren, Sie dürfen nicht zur Stadt reiten! Mein Gott, sollte da denn nicht irgend ein anderer Bote sein?"

„Alle Mannslüd in'n Rogg-Aust, hildste Arbeitstid! Blos die olle Pläterschen is zu Haus; gut, daß mich das noch einföllt! Reiten kann sie zwar nicht, abersten dafür rennen wie der Deuwel; ich wen'gstens rönnte meinswegen nicht mit ihr Stewel-, Stiefelschese!"

„Glaub ich Ihnen gern, Knopp", säd de Baronin un müßte doch lachen, wenn sei an en Wettlopen tüschen Knopp un Mudder Plätersch denken müßt, obschonst ehr de Bomkauken-Geschicht in'n Grunn grad nich lächerlich wir.

„Frau Baronin, die Plätern soll mal gliks zum Konditer nach die Stadt laufen, daß die Hacken man so fliegen, in 'ne Stund is sie wieder trügg, wenn man blot de Kirl den Kuchen backt hadd! Nu ist die Klock zwei Minuten vör fünf."

„Nun, Knopp, wenn Sie meinen, daß die Plätern zur Zeit zurück ist, dann laufen Sie flink ins Dorf, bestellen die Frau und sagen ihr, wo der Konditor wohnt, und sie sollte sich nirgends aufhalten; und wenn sie rechtzeitig wieder hier ist, dann bekommt sie von mir eine – nein, meinetwegen auch zwei Mark!"

„Ja, dat wird sie schon! Auf die Plätern können die gnä'gste Frau Baronin sich verlassen."

„Hier ist ein Laken, in das kann sie den Kuchen einschlagen, denn die Plätern ist in ihrer Kleidung sehr unordentlich – und das ist mir unappetitlich, wer weiß, ob der Konditor ihr eine passende Umhüllung mitgeben wird!"

„Ja, gnä'gste Frau Baronin, mit Verlaub zu sagen, man was dreckig is sie ja man! Abersten in der Not frißt der Deu –"

„Nur schnell, Knopp!"

„Zu Befehlen, ich spring ja schon!"

Un nu sett'te hei sik in'n Gang und lep de Trepp runner, dat de Deiner Franz, de em begegen ded, em ganz verwunnert nahrep: „Minsch, Knopp, wo willen Sei denn hen? Sei lopen jo, as wenn Für wir!"

„Frau Baronin – Bomkauken – Pläterschen."

Dat anner verweihte de Wind, denn Knopp wir al unnen anlangt un rönnte, so swinn as sin krummen Bein em drägen wullen, in't Dörp rin. En gaud halw Stunn later lep oll Mudder Plätersch trotz de pralle Augustsünn in de düllste Gangort wedder nah Hochkirch tau un hadd ok richtig den Bomkauken – den de Konditer nich affschickt hadd, wil dat dat en Mißverständnis worden wir, un hei sik fast inbillte, de Kauken würd afhalt – in dat Laken, wat mit dat Wappen von de Fru Baronin schmückt wir, inbünzelt.

Mit de Tid würd de olle gaude Frau de Pust doch en beten knapp, sei hukte sik dorüm en lütten Ogenblick up en Stein dal, üm sik tau verpusten, denn sonn Gerönn in de sommerliche Nahmiddagssünn wir doch grad kein Kleinigkeit, wenn sei ok früher mal eins negen Johr lang as Botenfru lopen hadd. As sei so in'n Verpusten vör sik runnerkek, fölen ehr Ogen up ehr Strümp, de al up vele Stellen stoppt un ok hen un wedder mit Tüglappen beneiht wiren. Sei hadd sei sik hüt Nahmiddag äwertreckt, von wegen de Brennetteln, as sei för ehr Zäg Borenklau plücken ded.

„Herrjeh", süfzte sei un halte deip Aten, „bi de Hütt noch wullen Strümp, ne, dat's denn doch woll en beten tau vel! Dat keff 'k doch rein vergeten, de Dinger uttotrecken! Mi brennen de Fäut doch al grad as dat hell Für!"

Un ein, twei, drei smet sei ehr ollen aflopen Holttüffeln ut, treckte de Strümp von de Fäut, wickelte se tausamen un brummte, as dat so ehr Angewohnheit wir, vör sik hen: „So – dat 's nüdlich! Wo nun hen mit de Strümp? En Tasch heff 'k nich in minen Rock, un en Schört heff 'k in de Il ok nich ümbunnen."

Nu sett'te sei sik wedder in'n Draff. „Ik ward s' doch nich noch verlieren? Dat wir doch eigentlich schad!"

Un in'n Lopen stoppte un stoppte sei mit de ollen Strümp rümmer, bet sei endlich en seker Flag funnen hadd, wo sei nah ehre Meinung nich verluren gahn künnen.

Un nu güng't noch eins so licht, dat de Tüffeln up den fastpeddten Fautstig man so klappern deden, in't Dörp Hochkirch rin.

Baben an't Finster von de Bedeintenstuw stünn al södder 'ne ganze Tid de Gärtner Knopp mit sine mächtige Taschenklock in de Hand un täuwte.

Twei Minuten vör söß, ein Minut vör söß!

„Wo blot dat nichtswürdig oll Wif blifft? Un ik heff 't Fru Baronin doch verspraken –"

En halw Minut vör söß. Dor – dor kem Plätersch üm de Eck von de hoge Steinmur lopen, dat de Hoor ehr man up den Kopp so simmen deden! Un richtig, sei hadd en witt Bünzel in'n Arm.

„Hurrah! Nu hewen wi em!" rep Knopp un lep de Fru entgegen.

„Na, Plätersch, hest em?!"

„Ja, Knopp, lopen heff ik di äwer ok",quüchte de Ollsch ganz uter Aten.

„Dat Geld halst di morgen! Ik möt swinn – de Klock is söß! Sei willen al tau Disch gahn! Giff her!"

„Ja, äwer –"

„Morgen – hüt is kein Tied."

„Äwer – min – min –"

„Morgen halst di 't!"

Dor wir Knopp al mit dat Laken und den Inholt in't Sloß lopen.

„Na, hei is jo 'n ihrlich Kirl, hei ward s' mi woll weddergewen!" brummte Plätersch un wischte sik mit den Ärmel von ehr Jack den Sweit af, de ehr in hellen Druppen up den Vörkopp stünn, so dull hadd sei lang nich mihr lopen müßt! Un sacht güng sei in't Dörp trügg.

„Milie, fixing her mit den Struz! Un denn up'n Disch mit den Bomkauken. Sall glik losgahn!"

Dat Stuwenmäten bröchte den Struz, Knopp stek em in alle Il in den Kauken un stört'te binah mihr as hei güng in den Spis'sall, wo hei en up den Disch stellte.

„Dunnerkil, dor hett sei doch wohrhaftig 'n Zack affreten, dat oll Wif", grunzte hei vör sik hen un besehg' den Kauken von allen Siden.

In'n sülben Ogenblick würden de Flägeldören upreten – et güng tau Disch.

Mit de Tid güngen de Freuden von de Tafeli denn ok tau Enn.

Mächtig vel Reden wiren hollen worden, un de irst un längst von'n Paster loci; dornah bröchte denn de körtst Red' en ollen General a. D. von Breitenstein – et was en Unkel von den Baron – an't Dageslicht, kortbünnig as sik dat för en ollen Militär paßt.

De geihrten Vörredners slöten sik de annern in liflike Reihenfolg' an, un nu befünnen sei sik in de vergnäugtste Stimmung, de 't man blot gewen kann.

Nu süll denn ok de Bomkauken sin jung' Lewen laten!

Fru Generalin von Breitenstein, dei den Husherrn as Dischnahwer kregen hadd, en öllerhaft Dam, de äwer noch sihr jugendlich von'n Federtuff in de deipswarten Hoor bet tau de Fautspitzen in fleischfarbige Sid' steken ded, nehm mit vel Prekademussen un Ogendreihen un

Multrecken un grote Piererie dat sülwern Metzer un füng an, den Bomkauken ganz nah alle Regeln von de Kunst utenanner tau sniden, un de bäwerste Hälft Knoppen up den Töller tau leggen, den hei ehr prat höll.

Mit eins würd sei slowitt in't Gesicht – Herr Gott! Wat wir dat? – Strümp?! – Wat, Strümp?? – Wo kemen de her?!

Sei steken in dat unnerste Enn von den Bomkauken! Un wo segen de blot ut! Stoppt un flickt – un smuddelig! „Herrgott, wenn das nur niemand sähe", süfzte de Generalin.

„Knopp – rasch – nehmen Sie weg!" dormit stek sei em heimlich de Strümp in de Hand und led sik in den Stauhl trügg, denn sei hadd sik so degern verfihrt, dat sei dacht, sei müßt in Ahnmacht fallen.

Je, dat – dat was ok tauvel för ehr hochwollgeburen Nerven. – Strümp in'n Bomkauken! Hadd en Minsch woll al mal ens so wat hürt?!

Gott sei gedankt, keiner hadd't seihn. – Nich mal de Husfru, ok nich de Herrschaften, de in ehr Nehgd sitten deden, denn de Unnerhollung wir sihr lebhaft worden.

Äwer as de Bomkauken nu denn rümreikt würd, dor dankte de Generalin denn doch, obschonst sei tworst süs sihr säutmülig wir, un de letzt Tid bi Disch wir sei upfällig still un blaß.

Un as nahsten upstahn würd, un de Dischgesellschaft in den Salon trügg güng, dor sehg Knopp ehr ümmertau up de Fäut, schubbste Emilien, dat was dat Stuwenmäten, lis' in de Ribben un säd: „Milie, ik möt mi doch grad'ut geseggt wunnern, dat sei – wat die olle Exzellenzen mit die geforbne Prück is – sone schlechten Strümp tragen deit un denn, dat sei sich die Dinger so untern Disch ohn all Schenierlichkeit ausziehn tat! Sehn Sie mal", un dorbi höll hei ehr de Gegenstänn, de hei so lang sorgsam up en Wandbrett upbewohrt hadd, unner de Ogen, „kiken Sei blot mal, Emilie, wo die Biester aussehn! Stoppt un flickt un … Zu die Tauf von unsen Ernst Friedrich hätt' sei sich auch woll naug en Poor anner antrecken können! Un wat dat döllste is, nu geht dat olle zerbrechliche Wesen noch dortau ok ahn Schauh mang die Gesellschaft rüm, eigentlich müßt unser Herr ihr rutsmiten. – Milie, ich frag' Ihnen, schickt sich dat woll?"

„Ne, eigentlich woll nich, Knopp! Mir deucht aber, barft mag aber woll Mod sind, denn die andern Damen haben oben auch nich viel was an, un mir deucht, dat wär woll ganz egal, ob einer oben barft is oder unterwärts, deucht mir, un wat Mod is, is Mod, sagt unse Snidersch!"

„Milie, Sei sünd doch en klaukes Frugensminsch, binah ebenso wie unse Mudder, dei ok ümmer allens am besten weiß – na, denn werd ich auch nich so sind un ihr ihre Stiebeln ok noch suchen un ihr den ganzen Krempel in ihre Stube ruffdragen, damit daß sie morrn früh allens tosam hat.

Ne, Mäten, wat hett de oll Exzellenzen blos för slichte Strümp! Unserein würd sich doch mit solche Strümp schanieren, aber so is das ümmer mit die Hohen, babenup, da läßt dat denn noch nah vel un wat noch wat, un inwennig da is't stoppt un flickt un –. Na, also dit sünd nu Exzellenzen ihre Strümp!" –

Un dormit güng hei ut de Dör.

Emil Dräger

Osterwater

„Fernand", sär ull Buer Scheel to sinen Knecht, „halst du dit Johr uck werrer Osterwater?"

„Nä, Herr, dat wad kum wat warn. Ich heww dat vörigt Johr afseggt."

„Nanu, worüm denn dat?"

„Ja, wil Franz Beerbom ümmer allerlei Schawernack dorbi möckt. De Mäkers wulln uck nich mehr hen."

„I wat, Mäkers! Dat de 't Mul nich hullen könen, dat glöw ick; awer du mußt dat doch ahn Reden fari kriejen."

„Herr, wejen 't Reden is dat uck nich. He' hackt ma so ganz vull Fismatenten, dat eener sich gor nich vör in acht nehmen kann. Se warn doch weeten, wo he' mi to Johr mit min eejen Jack anführt hett."

„Ja, mi is dat woll so, as of ick dorvon hört heww. Awer ick wa a so vergetrig. Wie was dat doch glik?"

„Ick red dor nich gern von; denn all Lü lachen un spektakeln öwer mi, un ick mutt mi ümmer werrer von frischen arjern."

„Dor mußt di nüscht nich ut maken. Du mußt bloß denken: So väl Heu giwwt dat nich, üm all Lü dat Mul to stoppen. Awer to mi kannst dat doch ruhig vertellen."

„Na, as wi 't letztmal Osterwater von'n Spring halten, harr mi Franz Beerbom an 'n Dag vörher fragt, of ick a ees d' Sunn harr danzen sehn.

Nä, sär ick, dat harr ick no' nich. Of ick 't nich sehn mücht? I ja, sehn mücht ick 't woll. Na, sär Franz, dat wär ganz licht; eener bruckt sich bloß an 'n ersten Osterdagmorjen, wenn 'n mit dat Osterwater trügg kümmt un de Sunn geht up, de Jack utrecken un dörch 'n Armel kiken. Schön, sär ick, wenn 't wiejer nüscht is, dat ward gemakt."

„Hest se denn nu würklich hupfen sehn?"

„Kuchen! seggt Nante, Botterbrot mag he' nich! Wem kunn denn dorbi uck an son Hinnerlistigkeiten denken! Kum harr ick den Armel vör 't Gesicht un keek un keek, dunn hört ick wat muckern und pladdern, un ick kreij up ees soväl Water in d' Ogen, in 't Mul und in d' Näsenlöcher, dat mi rein de Luft wegbleew, un ick dacht: Nu is 't all mit Lotten! Un wat was 't? Harr mi son dunnerwetterscher Bengel von Franz Beerbom min ganz Kann vull Osterwater bawen rinner gaten! Un ick harr mi na' extra of' gröttsi Fiefliterkann mitnahmen! För son Osterwater dank ick!"

„Danken mußt bloß för Schläg. Hest di denn dat gefallen laten?"

„Wat hitt dor gefallen laten? As ick werrer to Gnaden kamm un kiken künn, was he' längst öwer all Barj. Un'n annern Dag, as ick em wiesen wull, wat dree Arwten för 'n Supp gewen, wenn twee von weg sinn, dunn hett he solang red't, bet ick 't em ma schenken müßt."

„Ja", lacht ull Scheel, „ick kenn em, wat he' för'n Filu is. He' red't sich von'n Galgen los un möckt eenen mit Redensorten besapen."

„Dat deet he', Herr, dat deet he'. Awer man mutt em ma orntlich bedeenen. To mi meinte he' dunn, ick süll't ma sinn laten, dat treckte sich alles na 'n Liw. Ja, heww ick em antwoort't, so sär jenn goj Schnieder uck un sett'te de Armel in d' Taschenlöcher."

„Nu denkst du also, he' künn werrer 'n Materkur mit di vörnehmen un bliwwst leewer to Hus?"

„Jed Mensch mutt so verbrukt warn, as he' is, un wat sall 'n von'n Ossen anners verlangen as 'n Stück Rindfleesch! Ick heww nich Lust, mi von Franzen no' ees schawernacken to laten. Ich gah dit Johr leewer na Stüpen."

„So, so! Hest uck a Stüprojen?"

Fernand grient so stillvergnöjt vör sich hen: „Is alles besorjt", un flustert ull Scheelen in 'o Ohr: „Ick heww uck 'n bät Pickstruk mit mank von'n Stachelbeerbusch."

„Mensch, dat hest di woll von Franz Beerbomen afkeken? Wem sall denn dor wat mit hewwen?"

„Dat kann ick nich seggen. Se künnen mi verrajen."

„Na, denn lat't bliwen. Paß ma bloß up, dat dormit nich uck in 'n Nettel leggst. Awer wat stah ick hier un quassel mit di? Ick glöw, dat is bald Vespertit!"

„Ja, Herr, dat is so. De Tit vergeht; wenn eener denkt, 't is Abend, denn is 't kum Middag."

Ostern brok an. 't was no' ganz fröh. In'n Morjen wurr 't een klein bät schummrig. De Sparlings schleepen noch. Bloß Rotschwanzmohr was werrer d' erster up in 't Dörp as ümmer. He' satt up d' Spitz von 'n Gäwel un sung sin bescheiden Lied. Sin Stimm was seit vergangen Johr nich för'n Drier anners worrn, se hörte sich grad so knarrig un verroosten an as süst. De Veilkens un de Morjenblömkens leeten ehrn hübschen Kopp hängen un künnen sick no' nich recht vermuntern. Dunn gung de Stalldör up, un Fernand kamm rut. In de Hand harr he' 'n Bündsel Stüprojen. He' keek ees links, ees rechts üm sich un güng denn hinner 't Wagenschuer, wo de Leddern hüngen, as wull he' sich een dorvon runner langen. Awer de würrn em wat hoosten un laten sich von em afnehmen! Seitdem de längst Awtledder in'n letzten Harwst was stahlen worrn, harr de Buer de annern mit 'n grot Schünschlott anschlaten.

„Nu kik ees", gnurrte Fernand vör sich hen, „dat is jo dämlich. Wat nu?"

He' güng rüm üm 't Hus un keek rup na de utgebugt Dachstuw, wo de beiden Deenstmäkers schleepen.

„Hm", mök he', „up 't Gesims geht 't nich, dor kann 't mi nich an hullen. Awer wo wär 't an de Dackrönn? Dat mücht am Enn gahn. Bawen föhl ick mi sacht bet an 't Fenster ran. Ick wad mal versöken." Dormit stök he' sich sin Stüprojen in d' Tasch un fung an to klabbern. Een pormal glappt he' unnerwejens so woll af; awer he' kamm doch glücklich bet an'n Dackrand. Grad wull he' tofaten un sich doran fasthullen, dunn füng 't an to knistern un to knastern. Een Haken was utreten, een Stück von de Dackrönn kreej dat Rutschen, un Fernand rutschte mit. Dat wär nu so schlimm nich west; denn 't was nich allto hoch. Väl schlimmer was 't, dat 'n grot Regentunn dor unner stünn, de bet bawen ran vull Water was. Un am allerschlimmsten wär 't, dat Fernand mit sin Hinnerkastell grad in dit Gewässer rinsus'te. Un wil de Tunn nich up sonen Besuch toschnejen un' inricht't was, so premmste sich woll sin Middelstück rin; doch sin Kopp- un Fotenn mußten buten bliwen.

So lagg nu Fernand in sin Badwann un künn sich nich rippeln un röjen. Een Husch lang höl he 't ut; awer denn würr 't em doch to kult üm 'n Buk un in 'n Buk, dat he' anfüng üm Hülp to ropen. Erst keem dat ma ganz sacht un schüchtern rut; doch as he' sach, dat keener kamm, wurr he' 'n bät dütlicher, un toletzt bölkte he', as güng 't üm 't Lewen.

Dorbi künnen jo nu Dojen upwaken. Un so keem 't endlich uck an ull Scheelen sin Ohren. De dacht so tüschen Schlapen un Waken, dat brennte oder sin Veh wär wat passeert. He' also mit eenen Satz rut ut dat Bedd, rin in de Hosen un hen na 'n Hof.

Na, dor sach he' nu de Bescherung.

„Herr du meines Lebens!" reep he', „Fernand! Du Unglücksworm! Wat deest du in de Tunn? Un wat wist du mit de Bleckrönn?"

„Helpen S' mi bloß erst hier ruter", weimerte Fernand in sin Gefängnis. „ick heww mi hier fastklemmt; nahher vertell ick alles."

Ull Scheel erlöste em denn uck. Un as de Knecht nu so fladdrig vör em stunn, as harr he' nüchst nich mehr to verköpen, un em sin verunglückt Stüpert vertelle, dunn mußt de Buer doch lachen. „Heww ick di dat nich glik seggt? Awer du wast woll in dinen ganzen Lewen nich mehr klok warn."

Fernand mök 'n Gesicht, as harr he' Prenzlau verrajen.

Buer Scheelen där he' nu doch leed, un he' tröste an em rümmer. Mitlerwil wärn uck de Mäks upwakt un lachten em hinner d' Gardinen ut. Dunn namm he' 'n mit rin un sär: „Nu lat ma sinn! Manj eener is a utgahn, üm 'n Koh to köpen, un hett 'n Ap na Hus brocht. Wenigstens hest din Osterwater weg. Vörig Johr hest't in 't Gesicht krejen, dit Johr up de Schinken – mi sall 't bloß wunnern, wat di 't nächst Johr för 'n Flach utsöken wast!"

Edmund Hoefer

Pingsten in'n Staplitzer Goren

Den annern Dag was ik all tidig ut 'n Berr un kek mi de Welt un den Goren mit verlewte Ogen an. Sörre den Intog in G. as Gerichtsperson was ik wol oft nog hier herut kamen, äwers, as ik seggt hew, ümmer man up'n halwen Dag oder so wat, un süst was 't smutzig Weder west un wi härren in de Stuw achter'n Awen seten. In de letzte Tid äwers was ik mit kenen Fot ut de Stadt kamen, un mi was allens as funkelnagelnieg. Un nu was ik hier, un nu was 't Pingsten!

Mit so 'nen Pingstdag is dat bi uns to Land' süst so 'n egen Sak. Denn is dat wunnerschönes Weder, seggt ji, un de Häwen is blitzblag, un de Wind weih't so sihr angenehm un de Sünn schint spegelblank, de Busch schämert all 'n beten grön, un unnen, ut dat dichte Musch, kieken w'hraftigen Gott all 'n por lütt halwverfroren' Oeschen herut. Un ji lopt up un dal mit blage Näsen un klamme Fingern un schürrt juch un friert as 'n halwstieg' Sniders mit 'nanner un freut juch gruglich äwer so 'n wunnerschönes Weder!

Aewers nu was 't anners, un 't was 'n Pingstdag, as he süst man in de Böker steht: „As man de Wold' un Felde sach – Grone stahn mit Low un Gras. Un mannig Vagel frohlich was!" Un ik härr em allmindag' noch nich so belewt! 't was ok 'n Frühjohr as gor ken süst. De Dauwind was all in 'n März kamen, un de Sünn kreg Warmnis, un in 'n April würd 't grön un de Kirschen bleuten, an 'n Maidag stünd de Rogg', dat sik der Kreien up 'nanner in em versteken künnen, un nu wier allens grön von hinnen bet vörn, un in den Staplitzer Goren bleuten de Fleder un de Pionen, de Sneeballen un de Goldregen, un min oll Lind' vör min Finster härr all ehre Bedrängniß von verleden Johr vergeten un ded' sik up as 'ne lustige gröne junge Lauw'. Baben in de Telgen un buten in de Strük', dor lewte un swewte allens vull Vägel, un de lütten Dierer lepen unnen in de Stieg' langs un söchten sik 'n beten Frühstück un 'n por Höhner härren ok den Weg funnen un keken nah ehre Sak. Aewers süst was noch allens still un ken Minschenkind to sehn.

As ik de Trepp dalstigen ded', was unnen up de Del äwers all allens in Gang un Minschheit nog: De grote Wagen mit Mai hel all vör de Dör un Herr Bösenhans mit sinen Stock un sinen Hund stünd dorbi un ornierte an, wo de Lauw vör de Dör uprichť't warden müßt un wat up de Del kamen sull, un Friedrich, de noch in Hemdsmaugen gahn ded' un sine Liwree up de Dörklink hängt härr, treckte mit de Manns hier binnen von en' Eck in de anner un swet'te as 'n Bor. In de Gorenstuw äwers stünden Finstern un Dören wit apen un lütt Fieken, de middewil Stubenmäten worden wier un nu ganz fin mit de witte Huw' up ehre gelen Hor herümwirken ded', hantierte dor noch mit ehr Bessens un Fledderwischen un Wischdök' herüm, un so ging dat allens dull dörch 'nanner, dat mi grugen würd' un ik nich dörchfinnen künn: Hier strakte mi 'n Maibusch äwer un dor fohrte mi 'n Bessen mang de Ben' – wat Düwel härr 'k ok nu all hier to dohn un künn nich in 'n Berr liggen?

Blot in den Gang nah de Kök to was noch fri' Bahn un dor falvierte ik mi denn notherwis', dat ik man blot in den Goren kamen ded'. Aewers dor stünd de Spieskamerdör up de Klink un innen red'te dor wat, un as ik 'n beten dörch de Ritz schulen würd', set Mamsell richtig all up de Fleischtunn mit ehre Kaffeetass' „Aus Liebe", de ik ehr as Julklapp härr insmiten laten, un vör ehr up 'n Hüker set Stining, härr ehr de Händ' up de Knee leggt un sed' mit so 'ne rechte true Ogen: „Tanten, lat mi Freden maken – 't is so –" un se fohrte up – „Herreje, de Herr Aczesser."

De Ollsch' härr bald ehr Tass' fallen laten, so schöt se tohop. „Na, ik segg'! Ströpen S' ok all wedder 'rüm? Känen S' nich in 'n Berr liggen? Na, nu bliwen S' man hier", red'te se wider, „Se kamen grad' recht un känen mit Rat hollen, ihrer de annern kamen. Du bliwst hier", sett'te se to, as Stining, rot as 'ne Ros' un mit unsäker Ogen ut de Dör wull. „Di geht 't an, un Herr Franz ment dat mit di un Andres'n god. Se hebben wol hürt, wat de Kaptain gistern mit den Magister red't hätt, Herr Franz. Dat sünd allens Fickfackerien, segg ik, un he fragt den Düwel nah dat Kind un Andres'n un de Schand', wo he nu so vel Wesen von makt. He will de Lütt ehr Geld behollen un süst nix – so god as stahlen hätt he 't ehr jo all un krigt dat denn mit de Angst, dat he nu up 't End' doch damit 'rut rücken möt."

„Tanten, wes god!" bed' Stining wedder un fat'te de Ollsch' ehre Hand un strikelte se. „Min Vatter –"

„Din Vatter, Kind?"

„Tanten, ik hew em doch twintig Johr' dorvör ästimiert", säd' Stining un dreigte den lütten Kopp sacht hen un her. „De Slimmst' is he nich, un wo he 't ok woll ens 'n beten ruch makt hätt, nahsten härr he ümmer 'n Insehn. Mi is sörre de Tid her, dat ik nu allens recht äwerleggt un besunnen hew un nu ganz von em loswesen sall, dat Hart ümmer as tosneert west, un so god as ik dat ok hew, ik hew mi nie nich recht freuen künnt. Wenn he mit uns bös is un will nix von uns weten – wat seggen de Lüd' dorto? Un nu will he wedder god sin un mit Andres'n un mi in Freden! Un nu süllen Andres un ik vel nah Geld fragen – wi weten jo nich mal wat dorvon af! Wi hebben uns in unse Armod tohop dahn un uns up unsen Herrgott verlaten un nu – un nu is allens god! Ach Gott", röp se up 'nmal un slög de Händ' tohop, un ehr' Ogen flögen up in den blagen Häwen, „mi is dat Hart as tosneert west un nu is 't vagellicht!"

„Na, nu sehn Se – so is se!" säd' Mamsell un schürrköppte. „De oll Sünner hätt dat wiß un w'hrhaftig nich üm se verdent, un se knippt beid' Ogen dicht to – Fredenswilen! – un lätt Andres'n un sik sülwst lewer dat Fell äwer de Uhren trecken, as –"

„Ne, Tanten, dat doh ik nich", red'te Stining iernsthaftig dormang, „un dat möten Se nich von mi glöwen, Herr Aczesser! Andres hätt dat Wurt, un wat he seggt, so sall dat wesen – ik verstah von so'ne Saken nix un will nix dorvon verstahn. Aewers reden will ik ierst mit em, as mi üm't Hart is, un denn –"

Un up'n mal säd' dor 'ne grawe Stimm in de Dörritz: „Wat is denn dat, wat dor in mine Kammer is?"

„Dor is he – dor is he! Herregott, Andres – wo kümmst du all her?" röp Stining un sprüng von ehren Hüker in de Höcht. Un de Kamerdör flög up, un Pap Kuhn stünd dor in sine vulle Leibspositur, in sinen brunen Ridsnipel un sine blanken Stulpensteweln, den Hot härr he 'n beten schef up 't Uhr sett't un de Händ' bretspurig in de Hosentaschen. Dat brune Gesicht grinte äwer un äwer, un de lütten blagen Ogen blänkerten uns ümschichtig an.

Margarete Nerese

Dat Johr met de Schwienkes

All Jauhr eis was in de Stadt grot Jauhrmarcht, un de duerte denn so acht Daug lang un den vorletzten Dag was noch sepraut 'n Pottmarcht, un daur feuhrte min Mutten denn ümme tau hen, üm all dat Pottgeschirr werre tau kööpe, wat de Mäkes in'n Jauhr intwee ballert herre.

Na, wi Bälg jümmelte un jööste den ümme so lang, bet dad sei oos mitneihm.

In de Stadt wauhnte dunn uk noch min Großmutte, vo dere wi nieträchtige Dwang herre.

Auweste am Jauhrmarchtsdaug denn langt sei denn in de linkschte Eck von ehrem Zekletör un gaw jerem von oos ganze runne tegen Sülwegrösche, dat'w oos doch uk n' bätsche vor dat Gield verlustiere künne.

Hierup herre wi nu all lang hofft; na, un richtig: Mutten namm oos mit na 're Stadt!

Na, un as oos Größten oos uk ma graur de tegen Grösche, dei nu jo all Obselfanz wore were, in't Hand gäwe deer, dunn güng't, wat hest du, wat kast du, hen na dem Junge, dei de Meerschwienkens herr. Endlich na välem Hen un Her un na langem Hanneln köffte wi denn in. Kadelke namm n' kleine Äbert un ick n' klein Sög. Die Jung gaw oos noch 'ne Kaste mit, un nu güngt hen na oose Kutsch, wo wi die Schwienkes unne dem Gesitz versteike.

Denn dammelte wi noch so n' paur Maul rüm üm't Marcht, bekeeke oos de Baure, die daur upschlauge wäre – wat oos süster veel Spauß maukt herr, oos hüt auweste gaurnich gefeil, wiel dat oos Gedankens ümme annerwägens spaziere günge. Schließlich keime wi denn nu werre bi Großmuttre an, dei graur mit Muttre achterm Kaffepott satt un sick nu woll nich naug wunnre künn, wat w' all trög wäre, denn süß herr ehr ull Gesellschaftsfrölen oos ümme eiste werre infänge müßt.

Wi Bälg wäre denn nu beid sehr höflich un bescheiden, wat süß woll graur nich all tau sehr uns Uurt was, un krege denn nu uk n' Stückke Kauke taum Stippen un 'ne mächtige Pott Kaffe. Na, wi eite denn uk, wat't ma gauhe wull, drünke uk eis daurtüsche un stippte uk af un tau eis un hörte ganz andächtig tau, wat Großmutten säd, un wat Mutten säd, wat de Lür dunn eis seggt herre. Auwe mit de Tied un mit de Tied wär oos dei Geschicht denn nu langwielig, un Kadelke füng an, mi tautaunicken un tau schürrköppen un mi antauraupen.

Na, for anner Lür mag dat je woll nich tau verstaue weest sin – ick verstund em –, hei meinte oos Meerschwienkes! Ick plinkt un nikköppt denn uk up min Uurt un herr daurbi dat ganz richtig Gefeuhl; hei verstund mi, ick meinte uk dei Meerschwienkes! So rerte wi nu denn ne ganze Tied toop, bet dat mim Bräureke dat denn doch tau langwielig wod, un hei't nich länger mehr uthülle künn un oos Mutten so recht wiß ankeek un fraug: „Mutteke, feuhr wi no nich bal na Hus? – Dei Meerschwienkes ware süß von dem lange Sitten in de Kast noch ganz domlich, un ick –“

„Jung, wat rerst’? Wat meinst du denn for Meerschwienkes?“ reep oos Ullsch daurmang.

„Ick –“

„Na, ma rut demit!“ säd Mutte nu, dei doch ganz gewiß Müs marke deed.

„Ick – ick säd –, ick, ick –“, stamebuckte hei mit nem knallrotem Kopp.

„Rer nich lang rundüm – ick will weite, wat du for Schwienkes meinst!“

Un oos Kadelke fung anne hülend, wat hei uthaule künn. Auwe as hei dunn doch sach, dat uk dat Husmittelke nischt hulp, denn Mutte herr em all hinnewarts im Krauge, un Größke keek uk all so verlangend üm sick, as wenn sei wo wat säuken deer, dunn säd dei niereträchtig Kröteding von Jung: „Greten sin Schwienkes sünd’t!!“

Na, dau schlau einer lang bi hen! Dat ull nüwrig Ding von Kadel-Braure herr sick dat in alle Tel bi sinem Hülen ganz ornlich utklawiert, dat hei ’s beed up dei Uurt am lichtste los wör. Je, un hei kreg nu uk richtig sine Wile, un nu, nu güngt up mi armunschüllig ull Worm los!

Ach, un ick, ick satt jo daur all de längst Tied un bekeek mi de Entfernung von minem Platz, de mi je all lang tau heit woore was, bet na de Stuwedhör un owerleggt mi mit de Geschwiningkeit von Null Komma fiew, dat Utrieten doch up all Fäll dat Best wär.

Mit Mutten keim’k woll noch owerrein, auwerste mit Großmutter –.

Lang Tied taum Nauhdenken herr ick indeß nich; denn dei beere günge denn nu uk glicks up mi los un neihme mi in’t Gebett.

Na, ick fung nu denn uk an tau hülen un schnucksen, as Kadel dat mauke deer, un vertellte ehr denn nu so sprangwies un stootwies dei Geschicht vo dere Kup un de Meerschwienkes.

Mutte was nu denn ganz möchtig bös!

Kein Birren un kein Hülen hulp oos mehr, Kadel riskierte sogaur ’ne regelrechte Fautfall, wiel hei woll meine deer, dat dat mehr bitrecke müßt, auwe nee, uk nich!

Oos Kutsche müßt kaume un de Kaste mit de Meerschwienkes werre hendräge – un schüll dat Gield uk werre mitbringe. Na, hei also hen, – na ne gaure Viertelstunn bröcht hei de Deierts werre un säd: „Madamke, hier sünd dei kleine Schwien werre! Dei Jung, deid s' dei beere Bälge verköfft hett, was nich t' Hus. Sin Mutte was blos daur, un dei säd, sei wüßt daur nischt nich af, un dat Gield wull s' mi uk nich werre rute gäwe; na, nu heww'k dat Veih werre mitbröcht. Hier sünd's!"

Un daurbi sett'te hei de Kaste mirren in Größke ehr Wauhnstuw.

t'Hus kräge wi denn nu natürlich noch ne ganz gehörig Dracht Schläg vo oosem Vottre, weil dat 'n em so wat in't Hus schläpte. Auweste – as w' oos meiste ornlich schürrt herre as son Pudelhunn, dunn was dat uk vergäte.

De Hauptsach was, oos Schwienkes herre wi un hewwe s' uk behulle.

Oos gaur Mutteke gewennte sick denn uk ball an de nüdliche kleine Deierts, de in ehrem enge Quatier, de ull klein Cammohr, ganz vergneuglich rümme hüppten; na, öftens meik sei denn woll'n Schüpp, wiel dat dei Schwienkes, as sei meint, de ganz Stuw verstänkerte. Auweste sei was im Grunn n' väl ta gaur Frau un'n väl tau insichtsvull Frau, as dat s' oos Bälg dat unschüllig Vergneugen so lichten Hartens stören mügt.

Nu wör dat denn en gaur tau herrlich Lewen!

Summerdag was 't, as 'n disse grotartige Inkoop maukt herre, un Monaut Juli, wiel dat in dies Jauhrstied umme de Jauhrmarcht in Paupebrög afhulle wöör, un noch daurtau son richtig Austwere mit Seesseklang un Schnittersang, mit Binnen un Stricken, as dat so in oosem leiwe Hinnerpommeland Mod is.

Sünnenguld lag auwe dem Stoppelfild, auwe de Roggehocke, auwe Busch un Fild, auwe Wald un Flur – kortüm en Auust, so hell un fründlich, de Himmel so blau – so'n Sommerstied, as dat man blos in minem leiwe hinnerpommesche Heimatsland, süster narnich in de Wilt giwt.

Wi Bälg stännerte un murkste denn nu uk de ganze leiwe lange Dag, so as wi ma graur ut de Schaul wäre, buten rümme.

Natürlich dörten daurbi oos Meerschwienkes nich fehle! Mi herr de ull leiw Wiehnachtsmann letzt Maul taum heilge Christ 'ne kleine Umnebus bröcht, 't was n' klein nüdlich Kutsch mit twei lütte Brune bespennt.

Weil dat w' oos Schwienkes doch nich taumaure müchte, dat 's all oos Spaziergäng un Streifzüg dörch Fild un Wald tau Faut mitmauke künne, dorüm sett'te wi denn jeres Maul de Deierts in de Wauge, meike de klein Dör fürsorglich achter ehr tau un treckte sei denn wechselwies spaziere. Ick sei oos noch, wennt wi so de Dörpstraut un den Hellkolkstieg lang hotterte un de klein Meerschwienkes-Eklepausch so am Binnfaurm hinner oos her schuckelte; öftens kamm dat denn uk woll vor, dat de Geschicht umschmeet, wenn wi oos Oogens meis annerwegens herre, un oos veirbeinte Fauhrgäst 'ne äkligte Purzelboom schoote – ja woll, dat kam uk öftens vor!

De Landmann herr mittlerwiel den leiwen Gottessegen vom Fill im Schweit sines Angesichts afmähgt un in de Schüne feuhrt, blot dat Hög was noch buten, un de Kantüffle wäre noch in de Ird. Nu was so de Jauhrstied, de ma hier tau Lann Ullwiewersaume nennt.

„Gretke", säd eines schöne Morgens min Braure tau mi, „wett'st wat? Hüt is Mirrwäk, as du wettst, hewwe wi daur Nauhmiddaugs kein Schaul, mi dünkt, dat wär woll pläsierlich, wenn w' glick nam Eten tau Holt günge taum Nootplücken; denn süß fräte oos de niereträchtig Dörpbälg je doch ma blos de Noot af!"

„Kadelke, wat du ma ümme afgünstig büst! – Na, wenn du auwe meinst, denn ma tau!" säd ick, denn Noot eit ick doch tau gern.

Oos Rees güng denn nu uk, so as w' uk ma de letzte Happe Middag runnerschluckt herre, los. Vorup güng Kadel, stolz as 'n Spanier, mit 'nem lange, lange Noothauke in de Hand un 'nem groote Nootbüdel an 'ne Sied. Denn kam oos ull Möppel mit dem eine Oog, de sick nauster noch an 'ne Bratpantüffel dodfrete het, un hinneher, weil dat dat Best ümme tauletzt kümmt, ick mit dem Binnfaurm, an dem de Meerschwienkens-Eklepausch langsam den Weg lang hotterte. Af un tau keek de Rammsnäs von Kadeln sinem Äbert nieglich ut dem Waugefeeste un schnubbert un schnowe in de warme Harwstluft. Witt Faurems vom ulle Wiewesaume wickelte sick denn üm sin ull klein Schnut, dat hei argerlich taubeet un sick werre in sin Kutsch verkrööp.

Endlich were wi in de Krähgebarger Klinsbarge anlangt un plückte nu Noot auwe Noot, bet dat w' all Büdels un Tasche vull herre un oos ganz meur unne 'ne Boom sett'te.

Nu leete wi denn uk de Meerschwienkes rute, dat sei sick doch uk n' betsche verlustiere schülle. Na, de wannerte un gnappte, sreite un mullte denn uk na Hartenslust ümher. Mit eis kreg de klein ull Äbert dat mit dem Loopen un dem Hinneutschlauhe, un dat güng ümme rundüm, ümme dülle, ümme dülle as so'n Brummkrüsel, un Kadelke un ick un uk de klein Sög seige mit aupne Mülre tau.

„Huh“, schreg ick, „Kadelke, din Äbert hett’t inne Kopp krege!“

Kadel lachte as dull un verrückt; – auweste im Grunn was daurbi gaurnist tau lachen, so narrsch de Geschicht uk utsach; denn mit eis rönnte de Äbert in vulle Fauhrt mit sine kleine Schnut schegen den Stamm von ne kleine Eik – un schwapp, daur lag hei un streckte all sin veir Rottefäut von sick un was dod – musdod.

Na, nu güng denn n’ grot Hülen un Wehklagen an, un Kadel nam sine Äbert in’t Mütz, un ick stoppte min Sög Hals auwer Kopp in de Umnebus, un nu güngt, wat hest du, wat kast du, hen na oosem ulle Fründ, dem Kauhhirt Wachs, de nich wid von oos up dem Brauk sin Dörpkög un de Zäge heure deer. De makte denn nu n’ ganz erstaunt Gesicht, as hei oos so in de Il anrüke sach. Hei nam sin Brill mit de grote, runne Oogegläse von sine krumme Näs, leggt de Knütt in’n Schoot un fraug all von Wierem: „Bälg, wat is juch? Wat loop ji, un wat hül ji so mordsjämmerlich?“

„Da“, säd Kadel un drückt em de Mütz mit Inholt in’t Hand.

„Ach, du meines Läwens!“ reep ull Wachs, „dat arm lütt Deiertke – dod?“

„Woll!“

Un Kadel fung werre mächtig an tau schnuckse. De ull Kauhhirt stünn up; den de Sak müggt em doch woll irnst dünke, sett’ sick sin Oogegläs werre up un befeuhlt dat Deiert von’n Kopp bet tau’m Hinnerdeil, weil dat ick em de Sakverholt denn na beste Kräfte vetellte; denn Kadelke schnuckste ümme noch.

„Bälg“, säd de ull Mann un keek oos beed an, „hült nich so dull“, denn mittlerwiel herr mi denn nu de Rührung uk auwermannt, un ick schnuckste nu womäglich noch düller as Kadel, „noch lewt dat klein Deiertke!“

„Hurra!“ schreg Kadel und flaug dem ulle Mann üm den Hals, de man so ganz kleinke was, nich grötter as min Braure, weil dat hei as Kind ’ne Schaure nauhme herr un von de Tied an mit ’nem Puckel rümme loope müßt. Un dunn hült de ull narrsch Bengel werre ’ne Stoot un frögt sick un hüppt un quietscht un deer, as wenn hei’t in ’ne Kopp krege herr.

„Na, nu man sacht, min Jüngke, man noch nich auwermeurch im Glück! Noch ist ’t nich werre gesund, ick säd blot: Noch lewt dat Deiert!“

„Ach so“, säd Kadel ganz kleinlud.

„Tau, auweste ick war dat minig daurtau daue, un din Schwien taum Lewen taurög raupe – also eiste mut 'k em bespräke." Wachs was nemlich biher uk noch Veihdokter, son Quacksalver, as man woll hütigen Daugs noch öftens up de Dörper finnt, un gewaltig von sine Kunst innauhme. Un nu leggte hei denn richtig los, un deer un behrt un schürrt dat Deiert un reckt em de Feut un meik em 'n Krüz auwre Kopp un brummelt daurtau unverständlich Wöör, un mi wod so eigen tau Maur, ick folgt fromm min Hänn un fung an tau behre, un twaurst dat heilig Vater unser, weil dat mi so heilig tau Maur was, as wenn 'k schegen minem leiwe Mutteke in oose ulle kleine Dörpkirch seit, un denn was dat dat einzigst, wat ick all lehrt herrm, blew auwe hacke un säd dann flink: „Und vergieb uns unsere Schuld. Amen!"

Un denn füng 'k werre von vorn an.

Kadel schnuckste still vor sick hen, hei was uk meinen Biespill folgt un herr uk de lütte brune Hänn taum Gebett toopleggt.

Mittlerwiel pust't ull Wachs dem Deiert drei maul auwer Krüz in't Näs – un denn geschach wat Ungeheuerlichs, dat Deiert fung an tau prußte un prußte ümmertau – ümme düller, ümme düller.

„Gotts ein Dunner! Heiliger Musbuck! Botte Wachs, du büst graur ut geseggt n' Engel des Lichts, wenn din Flüchten di hinnewarts uk n' betsche verbutt't anliemt sünd! Nee, Wachs, du kast je woll noch Tote auferwecken!?!" Bi diessem Utdruck, deß sick Kadelke bedeint, füll mi die Auferweckung des Jünglings zu Main in, von der ick in de biblische Geschicht lehrt herr, un mi wör doch ganz niereträchtig grugen, un mi fünge de Tähn im Mul an tau schnatre, un ick stiert ull Wachse mit wauhre Ehrfurchtsschure an.

„Kann ick uk, min Sohn!" säd de ull Kauhhirt ganz stolz, „kann ick uk, un von mi säge de Lüd nich umsüß, dat 'k mehr kann as Brodt äte!"

Kadel-Braure was je nu auwe ganz glückselig, as hei sach, dat sin lütt Äwert sick nu so ganz allmählich vernußele deer un all sogaur anfüng, von ull Wachse sine Hand tau stiege.

„Nee", säd hei, „Wachs, wiß un wauhrhaftig, du büst en Mordskeel, un ick mutt säge, so wat is mi in minem ganze lange Läwen noch nich vörkaume! Un nu bedank ick mi so recht schön bi di, un wat hew ick tau betauhle?" Denn hei was n' klaug Jung, un wüßt, dat Gild n' grot Macht is.

„Nischt, min Sohn, dat hew ick geen daue, dat ick di din leiw Veih werre gesund maukt hew!"

„Na, nu seg auwe m' eis, wat is blot dem ulle kleine Deiert inne Kopp kaume, dat dat so unvernünftig rümme ause der?"

„Kadel, min Jung, kiek hier –"

„Ach, du Dunner-Sackband! Lure Ameise."

„Na, kiek, du hest dat klein Kwick in 'ne Ameisehoop sett', un denn wunnerst du di noch, wenn dat vor Angst ümmetau rundüm löppt?" lacht dei ull Mann.

„Ach so!" säd Kadel un sammelt dem Schwienke im Handumdrehgen n' ganz Dutzt af.

„Na, auweste", füng Wachs nu werre so ganz tägrich an, „wenn du mi eine Gegendeinst taukaume laute wist, kiek, denn – denn leg bi Vottre n' gaur Woort for mi in, de is upstunns eklig schlecht up mi tau spräke."

„Na, Votte Wachs, gewiß doch! Wat meinst' woll, mit dem gröttste Pläsir, wenn't wiere nischt is! Auweste seg m' eis, wat hest du denn utfräte, hest' am Enn de Zäge in't Rieselwische ore in't Schonung loope laute?"

„Nee – i nee, dat graur nich! Nee, eintlich hew ick auwerhaupt nischt maukt! Je, dat is n' vedreitlich Geschicht –."

„Na, Wachs, nu vetell!" dremmelte Kadel.

„Je, kiek, eiergisten Auwend, as Mutte un ick lege gauhe wulle, dunn säd sei tau mi: Wachs, säd sei dunn, oos Berrstroh is all so schlecht, kiek, up dem Kauhstallsbohne, daur liggt jau so veel – bring doch eis son Tracht vull morge Auwend mit na Hus! – Daur säd ick tau ehr: Wiew, säd ick, du mußt je doch noch wat up'm Husbohne lege hewwe. Nee, säd sei, daur is nüm nich mehr up – uk nich 'n Spierken! Un as ick ehr nu in't Gebedd neihm, dunn gestünn sei mi, sei herr dat letzt Bund Stroh an ull Gastlersch verköfft; na, wat hülp dat nu, freire mag n' Meesch doch uk nich geen, un ick freir auwerhaupt ümme gaurtau licht anne Feute, so dat ick Nachtens all ümme wullen Strümp antrecke mutt, dem Herre säge mügt ick dat auweste eist recht nich; na, wo dat denn so is, nu meik ick mi denn n' Bund, un as ick gisten Auwend daurmit losgüng, müßt mi de Düwel uk graur de Ulle, wat din Votte is, in de Weg karre! Na, nu gaw dat denn ornlich wat. Bälg, daut mit de Gefalle un leggt n' gaud Wort for mi in! So wat kümmt von de Lierelichkeet von deere verfluchtge Wiewre. Kadelke, wenn du m' eis grot büst, denn gäw ick di de gaure Raut, frieg di kein Wiew nich; eiste vor de Hochtied is dat alles gaud un schön – auweste nauhstre – denn,

denn kümmt't, denn is't ut mit dem Freren! Ach, wat künn ick for min Part doch glücklich sin, wenn ick min Frau nich herr, un herr keine Puckel nich, un wär noch twintig Jauhr jünger! Dunnerwetter, Kadel – denn schust du m' eis seihe, wat ick forn Keel weer! Na, auwe Jung, du hüllst Woort un rerst vor mi? Un Gretke, du uk, man nich'ke?"

Wi vespreike denn, allens richtig tau besorge, un na velem Dank güng 't endlich mit oosem nu werre vo de Doden uperweckten Schwienken t' Hus.

Dag for Dag treckte wi so mit oose Schwienkes im Lann rümme, bet't Winte vor de Dör was un wi nu ümme in 'ne Stuw oos mit ehr verlustiere müßte – un wi herre würklich so recht von Harten Vergneuge dauraf.

Un 'ne lange Tied hewwe wi oos an ehrem Besitz fröge dört, dat hitt, bi mi herr dies Freud ne ganz gewaltige Bigeschmack; ick künn de Angst nich los ware, un ick bill 't mi je woll ümme noch in, de Meerschwienkes wäre man noch klein Farkens, un nu wöre sei doch noch so grot as richtig Söge un Äberts! Un in dem Gedanke hew ick mi ornlich äfängst un owerlegt mi all, wo wi denn daurmit hen schülle. In de Stuw in de ull klein Cammohr künne sei denn doch nich bliewe, un min Votte wör am Enn min klein Sög affschlachte laute. Auweste de leiw Gott het je woll all längst in sine grote Weisheet daurfor sorgt, dat de Bööm nich in'n Himmel – un de Meerschwienkes nich in de Cammohr fast wasse. Un so müßt denn son nichtswürdig Veih von Hund daurför sorge, dat min klein Sög all eiher dod blew, as sei Tied herr, an'ne wasset tau fänge.

Na, un denn naustre dat fin Begräfnis, dat was ein wat wert! Ick hew min klein Schwienke in 'n lüt bunt Schachtel legt un't mit Bläumkes un gräune Bläre veziert. Un Kadelke meik wieldeß unner dem grote ulle Linnenboom im Gaure n' grot Kuhl, wo wi min klein Sög unner Hülen un Wehklaugen tau letzte Rauh berrt hewwe.

Un as noch nich n' halw Jauhr in't Land gauhe was, dunn krege ull Mollie un ull Möppel werre n' swart Trauerflor üm Hals un Start, weil nu uk Kadels klein Äbert, de son Beist von Katt bäte herr, rower wesselt was in annert Jagdgrün, vo dere man jo seggt, dat sei beeter sünd, un nu schegen minem kleine Schwienke inkuhlt ware müßt.

Süh so, dat is jo dat Enn von allem Schönen up diesse arme Eer! As Erinnerungsteiken an dei beere leiwe Verstorbenen hewwe wi oos vom

Dürpdischer en grot Gedenktaufel mauke laute, daurup steht mit schwarte Lettre:

„Hier ruhen aus nach kurzem Leben die Freunde unserer Kindheit,
unsere beiden unvergeßlichen Meerschweinchen!“

Un wiere unnen:

„Sanft ruhe ihre Asche!“

Un Dautum un Jauhrtaul.

Un dies Taufel hew wi mit Träne in de Oogen farig maukt, un as wi's trecht herre, dunn säd Kadelke: „Wett'st wat, Gretke? Unne dem Linneboom, wo de leiw ull Deierts begrauwe sünd, dörwe wi de Denktaufel nich anmauke! Kiek, denn künn am Enn jedwem, de daur vabi geht, nieglich sin un oos de leiwe Tierkens werre utbuddle; un ick müggt dat nich, dat ehr Rauh stört wart! Kiek, wille s' leiwe daur am annre Enn vom Gaure an dem Eikboom annnaugle! Wenn daur denn wem buddelt, kiek, denn find't hei – nischt!“

„Kadelke!“ reep ick begeistert, „so un nich anners schallt sin! Du büst doch n' allgewaltig klauk Jung! Nee, ehr Rauh schall nüm nich störe!“ Un dunn gaww ick em 'ne Puß, un dunn bröchte wi de Taufel am Stamm von de grote Eik an un frögte oos ümme daurup, dat daur nu wem buddle schull.

Albert Schwarz

De Pird'kop

Dat was recht warm un heimlich binnen. In den Aben bullerte dat Für un lücht'te rot in de Stuw rinne, de Wanduhr gung so langsam un bedächtig as en ollen Mann, den dat Gahn al wat sur ward, un unner de Abenbänk lagg de oll Hofhund Vox un snorkte as en Minsch, de den ganzen Dag oewer Klewer boekert hett.

Süs was 't still. Mudder Brüsingsch was allein binnen. Sei hadd sik, wil dat Sünnabend Abend was, den Kopp in en heit Bäukenlog' wuschen, sik en rein Hemd antagen un nahsten ut 't Gesangbauk den Abendsegen lesen, un nu satt sei un folgte de Hänn üm dat taumakt Bauk un kek in deipen Gedanken vör sik hen.

Buten oewer brus'te de Storm. Hui! fegte hei üm de Huseck rümme, roekelte an de Finsterruten un pust'te in den Schorstein dal, dat dat Für in den Aben hoch tau Höchten bluckte.

„Herr Gott!" rep Mudder Brüsingsch un schudderte tausam, as wir ehr en Emmer koll Water oewer 't Lif gaten worden, „Herr Gott, wo lewt dat Weder!" Sei namm de Fürtang' un schöw de Kahlen mihr tauhopen, led' noch en poor Stücken Bäukenholt an un stunn denn up un gung an 't Finster.

„Deukert, wat is 't düster!" säd' sei, as sei mit de flacke Hand den Sweit von de Schiwen wischt hadd un up den Hof rute kek. Un de Oll finnt wedder nich nah Hus! Dat weit doch de Swerenot, wat hei ümmer bet in de sinken Nacht in de Stadt rümtauliggen hett! Un ik säd' em noch: Kumm ok man tau rechte Tit nah Hus, säd' ik; wenn du dat Kurn los büst, gift dat dor nix mihr för di tau säuken, säd' ik, un du weitst, wi willen morgen tau Karken gahn. Aewer ne, dat kann sik nich törnen, dat möt irst seihn, wat de letzten Marklüd' för 'nen Rock anhewwen.

„Franzing", wennte sei sik dunn an ehren Jungen, de eben in de Dör kamm, „de oll Swankraud' bewt so – hürst du s' knarren? Du möst grad' hengahn un seggen den Knecht, hei sall s' fastbinnen, de oll Storm ritt uns süs noch de ganz Sodstütt üm. Dat is jo en leiw Weder, man mag keinen Hund utjagen."

Franzing, wat so 'n Sloeks von en Johrer twölf was, blew midden up de Del bestahn un swenkte sik den Sneislamp von de Pudelmütz.

„Regent dat, Jung'?" frog sei.

„Ja", säd' hei, „dat snigt un regent, man kann kein Og' updaun."

„Un de Oll kümmt nich an 't Hus!" wunnerwarkte sei wedder. „Gah hen, min Jüngschen; hürst du, wo 't oll Ding lewen deit?"

Franzing tog en scheiw Mul, doch hei gung.

„Ne, wat dat för en Minsch is! Aewer kümmt hei mi wedder dun –"

Kumm mit! Huhuhu!

Mudder Brüsingsch sweg' up den Prutz still un horkte up.

„Was dat nich de Ul?!" frog sei sik.

Kumm mit!

„Schinner noch mal, dat is naug de oll Ul. Wo kümmt de verdammtige Racker hier up unsen Hof her?" Sei seg' wedder ut 't Finster un spitzte de Uhren. Huhuhu! Klung dat eisch dörch dat Susen un Brusen von den Storm. De Ollsch müßt sik doch vull un ganz oewertügen, ob dat de Ul was oder nich, un hakte dat Finster up. Ratsch! Säd' de Wind un ret ehr dat Ding ut de Hand un flog dau gegen de Wand, dat de Ruten in dusend Schören tau Irden kloeterten.

„Dunner un Düwel noch mal! Gott, bewohr mi un vergiff mi de swore Sünn!“ rep sei un bögte sik ut dat Finster rut, üm sik den Schaden tau beseihn.

Franzing, de sik noch nich in dat Weder wagt hadd un vör de Husdör stünn un sik en lustig Stückschen vörfläut'te, hürte nu mit sin Pipen up, kamm neger un frog, wat los wir.

„Gor nix is los“, rep sei argerlich, „dor lat man din verdammtig oll Fläuten, wenn de Sünn tau Rüst is!"

„Mudder, is dat wohr, danzt de Düwel denn, wenn man nah Sünnenunnergang fläut't?“ frog de Jung'.

„Ja, dat heff ik di all dusendmal seggt.“

„Ik mücht em girn eins danzen seihn“, meinte hei.

„Ik ward' di mit den Knüppel up den Puckel danzen, wenn du nich din dummes Gedroehn lettst“, säd' sei. „Wat ik seggen wull, hest du de Ul ok schrigen hürt?“

Kumm mit!

„Hür, dor is s' al wedder! Wo sitt dat oll Beist?“

„Sei ward hier woll unner dat Dack von 'n Swinstall sitten“, meinte Franz.

„Tens den Hus' liggt en Staken, gah doch hen un kesser dat oll Veih dor furt. Dat oll Schrigen hürt sik ja häßlich an.“

Huhuhu!

„Starwt dor wer, wur de Ul schriggt?“

„Nich ümmer, oewer –. Nu gah man hen un stoeker sei furt. Un Chrischanen hest' ok noch nich seggt!“ Dormit makte sei dat Finster wedder tau un gung denn nah de Koek, üm en Brett tau säuken, wo sei dat Lock mit taustoppen künn. Ball kamm sei denn ok mit 'nen Kastendeckel trügg, de gaut passen ded, un den nagelte den mit Drahtstiften vör dat intweiige Finster. As sei dor noch bi was, dor hürte sei up de Husdel mit eins en Trampen un Prusten, un ball dorup kamm ok de Oll, ehr Jochen, rinne.

„Pfui Deuwel, wat is 't för en Weder!“ rep hei. Mudder Brüsingsch ded', as hürte un seg' sei nix. „Dat is jo rein taum Ümkamen,“ meinte hei.

Mudder Brüsingsch kek sik so'n beten üm de Schuller un nagelte ruhig wider.

Jochen markte nu, wo de Saken stünnen, un sweg'. Hei namm sik den Mantel af un sett'te sik up de Abenbänk un füng' an, sik de Steweln uttautrecken. Sei let sik bi ehr Nageln nich stüren.

Mit einmal hürte sei 'nen dumpen Fall. Sei kek sik rasch üm – dor lagg ehr leiw Mann, so lang as hei was, up de Del. Nu was 't oewer vörbi mit ehre Geduld. Sei hadd sik vörnamen hatt, nix nich tau seggen, so sihr ok de Arger in ehr kakte. Aewer nu künn sei sik nich länger hollen; dit Stück was denn doch tau dull.

„Ne, dor liggt dat nu un weit nich von Dag oder Nacht!“ dunnerte sei los. „Un morgen, wenn anner Lüd' tau Karken gahn, liggt dat denn un kann nich ut de Ogen kiken. Ne, Kinner, Lüd', man möt sik argern, dat man platzen mücht.“

Sei smet den Hamer up den Disch, dat dat man so knallte, fuhrwarkte nah de Dör un rep in de Koek rinne: „Lowis', kumm un treck em eins de ollen Steweln af!"

Lowis', wat Brüsingen sin Swesterdochter was un in sinen Hus' de grot Wirtschaft lihrte, kamm un hülp em von de Ird' up, sett'te em wedder an den Aben un tog em de Steweln ut.

„Is de Log' noch warm?“ frog de Ollsch. „Denn hal s' man her un wasch em. Un Fiken kannst' seggen, dat sei di helpen deit.“

Nah en Wil kemen de beiden Dirns mit en grot Waschbütt vull heit Bäukenlog' rinne un fungen nu an, den Ollen orntlich den Kopp tau waschen. Gedüllig let hei allens mit sik maken, blot sihr stoehnen ded' hei.

As des' Arbeit dan was un Jochen as en Klumpen Unglück wedder in de Abeneck lehnte, kamm Wilem, wat de Öllst was, rinne un frog: „Vader, wen hürt dat Fahlen, dat achter an den Wagen bunnen was?"

„Dat Fahl – ?“ hickupte de Oll.

„Ja; hest du dat köfft? Aewer dat oll Dirt lahmt jo, as de Knecht seggt.“

„Dat F –, Fahlen, Jung'?“

„Ja, Vader.“

Jochen richt'te sik nu tau Höcht. „Dat Fahlen? Bring' dat man in 'n Stall.“

„De Knecht hett dal al besorgt.“

„Wat bedüd't dat mit dat Fahlen?“ frog nu ok de Ollsch.

„Je, wat weit ik“, meinte Wilem. „Ik bünn de Swankraud' an de Sodkist fast, un as ik nahsten in den Pird'stall kamm, vertellte mi Chrischan, Vader wir eben ut de Stadt kamen un hadd en Pird mitbröcht un hadd em seggt, hei süll dat Fahlen man gut verseihn."

„Wat sall dat mit dat Fahlen heiten?" schrigte sei den Ollen giftig an.

„Mit dat F–, Fah–." Hei kreg' dat Wurt nich mihr farig; de Abenhitt hadd em mitdewil so dun makt, dat hei as en Sack Tüften ümfallen ded' un von Bramwin un Barmherzigkeit oewerlep.

„Jung', bring' em in 't Bedd, dat he mi ut de Ogen kümmt!" gaff sei nu Befehl. „Ne, ik segg!"

Un sei lep, as stök ehr de Bißworm, op un dal.

Wilem un Lowis' nehmen den Ollen bi de Arm un schöwen mit em af.

Mudder Brüsingsch kakte wedder vör Wut. Sei grep den Hanndauk, de oewer de Schemellehn hüng', un wull 'n Jochen üm de Uhren slan. Lowis' oewer füng' den Slag up.

„Slag' em nich, Tanten," biddte sei, „hei weit hüt abend jo doch nich, worüm hei wat kriggt."

De Ollsch schimpte un schandierte noch en Wiel, un as sei ehren Harten naug Luft makt hadd, gung sei ok slapen.

Den annern Dag was 't dat schönste Frühjohrsweder. De Heben schiente so klor un frisch, un de Sünn lücht'te so warm up de Ird' dal, dat sülfst Chrischan, de oll Knecht, de vör den Pird'stall dat köfft Pird den Smutt affpäulte, insach, dat de Winter nu dat Spill verloren hadd, un dat nu dat Frühjohr sinen Intog hollen ded'. De oll Burß freute sik as en Kind oewer desen Ümswang; denn mit sößtig Johren is de Minsch kein Fründ mihr von Küll un Unweder.

Mudder Brüsingsch was al tidig upstan – sei hadd de ganz Nacht vör Arger nich slapen künnt – un satt nu an 't Finster un kek up den Hof rute. Ehr steg' de Iwer wedder up, as sei dat oll Pird dor up den Damm stahn sach; oewer sei fot sik un namm sik vör, den Sünndag oewer keinen Spetakel tau maken.

Jochen slep noch.

„Lowis', gah hen un weck Vadern", säd' sei tau dat Mäten, dat eben in de Stuw kamm, „de Klock is al acht, hei kann sik rögen un upstahn."

Lowis' gung in den Alkaben. „Unkel, Mudderbrauder!" rep sei. „Staht up, de Klock is al acht un dat Frühstück steiht up den Disch."

„Is al acht?" brummte Jochen. Hei rew sik de Ogen un dreihte sik üm.

„Wo is Juch, Mudderbrauder?“ frog Lowis', as hei sik vermüntert hadd. „Willt Ji de Pip hewwen?“

Hei nickte, un sei gung.

Jochen hadd sik dat anwennt, des Morgens in 't Bedd en Pip Tobak tau roken; dat gew em glik Luft in de Bost, meinte hei, denn hei was en Lungenpiper.

Lowis' hadd de Pip stoppt un ok al in Brand bröcht, as sei s' em reikte. „Liggt ok nich mihr so lang', Unkel“, säd' sei, „dat Tanten sik nich irst wedder argern möt.“

Jochen kek ehr nah, as sei ut de Dör gung. „Is en gaud' Dirn,“ dacht hei, „wenn man min oll Takeltüg ok so wir, stünn dat beter mit mi.“

De Pip wull em hüt nich recht munnen, un so stellte hei 's bisid' un stunn up.

„Mein Gott, is mi verdreitlich in de Mag'!“ säd' hei tau sik, as hei in de Stuw gung.

De Ollsch satt allein an den Disch un hadd dat Gesangbauk vör sik un läste den Morgensegen. De Lüd' hadden al eten.

„Dor rög' Di man; dat Eten ward kolt un sur. Dor möt ümmer nahtafelt warden!“ säd' sei.

Hei sett'te sik dal un füng' an, de Melksupp tau eten, de sin leiw Frau em hüt as Morgengaw beschert hadd. Aewer sei wull em nich recht krupen.

„Na, du kaust ja so hoch up de Supp! Dat is hüt woll nix för dinen Giwwel?“ kek sei oewer dat Bauk dat arm Worm von Jochen an.

Dor fot hei sik en Hart un wörgte sik den dicken Klister runner, bet he em bet an den Hals stunn un hei nich mihr Pip seggen künn.

„Denn mak man un treck di an; du weitst, dat wi tau Karken willen“, rep sei, as hei den Lepel dal led'.

Lowis', de rinne kamen was, üm den Disch aftaurümen, un de Ollsch ehr Würd' hürt un ehr Anstalten seihn hadd, dacht bi sik: Dat will nu tau Gott gahn un red't kein vernünftig Wurt mit ehren Mann. Ik mücht blot weiten, wat uns' Herrgott dortau denken deit.

Wilem kamm nu ok rin un sett'te sick achter den Aben.

„Vader,“ säd' hei, „dat Fahlen spitzt al orntlich de Uhren. Ik glöw, dat ward noch en ollen Dörchgänger, wenn em man irst de Hawern steckt.“

Nu was de Pott natürlich wedder intwei. Mudder Brüsingsch künn sik nu nich länger helpen, ehr Gifttunn was bet an den Rand vull un lep oewer.

„Ne“, led’ sei los, „so ’n Kirl makt up sin ollen Dag’ noch so ’n Hansbungenstreich, dat sin eigen Kinner ehren Putzen mit em driwen möten. Schämen süll sik dat wat, oewer dat hett längst de Scham den Kopp afbeten. Ne, uns kann uns’ Herrgott keinen Segen gewen.“

„Lat unsen Herrgott ut ’t Spill“, wagte Jochen tau seggen. „Du süst nu man rein still sin, denn wat vörbi is, is vörbi.“

„So, dat meinst du! Dat süll di woll passen, dat glöw ik! Un wenn du dat negst Mal in dine Besapenheit Hus un Hof för en Bodderbrot verköffst un wi nakt un blot up de Strat smeten warden, denn sall ’k dor ok woll still tau swigen?“

„Du lettst di wedder nich reden“, brummte hei.

„Ne, dat wil ik ok nich“, rep sei; „denn so ’n Streich gahn oewer Krid un Rotstein.“

Jochen, de sik al de sünndag’schen Kleder ut ’t Spind rute hal’t hadd, hängte den Kram wedder weg, as hei des’ Würd’ von sine Frau hürte, un sett’te sik up de Abenbänk.

Mudder Brüsingsch, de glik markte, wat ehr Jochen in’n Sinn hadd, sett’te sik up de anner Sid’ von den Aben un säd’ kein Wurt mihr. Nah en Wil oewer stödd ehr de Arger wedder up, un sei füng’ an tau rohren.

Dor würd’ de Dör hastig upreten, un Snider Gustov, Lowis’ ehr Vater, kamm herinne.

„Du kümmst tau rechte Tit, Swager“, rep Jochen em entgegen.

„Wat hewwt ji denn?“ frog Gustov. „Ik hürte den Larm al vör den Achterdur, ji hewwt juch doch nich zankt?“

„Wo ward’ w’ nich“, meinte de Oll. „Du kennst ehr ja, min Frau, un weitst, dat sei sik nich begewen kann, wenn en Kleinigkeit passiert is.“

„Schön’ Kleinigkeit!“ rep sei dortüschen.

„Kumm, sett di dal, Swager“, namm Jochen wedder dat Wurt, „wi wilen de Sak mal vernünftig un in Rauh bespreken. Mit dese hier is gor kein Utkamen.“

Gustov sett’te sik bi Jochen up de Bänk, drückte mit den Dumen de Asch in sinen Pipenkopp dal un frog un rokte un qualmte dick Wulken an den Boehn:

„Na, wat is denn vörgan?“ – Paff, paff, paff. „Ji wullt doch, denk ik, hüt tau Kirchen führen?“

„Dat wull wi ok; oewer lett sei einen in Freden? Sei hett mi ja hüt noch kein gaud’ Wurt gewen“.

„Na, kik“, dreihte sik de Swager nah Mudder Brüsingschen üm, „wer ward denn ok so sin! – Du wirst gistern mit Kurn nah de Stadt, Jochen; wo is Pris upstunns? Hest' gaut verköfft?"

„Wo süll he nich!" rep sei. „Aewer allens, wat hei böhrt hett, is ok wedder dörchbröcht worden, all dat schön' Geld!"

„I, wat seggst du, Swägersch, wo würd' hei so wat daun!" meinte Gustov.

„Gewiß hett he allens utgewen, un dat is ja eben, wat ik rög'."

„Aewer, Swägersch, bedenk, wo kann hei all dat Geld utgewen?"

„Na, wat ward he behollen hewwen? Wat he nich för dat oll Fahlen utgewen hett, dat hett he doch bi Kopmann Reknern laten."

„För dat Fahlen?" frog Gustov. „Jochen, nu red' du. Du hest di en Pird köfft?"

„Ja", lachte Wilem in de Abeneck, „einen ganz famosten Brunen."

„Na, dat is doch nich wegsmeten Geld, Swägersch."

„Ja, wenn w' 't noch bruken künnen! Aewer wi hewwen al so Veih naug, dat 't Fauder unnütt upfrett. Un allens wir noch nich so slimm, wenn 't oll Quick noch wat doegen ded'."

„Vertell mal, Jochen", wennte sik Gustov an den Ollen, „wo is dat mit de Sak. Ik kann ut dat Gered' nich klauk warden."

„Ja", vertellte Jochen, „dat heff ik mi gistern so anreden laten. Dat was al Abend, dor satt ik bi Kopmann Reknern, wo ick jo ümmer ankihr, und drünk en Glas Bier. Un as ik dor nu so sitt, dunn kamen dor en poor Kirls rin, de ik oewer nich kennte, un de setten sik ok an den Disch. Un dor seggt de ein, dat hei sin Pird girn verköpen mücht, sin brun Fahlen; em wir dat Fauder upstunns en beten knapp. Un dor frag' ik denn, wat dat Diert gellen sall. Un as hei mi den Pris seggt, denk ik, föftig Daler is jo för en jung' Pird gor kein Geld nich, un wi warden hannelseins. Un hei seggt, as ik em dat Geld up den Disch tell, dat Pird wir gaut, seggt hei, und wenn hei 't dörchbringen künn, verköfft hei 't nich. Un wat de anner was, de säd' ok, dat Pird wir gaut, hei kennte dat, un dor künn ik mi up verlaten."

„Un dor köfftst du de Katt in'n Sack", lachte Gustov.

„Aewer wi möten uns dat Diert doch mal anseihn."

„Ja, Unkel", rep Wilem, „wenn 't nich al en beten olt wir, un wenn 't nich lahmen ded', hadd w' en Staatspird in'n Stall."

Sei stünnen nu up un gungen up den Hof.

„Hal't mal rut, Jung'," säd' de Oll tau Wilem.

Wilem gung in den Stall un halte dat Pird rut.

„Is so wit en ganz anseihnlich Stück Veih", nickköppte de Swager. „Allerdings, lahmen deit 't en beten. Ledd dat mal den Hof entlanken, Wilem. – Ja, de recht Hinnerfaut is 't. Sühst du 't, Jochen? Föftig Daler hest' gewen?"

„Un is nich fif wirt", rep de Ollsch.

„Hm, ja", makte Gustov. „Un jung is 't ok nich mihr. Vierjöhrig sall 't sin?"

„Föfteihn is 't", lachte Wilem un kek dat Pird in't Mul.

„Hm, dat 's en dull Spill!"

Un so stünnen sei all dor un keken sik dat föfteihnjöhrig Fahlen an un wüßten nich, wat sei dormit anfangen süllen.

„Segg mal, du weitst doch bestimmt, dat sei di dat as en jung' Pird un ahn Fehlers verköfft hewwen?" frog Gustov, denn em was en Gedanken kamen.

„Ja, mi is dat so, as wenn dor de Red' von west is'", säd' Jochen so'n beten toegerig.

„Minschenkind", rep de Ollsch, „verlang' doch von em nich dat tau weiten!"

„Na, 't schad't nix", meinde de Snider, „wi führen hüt noch nah de Stadt un erkunnigen uns, wo de Muschü heiten heit un wo hei tau Hus is, Rekner ward em woll kennen. Un denn rück wi em tau Liw. Un dor süll doch de Deuwel insitten, wenn hei dat Pird nich weddernehmen wull. – Nu bring' dat man in'n Stall, Wilem, ik ward' gahn un mi reis'-farig maken, un du, Swager, mak di ok man prat, un denn führen wi glik los. Denn so wat möt up frische Dat gescheihn, süs verlier wi uns' Recht. Un nu lat't dat Argern man sin, noch is Polen nich verluren." – Paff, paff, paff.

De Swager gung nah Hus, un de beiden Brüsings gungen wedder rinne.

Wilem bröcht dat Pird in den Stall un schüddte em en Faudering Hackels in. „Freten kann 't as en Oß", meinte hei tau den ollen Chrischan. „Wenn 't mit de Beinen so gaut in'n Schick wir as mit de Mag', ik segg di, hunnert Daler wir't unner Bräuder wirt."

Hei stök de Hänn in de Hosentaschen, fläut'te sik en lustig Stückschen un gung vör den Dur.

Kum en Stunn späder seten Jochen un sin Swager up den Wagen un führten nah de Stadt. Keiner red'te en Wurt, jeder dampte oewer ut sin korte Smöl as en Backaben. As sei ut dat Dörp rute wiren, namm Jochen de Pip ut den Munn un kek sinen Swager an.

„Nu, wat wist du seggen?“ frog Gustov.

„Ik mein man“, säd Jochen, „vel helpen ward dat uns nich, dat wi de Reis’ maken.“

„Wo meinst du dat?“

„Je, de Geschicht verhöllt sik doch ganz anners, as ik s’ vertellt heff.“

„I, wat makst Du för Toeg’, Jochen!“ rep de Snider. „Worüm seggst du nich de Wohrheit?“

„Dat kunn un kann ik nich, Swager. Dat würd’ jo Murd un Dodslag gewen, wenn min Ollsch den wohren Sakverhalt tau weiten kreg’. Süh, ik satt dor bi Recknern, un dor kamm uns’ Schult un noch en Kirl, de öfter bi den Kopmann verkihrt, un mit de spelte ik Korten, Dreiblatt, un temlich hoch. Ik hadd gor kein Lust, mit de Lüd’ tau spelen, oewer kik, nu hett min Fru sik dat in den Kopp sett’t, dat min Fiken den Schulten sinen Korl frigen sall, un –“

„Ja, Swager, wat hett din Fiken ehr Frigeri mit den Pird’kop tau daun?“

„Mit dat Kortenspelen, wist du seggen. Hür man wider. Min Ollsch, de smitt mi ümmer vör, ik kümmer mi nich üm min Kinner, denn wenn mi ehr Glück an’n Harten leg’, meint sei, würd’ ik mi mihr mit den Schulten up fründschaftlichen Faut stellen, un wat so ’n Gedroehn mihr is. As mi de Schult nu gistern taum Mitspelen upföddern ded’, dacht ik an min Fiken, un dor säd’ ik mi: Sast em doch den Gefallen daun, dormit din Ollsch di nich ümmer wat vörtausmiten hett, un hei ward denn ok nich Ne seggen, wenn sin Jung’ de Fiken frigen wil. Un wi spelten, un dor verlür ik föftig Daler, de de Schult insacken ded’. Hei hett ümmer so ’n utverschamtes Glück bi’t Kortenspelen.“

„Swager, du gifst doch de düllsten Stückschen an, wenn du einen in’n Kopp hest. Ik glöw, du hest em noch mit Afsicht gewinnen laten.“

„Ja, dat Geld wull ik em grad’ nich so recht afnehmen.“

„Na, nu vertell man wider. De Fründschaft hest du dür betahlen müßt.“

„Ja, sihr dür“, meinte Jochen. „Hür man blot, wat man för Mallür hewwen kann, wenn ’t einen bedreigen sall. As ik nah Hus führte, namm ik den Schulten mit – hei was mit de Iserbahn nah de Stadt kamen – un dor vertellte hei mi unnerwegens, dat sin Korl up den Harwst din Lowis’ frigen süll. Ik dacht, ik müßt von den Sittstauhl fallen, as ik dit hüren ded'. Un Swager, wat wohr is, is wohr, du haddst mi woll seggen künnt, woans dat mit de Frigensgeschicht steiht; denn wenn ik bi Reknern al wüßt hadd, wat ik up den Nahusweg' tau hüren kreg', wir ik hüt föftig Daler riker un hadd kein Koppweihdag'."

„Jochen", säd' Gustov, „ik weit de Geschicht ok irst södder twei Dag'. Un verlangst du, ik sall dor glik mit husieren gahn? Un denn heff ik ok, ik wil di dat uprichtig seggen, Angst vör din Fru. Ik weit, dat sei den Schulten-Korl för Fiken up den Kiker hett, un wenn –"

„Ja, ja, wenn sei nu hürt, dat Lowis' dat is, de hei wil – Swager, ik seih dor gor nich nah hen, ik glöw, wi gahn 'ne swore Tit entgegen", säd' Jochen mit 'nen deipen Süfzer. „Aewer gaut is 't man noch, dat sei nich weit, wo min föftig Daler henkamen sünd. Denk di mal, ik was de Meinung, ik würd' ehr en Freud' maken, un wull ehr al de oll doemlich Geschicht von uns' Kortenspelen up de Näs' binnen. Gott si Dank, dat de Schult mi rechttidig de Ogen oepente. Wenn sei nu de oll Frigensgeschicht tau weiten kriggt, denn hett sei doch blot mi, an den sei ehren Arger käuhlen kann, un min Schicksal möt ik mit Ergewung dregen. Wüßt sei oewer, dat de Schult mi dat Geld afnamen hett, denn würd sei den armen Minschen in Stadt un Land so slicht maken, dat kein Hund en Stück Brot von em nehmen ded'. Un dat würd' denn noch 'nen Beleidungsprozeß gewen un weit de Deuwel, wat nich allens. Süh, Swager, dorüm heff ik de Wohrheit nich seggt."

„Hm – ja, de Grund lett sik hüren. Un klauk was dat ok von di, dat du oewerall nix nich von dat olle Kortenspelen seggen ded'st."

„Swager, dat segg ik ok. Ik weit, wo min Fru doroewer denkt. Süh, sei makt al ümmer Spetakel, wenn ik mal einen Lütten drunken heff, wenn sei oewer wüßt, dat ik Korten spelt un hoch spelt heff, denn trugte sei mi all sein Dag' nich mihr, denn künn ik mi glik begrawen laten."

„Dat glöw ik ok, Jochen", säd Gustov. „Aewer wo verhöllt sik dat nu mit den Pird'kop? Dor sünd wi ganz von afkamen."

„Mit den Pird'kop? Je, dor verhöllt sik dat gor nich mit."

„Minsch, wat red'st du! Wo büst du denn tau dat Pird kamen?"

„Swager, dat weit ik nich, wo ik dortau kamen bün. Ik heff mi al den ganzen Vörmiddag den Kopp temautbast't, oewer ik kann mi nich besinnen, dat ik dat Höwt Veih köfft heff."

„Jochen, nu steiht mi oewer de Verstand reinweg still", meinte de Snider.

„Mi steiht he al den ganzen Dag still, Swager."

„Hm – dat is doch en dull Stück.“

Sei führten nu stillswigens wider un bröchten de Pipen wedder in Gang. Nah en lang' Wil säd' Gustov: „Ja, wenn sik de Sak so verhöllt, as du seggst, denn hett dat würklich gor keinen Zweck, dat wi nah de Stadt boedeln.“

„Zweck hett dat tworst nich recht, oewer ik segg mi eben, wi kriegen bi Reknern villicht tau weiten, wen de oll Krack hüren deit.“

„Hüren ward de woll wen“, meinte Gustov; „denn ik denk't mi nich anners, as sei is gistern abend up Reknern sinen Haw ut Verseihn an 'n falschen Wagen bunnen worden. Aewer, Jochen, ik kann nich begripen, wotau du de Geschicht von den Pird'hannel Di utdacht hest. Wenn wi den Kirl funnen hewwen, den dat Pird hüren deit, kümmt de ganz Swindel ja doch an den Dag. Un annehmen künnst Du doch ok nich, dat Mudder sik oewer dit Geschäft freun würd'. Ik verstah di nich.“

„Wat süll ik seggen in mine Not? Von dat Kortenspill un den Schulten künn ik nix verraden. Wat also süll ik seggen, wo dat Geld henkamen wir?“

„Wat haddst du seggen wullt, wenn du ahn dat Pird nah Hus kamen wirst?“ frog de Swager.

„Ja, dat weit ik ok nich. Aewer nu was dat oll Pird dor, ik süll seggen, wo ik dortau kamen wir, un wo ik dat Geld laten hadd – süh, dor schöt mi dat dör den Kopp: Segg, du hest dat oll Diert köfft, denn is allens klor, un dat Fragen hett en Enn.“

„Aewer doch blot för den Ogenblick, Swager.“

„Jawoll; oewer ik säd' mi: kümmt Tit, kümmt Rat. Kort un gaut, de Loeg' von den Pird'hannel schiente mi nich so gefährlich tau sin as de Wohrheit, un dorüm log ik. Un, Swager, wenn wi de Sak man en beten fin infädelten, let sik woll noch allens in de Reih bringen.“

Wedder führten sei stillwigens en Enn lang wider. Kort vör de Stadt namm Jochen wedder de Pip ut den Munn un säd' tau den Snider: „Weitst du, Swager, ik glöw, wi vertellen Reknern uns' Sak, hei kann uns moeglicherwis' nen gauden Rat gewen.“

„Dat 's en vernünftigen Gedanken, den du dor utspreckst, Jochen,“ rep Gustov. „Denn führ man en beten forsch tau, mi deit von dat olle Schuckeln dat Krütz al weih.“

Ball seten sei denn ok in den Kopmann sine lütte Gaststuw, un Snider Gustov vertellte Reknern utführlich Jochen sin Leidensgeschicht. As hei sweg', säd' de Kopmann: „Das Pferd gehört wahrscheinlich dem Bauer Ratzlaw in Krummenhagen. Er war gestern mit seinem Sohn hier und hatte sich von Fleischer Talgmann ein Pferd gekauft. Er hält sich den Winter über nur zwei Pferde und kauft sich jedes Frühjahr einen alten Klepper zur Aushülfe, den er im Herbst dann wieder losschlägt. Ratzlawen gehört sicher das Tier. Also, mein lieber Brüsing, deine Frau soll in dem Glauben bleiben, daß du das Pferd für fünfzig Taler – ein bischen viel Geld allerdings – gekauft hast. Gut. Verlaß dich auf mich, ich werde die Angelegenheit so regeln, daß du zufrieden bist. Ich bin überzeugt, daß Ratzlaw, wenn nicht heute noch, so doch morgen zu mir kommt und sich erkundigt, ob ich über den Verbleib seines Pferdes nichts weiß. Ich werde ihm dann sagen, wo das Pferd ist, und du erhältst sofort Mitteilung von mir, wann er zu dir kommt. Nun wird die Sache so gemacht: Ich erzähle ihm, dem Ratzlaw, in welche Verlegenheit du geraten bist, und werde ihn zu überreden wissen, daß er sich deiner Frau gegenüber als Verkäufer des Pferdes ausgibt. Er wird ihr dann sagen, daß der Handel in der Betrunkenheit abgeschlossen worden sei, und daß er das Pferd zurückkaufen wolle, für denselben Preis natürlich. Die fünfzig Taler, die er an dich zu zahlen hat, werde ich ihm geben; du kannst sie mir dann gelegentlich wieder zurückzahlen. Basta! Gefällt der Plan?"

Natürlich geföll de Plan. Jochen bestellte glik en Flasch Win, de sei up dat Woll von den Kopmann utdrünken, un as de ut was, dunn würd' noch ein drunken för Brüsingen sinen Kattenjammer, un tauletzt gaff ok Rekner noch ein taum besten, de sei up dat allgemeine Weltwoll drünken.

Wildeß de drei Kirls bi Win un süs noch wat 'nen gauden Dag lewten, rumurte un wirtschaft'te Mudder Brüsingsch as en Beseten in'n Hus' rümmer, so dat all Lüd' ehr schu ut den Weg' güngen.

Aewer dat süll noch düller kamen. So hentau Middag kamm Hann Petzer tau ehr, un de bröcht noch slimmer Weder mit, as dat al bi ehr was.

Hann Petzer was so 'n Allerweltskirl. Hei verstunn allens tau maken: hei slacht'te de Buren dat Veih, deckte sei de Strohdäker, makte Holttüffeln för dat ganze Dörp un snitzte hölten Lepels, mit de dat ganze Dörp eten ded'! Wenn hei nu grad' mal nix tau daun hadd oder wenn hei sik mal en fri Stunn maken ded' – un hei günnte sik de gollen Friheit oft –, denn gung hei von Hus tau Hus un kloente hier un klatschte dor un log de Wiwer dat Lif vull von unnen bet baben. Wil hei dat Klatschgeschäft ut den ff verstunn, was hei bi de Frugenslüd' sihr angeseihn.

Hüt kamm hei tau Mudder Brüsingsch; denn hei hadd wat sihr Wichtigs tau vertellen. In sine gewöhnliche Manier kamm hei oewer'n Hof sleken, drückte sin rod' Gesicht platt gegen ein Finsterrut, dat de kort Knopnäs' ganz platt utsach, un kek in de Stuw rinne. „Hst! Hst!" makte hei.

„Wat bringst du, Hann?" frog Mudder Brüsingsch, de allein binnen was.

„Wat Nigs!"

„Dat pleggt man sellen wat Gaud's sin. Aewer kumm man'n beten neger."

„Du warst di wunnern", säd' hei un gung denn mit Fläuten un Danzen, as dat sin Ort was, in't Hus.

„Na, wat weitst Du denn?" frog de Ollsch.

„Säuk di man 'nen annern taum Swiegersoehn, mit Korl Smitten is dat nix."

Hei sweg' still un spitzte de Uhren as en Voß.

„Worüm is dat mit Schulten-Korl nix?" frog sei scharp.

„Hürt uns ok wer?" frog hei.

„Wer süll uns hüren!" rep sei argerlich.

Hann Petzer bögte sik tau Mudder Brüsingschen dal un flusterte ehr in't Uhr: „Hei sall jo de Lowis' frigen!"

„Wat? Wat seggst du? – Min Magd sall hei frigen, minen Mann sin Swesterdochter?"

„Hst! Hst!"

„Dor lat doch din doemlich oll Histen! Wer hett di datt vörkloent?"

„Wer? De oll Schultsch sülfst hett't min Fru vertellt. Du weitst doch, min Ollsch spinnt för ehr. Ja, 't is allens al bered't; taum Harwst kriggt Korl de Hauw, un denn sall ok glik de Hochtit warden."

„Dit ward noch negenmal düller! So also, so steiht de Sak!"

„Wat wist du, Brüsingsch? Snider Gustov hett sik bi sine Neigeri 'nen schönen Hümpel Geld sport un kann sine Dochter mihr mitgewen as du dine Fik."

„Oh, täuf man, min Soehn, dit Stück von di will w' uns marken. Ik denk ümmer, hei kümmt hier tau uns' Fiken, wenn hei uns besöcht, un nu is dat Spill ganz anners. Aewer wacht man, Bräuding, wi warden di lüften!„

Wildeß sei sik noch uttowte, kamm lütt Franz up den Hof un hul'te as en jungen Wulf.

„Wat hest du, du Blixjung?" rep sei ut't Finster.

„Ja, Korl Smitt hett mi slagen!"

„Wat? Wer?"

„Korl Smitt hett mi slagen!"

„Korl Smitt? Wo kann hei di slan?"

„Ja, ik heff – wi Jungs, wi spelten achter den Schulten sin Stallschur Soldat, un dor mallürt mi dat – un ik smet dat Slapkamerfinster in den Pird'stall intwei, un dor kamm hei un slog mi."

„Nu segg einer blot, wat dat för en utverschamten Bengel is!" rep de Ollsch. „Na, lat mi man den Ollen na Hus kamen, de sall em mal den Standpunkt klor maken. Dor denkt woll jeder Strukröwer, hei kann uns up de Näs' spelen! Aewer so wit is dat doch noch nich mit uns kamen, dat wi nich mihr uns' Recht säuken dörwen. Wi warden em wissen, wat dat heit, frömde Lüd' ehr Kinner tau slan. Täuf man!"

Hann Petzer was ganz still worden, un dor hei insach, dat hüt nix mihr för em tau halen wir, so höll hei dat för't best, sik lising ut den Staw tau maken.

As Mudder Brüsingsch sach, dat Hann up polsch Adschüs seggt hadd, gung sei nah de Koek, wo de beiden Dirns an'n Hird tau daun hadden.

Fiken hadd sik ehre Mudder ehren Arger wenig tau Harten namen un vertellte Lowisen von ehren heimlichen Brüjam Hinrik Ratzlawen in Krummhagen. „Hei hett mi schrewen, dit Frühjohr noch will hei mi frigen, un ik sall em man jo nich de Tru breken", säd' sei. „Gistern süll ik nah de Stadt kamen; oewer ik hadd jo kein Tit."

„Aewer, wenn Vader un Mudder dat nich liden, dat du em nimmst?" meinte Lowis'.

„Oh, dei warden woll möten, wenn ik will."

„Ja, Fiken, du denkst di dat Spill so licht. Un du glöwst ok allens, wat hei di vörred't. Nah mine Meinung kannst du em doch gor nich kennen. Du hest em in de Stadt, as hei dor bi de Husoren stünn, kennen lihrt, von sin Öllern un sin Verhältnissen weitst du oewer nix wider, as wat hei di vertellt hett, un ob dat wohr is, dat is doch noch sihr de Frag'."

„Aewer Lowis', hei ward mi doch nix vörleigen!"

Dor gung de Dör up, un de Ollsch kamm in de Koek.

„Du wist tau Micheli von uns weggahn?" frog sei Lowisen. „Dor haddst uns doch al längst seggen müßt, wat du in 'n Willen hest. Nu hebben de Deinstdirns sik all al vermeid't; wo soell wi nu en Mäten kriegen?"

Lowis' kek ehr ganz verstutzt an.

„Na, kik mi man nich so grot an, wi weiten jo doch al, wat los is. Wenn du Schultenfru warden kannst, denn wil ik di nix in 'n Weg leggen, üm Gotts Willen nich; ne, du kannst ok glik gahn, wenn du wist. Un ik glöw, dat is woll dat Best, wenn du glik geihst. Tau Hus hest du mihr Tit, di mit Korl Smitten wat tau vertellen; wenn hei di hier besöcht, höllt hei di un Fiken blot von de Arbeit up. Ne, ne, wi hollen di nich, un wenn dat hier ahn di gahn möt, denn ward dat ok ahn di gahn."

Lowis' was ganz bleik worden un künn nich Hand un nicht Faut rögen. As oewer de Ollsch ehr den Rüggen taudreihte un ganz upgeplustert ut de Koek gung, dunn kamm wedder Lewen in ehr, un nu begrep sei irst vull un ganz, wat de Ollsch meint hadd. Ahn en Wurt tau seggen, namm sei sik de Arbeitsschört af, bünn sik 'nen Dauk üm 'n Kopp un güng ut den Hus'.

„Lowis, du warst doch nich gahn?" rep Fiken ehr nah. „du kennst Muddern doch un weitst, dat allens nich so slimm meint is."

Lowis' kek sik üm. Sei wull wat seggen, oewer de Hals was ehr as tausnürt; dor wenkte sei Fiken mit de Hand trügg un gung wider.

Gegen Abend kemen de beiden Mannslüd' ut de Stadt trügg.

„'n Abend ok!" säd' Gustov, as sei in de Stuw treden. „Na, noch allens hübsch munter hier?""

De Ollsch kek em scharp in't Gesicht.

„Mit unse Geschicht leip dat ganz gaut", fung de Snider wedder an. „So oder so muß der Muschü ran an'n Voß, Swägerin; denn wir wissen jetzt, wie er heißen tut."

„Wenn ji wider nix weit't as den Kirl sinen Namen, denn weit't ji ok wat Rechts", säd' sei. „Wat hewwt ji denn eigentlich utricht't?"

„Utricht't heww wi nix. Fru Swägerin; abersten süh, wir haben nu den Kujon aufgefordert, binnen drei Dage seine olle Schinnerkracke zurückzunehmen un das Geld bei Heller un Penning wieder rauszurücken. Rückt er nu raus, gut; rückt er nich raus, auch gut, aber denn wird er verklagt. Nich wohr, Jochen?"

„Dor soelen woll noch mal söstig Daler wegsmeten waren!" säd' de Ollsch.

„Mudder, swig!" rep Jochen. „Wi warden den Kirl verklagen, wenn't nich anners geiht."

„Ueber die Klinge muß er hopfen, daß ihm man die Schinken so fliegen", lachte de Snider.

„Denn, Fru Swägerin, wir sünd in unser Recht."

„Na, hewwt Ji denn nich mit den Kirl red't? Ik denk, Ji wullt allens in Ordnung bringen. Wo is nu din Kunst, Snider? Du büst doch sü's ümmer so klauk! – Na, dor red' doch!"

Gustov verfirte sik orntlich. „Wi führten glik bi't Landratsamt vör", füng' hei an, „un frögen dor, wat wi in dese Sak tau daun hadden. Unn – wat säd' ik doch eben, Swägersch? Ja so! Also wi wiren up't Amt. Aewer Lüd', wat sünd de Kirls dor för graw Kils! Deukert nich mal, ik bün süs kein Bangbüx nich; ik heff mal, as ik noch Gesell was un wannerte, in'n dusteren Holt dree Kerls as Eikböm, segg ik juch, in de Flucht jagt. De Sak was nämlich so: Ik –"

„Na, nu vertell uns man nich wedder de oll Geschicht, de't al dusendmal vertellt hest. Wat s' up 't Amt säden, wil ik weiten," rep Mudder Brüsingsch.

„Denn up 'n anner Mal. De Kirls in'n Holt – wull ik seggen: up 't Amt, ja, de makten mi orntlich de Hut schuddern. Wi also nah den Kopmann hen."

„Wat säden sei up 't Amt? Mein Gott!"

„Wat süllen s' seggen? Ansnauzen deden s' uns, un wi süllen uns taum Deuwel scheren, säden s', denn uns' Kram güll sei nix an. Wi wiren dor nämlich up en unrechtes Flag geraden, Swägersch. Rekner hett uns nahsten seggt, woans wi dat Spill antaufaten hewwen. Un Rekner säd' uns ok, wie der Nam' von den Kerl is. Ratzlaw tut er heißen, un so 'n richtigen Heid'dörpschen is er, un du weißt doch, in die Heid'-dörper, da reden die Menschen eine Sprache, die kein Deubel versteiht. Tau die Gäus' sagen sie zum Beispiel Gös' un zu's Hauhn sagen sie Hohn – der reine Hohn, nich wahr? Un da gehen sie nich auf die Fäut, sünnern auf die Föt. Ne, was das for 'ne Gegend is, das is auf keine Kauhhut, wollte sagen: Kauhhaut, ne: Kuhhut, ih, was red' ich: Kuhhaut zu schreiben."

„Dor lat Din oll Droehnen man unnerwegens. Wat hett Rekner denn wider seggt?"

„Ja, er sagte, mit das Fohlen wär es nichts. Von Fohlen is zwarsten die Red' gewesen, aber Jochen hat sich hier im Verständnis geirrt. Fohlen is nämlich blot der Nam' for das Vieh, weil daß der Kerl sich das aufgefuttert hat. Aber auf die Beine is es nich richtig, sagt auch Rekner, un darum müssen wir gewinnen. Nu lass' den Kerl man machen, was er wil. Hat er den Gaul nich bis zum Donnersdag abgeholt, lassen wir uns sofortemang' von den Schulmeister einen Breif schriwen, un denn gehen wir auf dem Gerichte damit. Ja, den Muschü wollen wir die Flötentöne schonst beibringen, Frau Regine Swägerin!"

„De Katt koen ji wat bibringen", rep sei. „Nu mücht ik blot weiten: wat hewwt ji hüt utricht't? Ji hewwt doch bitterliebens nix nich wider dan, as Bramwin drunken un dumm red't. Ne, mit juch, dat 's doch grad', as wenn man en poor Narren utschickt."

„Aber Frau –"

„Na, na, blif mi man von 'n Liw! Un lat man din oll narrsch Hochdütschreden! Ne, man möt sik in 't Graff argern!" rep sei ut, denn sei was wedder bet an den Hals vull von Gift un Gall. „Gistern makt' sik dat taum Swin un hüt makt sik dat taum Apen, un so geiht 't einen Dag as den annern."

„Wer makt sik taum Apen?" frog Jochen. „Un wer Lust hett, kann uns mit Knüppels un Dinger taurichten", säd' sei.

„Wer kann dat?" frog hei wedder.

„Wer? Dor frag' Franzing man, den hett Korl Smitt slagen."

„Den Bengel schad't dat gor nix, wenn em mal orntlich de Puckel besömt ward. Un wenn Schulten-Korl sik oewer em erbarmt hett, ward hei de Schacht woll redlich verdeint hewwen."

„So? Stah em man noch bi! De Jungs hewwen bi ehr Spelen en lütt Schiw in 't Pird'stallfinster intwei makt, un dorüm hett de Unmisch dat arm Kind binah ümbröcht."

„Ik war' fragen, woans sik de Sak verhöllt", säd' Jochen, „un hür ik, dat de Jung' schuld hett, kriggt he von mi ok noch wat."

Jochen sin Rauh un vernünftig Wurt bröchten de Ollsch ganz un gor ut den Hüschen. „Segg doch den Schultenbengel noch Schöndank för sin Heldenstückschen?" rep sei. „Dat weit jo jeder Minsch, dat di dat egal is, wenn anner Lüd' din Kinner mißhanneln; du lettst jo di sülwst von jeden Hansnarren dat Fell oewer de Uhren trecken. Aewer ik lid' dat nich, dat frömd Hänn sik an min Fleisch un Blaut vergripen. Un wenn du dat nich deist, ward' ik morgen taum Schulten gahn un em seggen, dat –"

„Dat wi narrsch sünd", säd' Jochen. „Un nu mak man kein Wirtschaft, de oll Geschicht is gor nich so vel wirt. – Wo is Lowis', dat sei mi de Steweln uthelpt. Ik heff ganz koll Fäut kregen."

Mudder Brüsingsch kamm dörch des' Frag' in grot Verlegenheit. „Lowis' is nich hier", säd' sei; „ik heff ehr nah Hus schickt. Sei hett –"

„Wat hett s'?!"

„Ik will nich, dat sei sik mit den Minschen, dei min Kinner sleit, in minen Hus' rümmetüht. Ik heff ehr furtjagt."

„Du weitst doch den Deukert, wat du ümmer angifst! Wenn wi kein Mäten hewwen, kannst du ok mit in 't Feld, wenn de Aust kümmt. Un in 't ganz Dörp warst' uns mit dese Geschicht bringen!"

„Wegen minentwegen ward' w' nich in 't Gered' kamen. Aewer du mit din oll Superi un den ollen Pird'kop bringst uns in 't Dörp. Aewer din slichten Streich lachen all Lüd', un all Lüd' seggen ok, dat 't nich mihr lang' duren ward, denn möt w' Pankrott maken. Un dat ward ok so, du bringst uns mit dine verfluchte Wirtschaft noch an den Beddelstaf."

„Wif, nu höllst du dat gottlos' Mul!"

„Un din Mäten ward di kein Minsch afnehmen, un Wilem kriggt irst recht kein Fru; denn wecker Öllern warden ehr Kind in 'n Hus gewen, wo 't nix as Undugend un Slichtigkeiten gewen deit?"

„Wif, ik rad' di, holl din Mulwark, oder dat deit all mein Dag' nich gaut", schreg' Jochen in helle Wut.

„Swager, wist du woll vernünftig sin!" rep Gustov, de des' ganz Tit oewer dorstahn hadd, as wenn em de Peiterzill verhagelt wir. „Schäm di wat, Jochen!"

„So'n Frugensmisch kann di nich Fred' hollen! Aewer noch bün ik Herr in 'n Hus'!"

„Jochen, nu wes vernünftig!" säd' Gustov un söcht em tau begäuschen.

Aewer Mudder Brüsingsch stunn mit geballte Hänn dor un kek ehren Mann so giftig an, as wenn s' em mit de Ogen biten wull. „Un dat is doch wohr", schreg' sei mit krischige Stimm, „du bringst din Kinner üm ehr Glück un ehr Arfdeil. Du büst en Mürder an dine Fomili!" Jochen würd' uttauseihn as de Kalk an de Wand. „Dat sast du nich taum tweiten Mal seggen", säd' hei, ret de Flint von den Haken raffe un wull sik dot scheiten.

„Jochen, wes nich unklauk!" sprüng' Gustov up em tau un höll em de Arm fast. „Wist du din ganz Hus unglücklich maken?"

„Is mi ganz egal!" rep Brüsing. „De Geschicht möt en Enn hewwen, dat de Spetakel uphürt." Un hei ret sik mit Gewalt los, un – bautz! gung de Schuß an den Boehn.

An desen Utgang von ehr Zankeri hadd de Ollsch nich dacht. Sei stunn as en Steingötz dor un künn keinen Lut seggen, so was ehr de Schreck oewer Jochen sin Benehmen in de Glieder schaten. As oewer dat Gewehr los gung, dor schriegte sei hell up un brök denn ahnmöchtig tausamen.

Gustov sprüng' rasch hentau un füng' ehr in sin Arm up.

„Jochen, kumm, sei gift den Geist up!" rep hei.

Brüsingen sin Wut was rasch verflagen. Hei stellte de Flint bisid' un drog mit Gustoven sin beswimt Frau upt 't Bedd. „Täuf man, ik ward' koll Water halen un Fiken seggen, dat sei din Frau röppt", säd' hei un ilte nah de Koek.

Ball was ok Fiken un Gustovsch un allens dor; dat durte oewer temlich lang', bet Mudder Brüsingsch wedder tau sik kamen ded'.

„Wist du nich versäuken, ob du upstahn kannst?" frog Jochen den annern Dag so in de Vörmiddagstit sin Frau.

„Wo is Fiken?" frog sei mit swacke Stimm.

„Sei is in de Koek. Sall ik s' raupen?"

Mudder Brüsingsch nickte, un Jochen gung.

Fiken kamm rinne.

„Wat sall ik, Mudding?" säd' sei un bögte sik oewer dat Bedd un kek de Ollsch in dat infollen Gesicht. „Willt ji nich upstahn, Mudding?"

„Ne, ik kann noch nich, mi is ümmer noch taum Dotbliwen."

„Ik ward' juch wat von'n Dokter halen, Mudding."

„Wo kannst du den widen Weg nah de Stadt allein maken!" säd' sei. „Ne, kannst hengahn un seggen Tanten, dat sei eins kamen deit."

Fiken wuppte ut de Stuw un lep nah den Snider. As ehr Tanten hürte, dat ehr Mudder sik noch nich von ehren Schreck verhal't hadd, let sei glik allens stahn un liggen un ilte furt. Fiken blew noch en beten un vertellte sik en Mundvull mit Lowisen. De lütt Dirn, de den Schelm ümmer in 'n Nacken hadd, sach recht bedräuwt ut, as sei wedder nah

Hus gung, un ut de blagen Ogen, de süs idel Lust un Sünnenschin strahlten, keken de blanken Tranen rut as en poor Kinner, de verbistert sünd un nu ehren Lewen keinen Rat weiten. Un ehr Trurigkeit hadd ehren gauden Grund. Lowis' hadd ehr vertellt, dat Ratzlaw ut Krummhangen ehren Vader dat oll Pird andreiht hadd, un dat Hinrik sinen Ollen bi dat Bedreiggeschäft hulpen hadd.

Sei gung in ehr Kamer un sett'te sik up 't Bedd un hüng' ehre Gedanken nah. Wat süll nu ut ehre Fri warden? De Ratzlaws hadden ehren Vader ja sichtlich bedragen, un nu würden ehr Öllern dat nie un nie taugewen, dat sei Hinriken nehm; un sei künn em nu ok nich mihr nehmen. Fiken was taum irsten Mal in ehren Lewen bet up den Dod vertwifelt.

De Vörmiddag vergung ball. Snider Gustoven sin Frau hadd Mudder Brüsingschen de Tit verdrewen, un as sei weg was, kamm de Swager tau ehr. „Ik möt doch ok mal seihn, wat Du makst," säd' hei. „Min Frau seggt, dat du orntlich krank wirst."

„Dat bün ik ok, Swager", stoehnte sei. „Mi is noch ümmer recht slicht, un wenn 't nich ball beter ward, denn weit ik nich, wo 't warden sall. Ne, wat möt ein sik argern oewer –"

„Nu reg' di man nich wedder up, Swägersch", sned' Gustov ehr dat Wurt af.

„Ne, lat mi reden, Swager, ik möt mi mal utspreken, de oll Pird'geschicht un Jochen sin Scheitgeschicht – mi steiht de oll Arger un de Schreck hier vör den Harten as en Pahl – lat mi man reden, dat mi lichter ward. Nu segg mi mal, wat würd' din Fru seggen, wenn du ümmer in 'n Sturm nah Hus kemst un so 'n dummen Saken maktest? Wenn hei, Jochen, en beten nah mi nahfrög', künn hei nich ümmer so unvernünftig wesen. Un as de ein is, so sünd sei all. Keiner hett en richtig Leiw tau mi, ok Fiken nich, de doch min Best is. De geiht dat gor nich nah, dat ik so vel utstahn un liden möt. Sei lett sik gor nich bi mi blikken. Un denn Lowis', de hett mi ok argert. Worüm seggt sei mi nich, dat sei Korl Smitten sin Brut is? Sei weit doch, wo swor dat is, nu noch, utgangs April, en Deinstdirn tau kriegen. Un worüm geiht sei glik katthörig ut den Hus', wenn ik en beten schell?"

„Swig' doch still, Regin, un lat de ollen Saken", unnerbrök Gustov ehr Red'.

„Ne, ne, lat mi, ik möt mi dat Hart eins licht maken. Stine, din Fru, wull mi nich reden laten, wil sei meinte, dat strengte mi tau dull an, un denn was Jochen ok ümmer in de Neg'; oewer nu lat mi man, ik krieg' nich ihrer Rauh. Wat ik seggen wull – wo is sei, Lowis'?"

„Süll sei wedderkamen?"

„Ja, Fiken kann jo allein in de Wirtschaft nix anfangen, un dor möt doch dat Middag besorgt warden."

„Ik heff s' al in de Koek seihn", säd' Gustov.

„Aewer wo hest du Jochen?" frog hei rasch, üm de Red' up en anner Thema tau bringen.

„Hei is woll buten. Wust du em wat?"

„Segg mal, weitst du, ob dat Pird hüt ok noch lahmt?"

„Worüm meinst du?"

„Ja, süh, dat kann licht moeglich sin, dat sik dat Diert unnerwegens den Faut oewerwiligt oder den Hauf verdroehnt hett. Wi möten weiten, wo de Sak is, dormit de Kirl uns kein Swierigkeiten makt."

„Ne, dor weit ik nix von af. Mi seggt jo keiner wat. Ik bün nu trüggsett't, un dau ik den Mund mal up, denn gift 't glik Murd un Dotslag."

„Ach, wat du dor wedder red'st! Ik ward' di dat man eins drist in 't Gesicht seggen: wat Schuld hest du ok. Du bittst un hackst up Jochen rümme, wenn 't nödig is un wenn 't nich is. Ji künnt recht glücklich tausamen lewen, wenn ji juch man verstahn wullt. Jochen is nich de Legst, dat möt ik weiten. Wi kennen uns al södder unse Schauljohren, oewer wi hewwen uns nie nich ein böses Wurt baden. Wenn em oewer ümmer de Kopp warm makt ward, denn möt em tauletzt de Gall oewerlopen."

Mudder Brüsingsch säd' kein Wurt, as Gustov sweg'; sei fäuhlte woll, dat hei de Wohrheit seggt hadd. Un ehr Swager was ok kein Unminsch nich un wüßt tau rechte Tit uptauhüren. Hei kek en Wil dörch de apen Alkabendör un stunn denn up un säd', dat hei dat Pird doch mal den Faut unnersäuken wull.

Up den Haw wiren Jochen un Wilem. Sei hal'ten dat Pird rut un bekeken sik dat lahm Bein. Antauseihn was den Faut nix, ok de Hauf sach gesund ut. As oewer Gustov dat Isen anfot, markte hei, dat dat nich ganz fast was.

„Dor sitt de Fehler", rep hei. „Nu will wi dat Pird mal nah 'n Smid ledden, dat hei dat Isen los ritt un en nig' unnerleggt." Un all drei leddten mit dat Pird af.

Kum wiren sei en teihn Minuten von'n Haw, dor seg' Mudder Brüsingsch von ehren Beddwinkel ut, dat de Dur apen makt würd' un en

Fuhrwark, bi dat twei Kirls wiren, up den Hof kamm. „Deukert, wer kümmt dor!“ säd’ sei tau Fiken, de bi ehr an’t Bedd satt.

De Dirn gung in de Stuw un kek ut’t Finster. As sei den einen von de beiden Frömen sach, schot ehr dat Blaut gläugnig in’t Gesicht, un den negsten Ogenblick würd’ sei witt as Krid uttauseihn. Sei wüßt nu, wer dat wesen ded’.

„Dat sünd de Ratzlaws“, säd’ sei mit swacke Stimm un wull ut de Stuw gahn.

„De Ratzlaws? Mein Gott, wo is nu Vader?“ rep de Ollsch. „Aewer wo wist du hen, Kind? Blif hier, mi treden de Ahnmachten an, wenn ik mit den Kirl allein bün.“

Fiken begrep ehr Mudder ehr Angst un blew binnen. Sei söcht sik en Handarbeit und sett’te sik an den Aben.

Ball kemen ok de beiden Kirls rinne.

„Gun Dag!“ säd’ de oll Ratzlaw.

Fiken dankte.

„Gun Dag!“ säd’ ok de jung’ un smunzelte so ’n beten un nickte Fiken tau.

De Dirn oewer slog de Ogen dal un ded’, as wenn de jung’ Minsch ehr gor nix angüng’.

„Is Brüsing woll to spreken?“ frog de oll Ratzlaw.

„Hei ward woll glik kamen,“ säd’ Fiken, ahn uptaukiken. „Aewer Mudder is tau Hus, sei liggt in ’n Alkaben.“

„Brüsing hett jo woll an ’n Sünnabend en Pird funnen, as he ut de Stadt nah Hus führt is?“ frog Ratzlaw wedder.

„Funnen hett hei dat nich“, säd Fiken, de nu Kurasch kreg’, „dat hett hei sik köfft.“

„Ih, du spaßt doch man“, säd’ de Oll, „von wen hett he dat denn köfft?“

„Von Ratzlawen ut Krummhagen, un söstig Daler hett he dorför betahlt.“

„Un ’t is nich fif wirt!“ säd’ Mudder Brüsingsch in ’n Alkaben.

„Lüd’, ik verstah nich, wat ji red’t. In Krummhagen wahnt blot een Ratzlaw, un dat bün ik, un ik heff em keen Pird verköfft. Aewer mi is an ’n Sünnabend Abend en Pird weglopen, und dat sall Brüsing unnerwegens funnen hebben.“

„Min Mann was so dun, dat hei woll swerlich wat finnen künn“, säd’ de Ollsch.

„Ja, Brüsingsch, denn weet ik nich, wat ik seggen sall."

„Ik ok nich", rep sei. „Entweder wi hewwen mit Spitzbauwen un Bedreigers tau daun, oder min Mann un min Swager hewwen mi dat Lif vull lagen."

„Seh nah din Würden, Brüsingsch", säd' de oll Ratzlaw, den nu ok de Geduld utgung, „ik denk woll, ik seh nich ut as en Bedreeger un'n Spitzbow."

„Man kann de Minschen nich ümmer anseihn, wat in ehr insteckt", rep sei.

Taum Glücken kemen nu Jochen un de Snider in de Dör. Beid' verfirten sik bannig, as sei de Ratzlaws segen.

Aewer Jochen fot sik ball un säd': „Süh, Ratzlaw? Du wist di woll Din Pird wedderhalen?"

„Ja, dat will ik. Aewer wat heet mi dat, din Frugenslüd' reden hier von Spitzbow un Bedreeger un seggen, du hest mi dat Pird för föftig Daler afköfft? Wat sall ik to so'n Reden denken? Ik würd' di doch nich dat Pird verköpen, dat ik mi den Dag sülfst irst köfft heff!"

„Ih, Minsch, du warst de Geschicht doch nich striden wilen!" säd' Jochen un plinkte em tau.

„Hett Rekner Di nix seggt?" frog Gustov.

„Ik heff mit Reknern södder Sünnabend nich red't."

So, dor lagg de Pastet! De Snider stünn nu dor as Bodder an de Sünn. ‚Wenn de Hewen instört't, fallen all de Sparlings dot', dacht hei. „Nu wünscht ik mi blot, ik set so'n teihn Klafter deip in de Ird'."

„Un wo kann ik di dat Pird verköfft hebben" füng' Ratzlaw wedder an, „ik kenn di jo gor nich. Ik seh nu woll, dat du dat büst, de bi Reknern set un Dreeblatt spelen ded', oewer red't heff ik in minen ganzen Leben mit di noch keen Wurt. – Ne, Fru Brüsing, he hett di orntlich wat upbunnen in sine Dunitee. Wo de Sak is, ward' ik di vertellen. Min Hinrik wull up dat köfft Pird nah Hus riden. Unnerwegens oewer passierte em en Mallür. Kort vör de Städ', wo de Landstrat nah Krummhagen sik von de Schassee aftwelt, schugt dat Pird vör en Furwark, dat ok ut de Stadt kümmt, bömt sik un smitt den Rider af un löppt den Wagen nah. Bi dat Weder un de Düsternis was an en Söken nich to denken. Gistern hett he de ganz Ümgegend afströpt oewer nix funnen. Aewer kort vör Abend hett he to hüren kregen, dat Brüsing en Pird funnen hadd. Un nu will wi uns dat Diert man mal bekiken, ik glöw, dat ward nog uns' sin."

„Ik hür, ik bün schändlich belagen un bedragen worden!" säd' Mudder Brüsingsch. „Un dat Geld hett he in de Korten verspelt! O, mein Gott, worüm lettst Du mi dit allens erlewen! Worüm erbarmst Du Di nich oewer mi un nimmst mi von dese Minschen weg!" Un sei kreg' den Weinkrampf un schreg', dat dat 'nen Stein hadd erbarmen künnt.

Fiken stört'te tau ehr un namm ehr in den Arm un tröst'te an ehr rümme. Aewer allens was vergews, sei künn sik nich faten. As sei endlich still sweg', sünk sei för dot in de Küssen.

De Mannslüd' hadden des' Tit oewer kein Wurt spraken. Nu stünn Hinrik up un säd' tau Jochen: „Brüsing, dat is gewiß unrecht, dat Se Ehr Fru nich de Wohrheit seggt hebben, oewer ik heff mi noch en vel grötter Schuld up 't Geweten laden; denn wenn ik an'n Sünnabend ruhig na Hus reden wir, hadden Se den Arger wegen dat oll Pird nich kregen. Ja, ik heff Schuld an den ganzen Pird'kop. Laten S' mi man allens vertellen.

As ik in 't verleden Johr bi de Husoren deente, lihrte ik Ehr Fiken kennen, de öfters nah de Stadt kem. Se geföll mi, un dor ik ehr ok geföll, so würden wi Brutlüd', un ik versprök ehr, wi wullen uns frigen, wenn ik de Wirtschaft kreg'. De hett mi nu Vader dit Frühjohr verschriben laten, un ik künn nu min Wurt hollen un min Fiken halen, wenn min Oll sik nich in den Kopp sett't hadd, ik süll unsen Nahwer sin Dochter nehmen. Dor ik em nich vertürnen wull, so säd' ik nie von mine heemliche Leew. Ik dacht, ik würd' em mal gelegentlich mit Fiken bekannt maken koenen, un wenn he ehr irst mal sehn hadd, dacht ik, denn würd' he schonst mit min Wahl tofreden sin. Un ik hoffte von Wek to Wek, ik würd' Fiken mal in de Stadt drapen. Aewer se was nie dor. Nu schrew ik verleden Fridag an ehr, se süll doch Sünnabend mal kamen, ik hadd wat mit ehr to bespreken. Dor se oewer wedder nich kem, so säd' ik mi, dat ik minen Plan up en anner Wis' utführen müßt. So gegen Abend an'n Sünnabend hadd ik 'nen Lütten in'n Kopp – Se weeten ja sülfst, bi so 'n oll nattkoll Weder drinkt man gor to licht eenen mihr, as man verdragen kann – un dor verföll ik up eenen narrschen Gedanken. Ik sach Se dor bi Reknern sitten, un dör säd' ik mi: Sast em, wenn he nah Hus führt, heemlich dat oll Pird an den Wagen binnen, de Abend is düster, un nüchtern is he ok nich mihr, he markt von den Streich gor nix. Un wenn he dat denn mitnimmt, denn möst du dat doch wedder halen, un wenn du dat hal'st, führst du mit den Ollen hen un wis't em bi disse Gelegenheit din Brut, un du kriggst ehr denn ok mal wedder tau sehn.

Un dissen narrschen Gedankten führt ik ut. As ik en Enn lang reden wir, steg' ik af un töwte up Se; un as Se vörbi führten, bünn ik dat Pird achter an 't Krett un güng' denn langsam nah Hus un red'te minen Vader vör, so un so hadd mi dat gahn.

Un nu heff ik mit de Geschicht en grot Unglück anricht't. Up wekker Ort lett sik dat wedder got maken?"

„Du haddst verdeent, dat ik di mit den Pitschenstock dat Fell garwte!" rep de oll Ratzlaw.

„Vader, mak mit mi, wat du wist. Ik seh, ik heff allens verluren, dorüm is mi ok allens egal", säd' Hinrik un sett'te sik ganz bedräuwt wedder dal.

Jochen gung in den Alkaben. Sin Fru was wedder tau sik kamen. Hei fot ehr beiden Hänn un kek ehr in't Gesicht. „Mudder", säd' hei, „nu arger di nich mihr. Ik heff in minen Lewen einmal hoch Korten spelt, dat is mi slicht bekamen, nu spel ik nich wedder. Un dat ik di wat vörleigen ded' – kik, ich dacht, de Wohrheit wir noch slimmer för di as de Unwohrheit, un ik wull di doch keinen so groten Arger maken. Nu vergett und vergiff allens. Hest du hürt, wat de jung' Ratzlaw vertellt hett?"

As Hinrik sinen Namen nennen hürte, kamm hei in de Alkabendör un säd': „Koenen Se mi ok vergeben, Frau Brüsing?"

Fiken bögte sik oewer ehr Mudder un küßte ehr.

Aewer as de Ollsch wat seggen wull, kamm Hann Petzer in de Stuw un frog lut: „Na, wenn dat hier en Hochtit gift, denn nehmt ji mi doch woll taum Hochtitsbidder?"

Gustov un de oll Ratzlaw müßten lachen. Ok Jochen lachte hell up. Un Fiken würd' putenrot.

„Brüsingsch", rep Petzer un kamm nah den Alkaben hen, „Du hest mi doch ümmer verspraken, wenn Fiken frigen ded', denn –"

„Ja, kumm morgen man wedder, denn will wi allens bereden", säd' Mudder Brüsingsch. „Un nu lat't mi allein, ik mücht girn en Og' vull Slap nehmen."

Den annern Dag sprüng' Hann Petzer vör Freud' bet an den Boehn; denn hei hadd dat Hochtitsbidder-Patent in de Tasch.

Fritz Georg Reuter

Dat söbente Gebot

Wur dat passiert is, bruk ick woll nich wieder vertellen, äwer min Grotmudder hett mi 't vertellt, un wat min Grotvadder is, de sall sülwst mit dorbi west sind: – un möglich, dat kann jedwedereen insehn, is dat ok.

Soveel as mi von de School un min Konfirmannentid noch in den Kopp behacken bleben is, hett de leew Gott Mosessen up'n Barg de teigen Geböte vertellt, dormit dat sick de Minschen dornah richten sullen. He mag't jo ok woll ganz god meent hebben, öwer wor'n is dorvon denn doch nich vel, denn weeten, wat en sall, dat is woll licht, öwer don, wat een nich sall, dat is noch vel lichter.

Nu wier to min Grotvadders Kinnertid in sin Dörp 'n Paster, de sin Schap ganz schön tosamen hüll, un 't mag jo ok woll nödig west sind, äwer dat dor doch noch ümmer wedder 'n poor schwatte mang den Hümpel wiren, dat künn he doch nich ganz ännern, sovel Mäuh he sick ok geben müggt. Nu kann jo so'n Paster ok nich ümmer blot predigen, he möt ok ees sin Roh hebben, un denn hett he meist sonne lütte Nebenbeschäftigung, de em Spaß maken ded un de mit de Bibel nich vel to don hett. Diss' Paster wir nu'n groten Fründ von't Owst. In sinen Goor'n harr de luder Owstböm, Äppel, Beeren un allens, wat een so af un an ganz girn ees eten mag, denn ümmer Fleesch is ok nich god. Un dor wir jo nu nich vel von to seggen, wenn de Böm nich ok noch anner Frünn'n hadd harrn, un dat wiren de Jungs in't Dörp. Äwer so keem dat denn, dat de Paster, wenn de Böm in't Fröhjohr so schön ansett harrn, to de Tid, wenn de Äppel un Beeren rip waren sullen, ümmer weniger dorvon an de Twig finnen kunn, un wenn he denn sülwst plücken wull, man blot noch 'n poor Pund doran wiren. Dat den Mann dat argern würr, is klor, un dat he ok bald ruterfünn, wecke Kinner em dorvon afhelpen deden, dat kann ick mi ok ganz god vörstellen, äwer dat he se so licht nich dorbi kriegen kunn, dat weeten wi all ganz genau.

Na, eenen Sünndagnahmeddag kümmt he nu an Buer Beckern sinen Hof vörbi un süht den Buern vör de Dör stahn un 'n beten in't Wedder kieken. De nimmt nu ok gliks de Piep ut't Mul, as sick dat hören ded, un seggt: „Schönen goden Dag ok, Herr Paster!"

„Guten Tag, Herr Becker! – Na, wie wird das Wetter?"

„Tjä, Herr Paster, wenn't so bliwwt un't giwwt keenen Regen, denn mag't jo woll ganz schön war'n."

„Regen könnte Ihnen jetzt auch wohl nicht recht gefallen?"

„Nee, den känen wi nu nich recht bruken, dorvon hebben wi de letzten Dag all nog hatt."

„Naja, der liebe Gott wird's wohl so einrichten, wie's uns am besten ist, nicht wahr?"

„Jo, Herr Paster, dat denk ick mi ok so, un wenn he't nich ded, denn känen wi ok nicks dorgegen don."

„Das können wir nun freilich nicht, denn ‚mit unsrer Macht ist nichts getan', aber wenn wir ein gottgefälliges Leben führen, dann wird Gott uns auch seine Gnade erweisen. Aber wie steht es nun damit, Herr Becker?"

„Ooooch", sär' de Buer so'n beten ellenlang, „wi gahn jo jeden Sünndag in'e Kirch. So schlimm kann dat dormit ok nich stahn."

„Das Beten, lieber Becker, tut es nicht allein, man muß auch sonst sein Leben danach richten. Da sind zum Beispiel die zehn Gebote. – Werden die in Ihrem Hause auch in jedem Falle eingehalten?"

Jo, dornah richten wi uns ok."

„Sie tun's, das glaub' ich gern, denn Sie sind stets ein guter, frommer Mann gewesen, aber ich würde Ihnen dennoch raten, daß Sie auf Ihren Sohn, den kleinen Friedrich, achten."

„Wur meenen Se dat, Herr Paster?"

„Nun ja, ich hab' ihn schon in meinen Apfelbäumen sitzen sehen."

„Och", sär' de Buer dunn un makt sin truhartigst Gesicht, „dat is jo woll möglich, äwer nehmen S' em dat nich so öwel, dat sind eben Kinnerstreich."

„Gewiß, gewiß, die Jugend ist mitunter ungestüm und tut zuweilen Dinge, die verboten sind. Ich weise oftmals auf die zehn Gebote hin im Konfirmandenunterricht und lasse auch das siebente nicht unerwähnt; indessen, wenn im Elternhaus die Kinder nicht zur Ehrlichkeit erzogen würden, was sollten Schule dann und Konfirmandenunterricht noch viel erreichen können? Weil ich Sie aber, lieber Becker, als einen rechtschaffenen Menschen kenne, darum sag' ich es Ihnen eben, damit auch Sie ein ernstes Wort mit Ihrem Sohne reden können, das ihm den rechten Weg erkennen hilft."

„Dat wil ick don, Herr Paster, dat's gewiß."

„Ich wußt es ja. – Man soll an seines Nächsten Gut sich nicht vergreifen, auch wenn es nur ein Apfel ist. – Und außerdem ist es den Kindern gar nicht zuträglich, von diesen Früchten jetzt schon allzuviel zu essen, da sie noch weit davon entfernt sind, reif zu sein. Wenn man so viel davon genießt, wie sie Ihr Sohn genommen, so könnte es leicht böse Folgen haben."

Dunn fohrt min Buer Becker äwer up, as harr de Oss mit sinen Start em rechtsch un linksch üm't Mul ees geben. „Wat?" rep he, „unrip Äppel, un dorto noch vel?! – Na, töw, min Fritz, di warr ick helpen. – Nee, nee, Herr Paster, dor känen Se sick up verlaten, den Bengel knöp ick mi noch vör! De klaugt hier unrip Owst?! So'n Lümmel! Na, kumm du mi man in'n Weg, di warr ick't wisen!"

De Paster grient so fründlich vör sick hen un gung.

„Auf Wiedersehn, Herr Becker! Und machen Sie's nur nicht zu schlimm!"

„Adjüs, Herr Paster! – Nee, dat is gewiß! Den warr ick helpen, unrip Äppel klaugen!"

As Buer Becker nu in vulle Wut so öwer sinen Hof röwergung, wil he nah sine Schwin ees kieken wull, dunn möt em dat passieren, dat em sin Fritz gradto so öwer'n Weg henlöppt. Gliks hett de Buer em an'n Arm un haugt em linksch un rechtsch mit sine grote Hand ees achter 'e Uhren. Un wil de Bengel ludhals an to schriegen föngt, klatscht he em noch ees up de beiden Siden un fröggt dorto: „So, Fritzing, dat hest weg! – Weetst ok, wurüm?"

Lütt Fritz steht äwer dor un hült un kann keen Wurt heruterbringen.

„För't Äppelklaugen, Schapskopp du! – Wur oft heww ick di seggt, du sast keen unrip Owst mihr eten, du kunnst den Dod di dorvon halen! – Un du klaugst hier nu unrip Äppel ut'n Pastergoren? Na töw! Di wil ick't lihren!" Un schickt sick an, all wedder totohaugen.

„Nee, Vadder", schriggt de Jung, „ick heww s' jo gor nich eten! Ick heww den halwen Sack, den ick man harr, an Schröders Heinrich jo vertuscht un heww doch den Karnickelbuck dorför all kregen!"

Dunn piept de Buer lising vör sick hen.

„Süh, so is dat! – Na, dat's 'n annern Schnack! De Schläg, de mötst du äwer doch behollen, wil du so'n Dämelklaas büst wesen! Wur kann een woll för een' Karnickelbuck 'n halben Sack vull Äppel geben?!"

Johann Segebarth

Min Lewenslop

Vör fivunsäbentig Johr stund in dat Dörp Wieck up de Halfinsel Darß-Zingst ein ollet Burhus dicht an den Binnensee. Rund üm dat Hus stün'n staatsche Eiken un hohe Aftböm un dor binnen hus'te true Leiw, Redlichkeit un Tofredenheit, obwoll Schmalhans dorinnen Käkenmeister was. In dat Hus wahnten mine Öllern un Grotöllern von Vaters wegen un baben up dat olle, mit Moos bewossene Dack, ohne Schornstein – de Rook müßt ut de Grotdelendör herut – had sick ok 'ne Familie in truge Leiw un Videlität, ungebeden frech ansiedelt, un dat was Musje Langbein nebst Frau Gemahlin Klappermul.

Dat was 1833, den 16. October kort vör nachts Klock twölf, dor kamm grot Hallo in dat olle Hus, Holland was in Not. De Fru Arderbor fung mäglichst dull an to klappern. Don spitzt de olle Frau Griep in dat Dörp de Uhren, schürrköpt un rep: „Ha ha, all so nah? – Dat gellt mi, Fru Arderbor weit Bescheid." Flink bund sei sick 'ne grote Schört vör un rönnt na den oll'n Katen hen. Richtig, just langt Varra Langbein ein Bündel ut sin Nest, klappert un säd: „Paß mal up, Fru Grieping!" Dat Bünnel trünnelt dat oll Dack dal, un Tante Griep fung dat in de Schört up. Sei gaw dat an min Mudding af un säd: „Hier is de Bescherung direkt von bawen. Vel Glück dormit!" Don schlog de Klock twölf. Un de junge Fru, min Mudding, säd: „Schönen Dank un wilkam ok!" Don makt Tante Griep dat Bündel up un rep: „Zü, kiek mal an, dat hett jo all blanke Ögings un pliert na den Tranlamp. 'ne Popp ist't nich, dat's 'n krätigen Bengel, de hett 'ne prächtige Singstimm. Nu ward hei gewohr, dat hei hier to Hus hürt, hei red' all mit." Un sei hadd recht, denn dat was mine Wenigkeit, de sick as Irdenbörger ansiedelt hadd un sick freute, wur fründlich hei von Öllern un Grotöllern upnam würd un dat sin Vadder gliek fürsorglich säd: „De sall Seemann warden", un Grotvadding wull ut em maken, wat hei wesen ded, taum Schulten. Un Mudding säd: „Irst 'na de Schaul, denn seihn, wur hei sick de Sak annimmt, un denn sprek wi äwer den Krempel. So, nu man na de oll wormstekrich Weig mit den tobrakenen Gängel rin. Ja, bunzen ut stöten deit se bannig." – „Schad nich", säd Vadding, „dat dehnt un reckt em ut."

„Ja, de ward bald grot warden!" säd Tante Griepsch. „Unse Herrgott gew sinen Segen!" säd Mudding.

Äwer, dat wir bald nich grot worden. Na veir Wochen, as Mudding all hart mit arbeiden müßt, wodörch sei des nachts so äwermöd wir, dat sei half in'n Schlap dat ünnelste En'n , anstatt dat bäwelste, sick an de Bost läd, um ehren Jüngschen to sättigen, don wir bald all de Herrlichkeit ut un to En'n west. Äwer de krätige Bengel wüßte Rat, hei bruckt sine starke Singstimm mit üterste Anstrengung, so dat Mudding ut ehren Drom hell upschrigt, flink dat Gestell ümdreihte (koppzeiste), un sick de Schrieharmonika an de Bost läd. As hei don wedder lebendiger wurd, don küst Mudding em ordentlich af. – Na twei Johr bröcht Arderbor werder einen Jung, un nah ölf Johr gebühr dat noch mal.

Min Vadding fohrt as Bootsmann to See. Wi Kinner müßten regelmäßig de Dörpschaul besöken, intwischentied Mudding äwer bi alle Arbeit flitig helpen. Min Öllern wirn ümmer fründlich un tofreden bi ehr Arbeit, äwerhaupt min leiw Mudding wir 'ne Lachduw. – As ick konfirmiert was, gung ick to See, dat tweite Johr mit Vadding tosam up ein Schipp. Hei säd, hei wull mi inexizieren, un dat hett hei mi ok gründlich besorgt, wofór ick em hüt noch dankbor bün. In'n Winter güng ick in Vörschaul bi Stürmann Wahl, späre nah Prerow in de Navigations-Vörbereitungsschaul. As ick twintig Johr was, gung ick in Stralsund in de Navigationsschaul un makte min Stürmannsexamen, fohrte dre Johr as Stürmann un hadd mit veiruntwintig Johr min Schipperexamen.

Min Olle was ein energische Mann, de hadd ümmer mit mi vörwarts strewt. Hei had dat all vör min Stürmannstied tau ein Schipp bröcht, dat heit to 'ne Jacht, un dormit was ick tom Schippersähn avansiert. Un nu ick Schipperexamen hadd, hadd hei ok all ein Schoner för mi farig bugt, wurmit ick to See gung. De Olle hadd de Jacht vörköft, sick ein Passagierboot bugt, wurmit hei von Wieck up Stralsund fohrte.

As ick in Prerow de Vörschaul besöcht, was ick nägenteihn Johr olt, don begegent mi mal 'ne lütte Popp von nägen Johr, un wie sei mi passierte, flog mi 'n Funken in't Og, un weit de Henker, ick kunn em nich los warden. Dat brennte bet nah't Hart rin. In'n Winter, wenn ick to Hus wier, söcht ick sei mi ümmer in de Kirch up. Un nu ick ein Schipp had, nu dücht mi – na – Energie hadd ick –, flink schnert ick sei mi. Ick hew mine Johanna hüt noch. Sei het mi veir Jungs un veir Mädel schenkt, äwer fief Kinnings lewen man nich mihr. Min lütt Schipp had ick twei Johr, don fohrt ick drei Johr ein gröteres, un as de Krieg 1866 kam, stund 'ne Bark in Wieck för mi up de Helgen, de hew ick ca. 25 Johren fohren. In Ost-, Witt-, Schwartsee, Asow, Nurdbodden, Mittelmeer, un nah Amerika, bet ein andere Kapitän, den ick dorup sett had, dat Schipp an de amerikansche Küst up 'ne blinne Klipp verlür.

Wur ick to de infame Schriwerie kam? Up mine Atlantikfohrten, in den schönen Passat knep mi de Langwiel, un fulenzen kann ick nich. Denn makt ick Schnitzerien, Malerien, so schön as de best Fuscher. Ick les ok vel, un 1870 in de Kriegstied, as de Franzos' mi tosam mit einige achtzig dütsche Scheppen in Konstantinopel inspundt had, don köft ick mi Fritz Reuter sine schöne Stückschen, un dor ick sone gottbegnadete lächerliche Natur hew, lacht ick mi düchtig wat un fung ut pure Langewil an, plattdütsch Dummtüg tau schriewen, von dat, wat bi uns passierte, un dor is Vörrat dorvon. As ick DE DARSSER SCHMUGGLER farig hadd, don drew unse Herr Pastur, ick müg't doch drucken laten. Ick was so nieglich un kreg wunnerschöne Kritiken. Don lickt ick noch wider DEMOKRATENTID, STRAFGERICHT, UP FRIEGENSFÄUT. Kritiken all gaut. Wat mi argert hett, is, dat ik SEEMANNSREIS' un SNAKEN UN SNURREN äwer't Knei braken hew. Hüt würd ick dorvon dat mirste striken. Min damalige Herr Verleger, ein Herr N. N., de nah Australien utrükken ded, de drew mi taum Schnelldruck, dorvon kamm de Dummheit.

Na, de Uplagen je von 1000 Exemplare sünd siet lange Johren vergrepen. An Werderdruck un Verlegersöken hew'k mi nich werder an kiehrt. Ok de lütt hochdütsche Broschüre DE HALBINSEL DARSS-ZINGST is längst vergrepen, ohne Verleger. Jetzt kam ick mit 'ne hochdütsche, 'ne lange Romangeschichte SEEMANNSLOS in de DÜTSCHE MARINE-ZEITUNG. För de Kritiken bangt mi, denn hochstudierte Landlüd kän'n de Seemannsgeschichte schwerlich taxieren. Ick tröst mi dormit, dat de Geschmack so verschieden is.

So, wer wider wat von mi weiten wil, den verwies ick up SEEMANNSLOS. To Hus hew ick woll noch plattdütsch Sammelholt legen, wat noch nich druckt is.

Martha Müller-Grählert

Dei gollen Hochtied

Wat is dat in Vadder Krohn'n sin lütt schmuck Hus för'n Läben. Süs liggt dat so still an'n Diek, un blots oll Krohn un sin Ollsch güngen dor ut un in, mankdörch uck ees Fischer Korl Krohn, wat de Sähn is, mit sin Fru, äwerst hüt lopen dor dei Lüd rut un rin as dei Duwen in'n Schlag, un all' hemm s' sick fien makt und kieken ut blanke Ogen. Un binnen, dor is dat irst en Gewes'! Lat uns man ees rinkieken!

Süh, dor sitt oll Vadder Krohn stur un uprecht in dei gaude Stuw up't Sopha. Hei hett sinen Herrgottsdischrock an, un an dei Rockklapp dreggt hei en lütten Blomenstruß. Sinen witten Schipperbort hett Schnutzenputzer Salon taurechtklippt, un dat lett em nu gradtau elegant. So sitt hei dor, äwer sick dei beiden groten Biller, wur hei un sin' Lowise as junge Ehlüd up afmalt sünd, un vör sick up den Disch mit dat witte Dischdauk mank Blomen un Töllers mit Kauken 'ne grote, dicke Kömbuddel. Un äwerall in dei Stuw, vör dei Finstern, up dei Kamod, up den Vertiko, äwerall Blomenstrüß un Blomenpött, un dei Stuw würd nich leddig von Lüd', dei gratlieren deden, denn oll Krohn fiert hüt mit sin' Lowise gollen Hochtied.

Je, wur is nu äwerst de gollen Brut? Vadder Brüjam sitt jo man alleen up 't Sopha. Ja, dei hett all Hänn' vull tau daun, denn Vadder Krohn fröggt jedwereinen, de em Glück wünscht: „Wust du Köm orre Koffee?"

Wull hei Köm, denn schenkt Vadder Krohn em un sick sülm eenen in, un denn stöten sei mit dei lütten Finger an un kippen em äwer, un 't is en wohres Glück, dat oll Krohn noch ümmer so trunkfast is, un dei Kömbuddel so dick un grot, anners wiren s' beid' woll all „erledigt".

Wenn de Bisäuk äwerst Koffee will, denn möt hei en bäten töwen, bet Mudder Lowise von frischen wedder mit dei grote Koffeekann kümmt un inschänken deit.

Kiek, dor kümmt sei all! Horre, wur nett ehr dat lett! Ehr leiw verschrumpelt Ollfrugensgesicht is vör luder Upprägung gläunig rod. Up dei witten Hoor hett s' en prächtigen vergullten Myrthenkranz, öwer dat gaude schwarte Kleed hett s' ne grote Käkenschört bunnen, dei Ärmels hett s' upschlahn, so flitscht sei mit dei Koffeekann as 'n Wäsel mank de Gäst' rüm, schänkt in, dankt för dei Gratlatschon, schnackt un lacht, allens in eene Tuhr. Oll Vadder Krohn äwerst sitt stur un stief up sinen Platz un deit nicks as blots fragen: „Wust du Köm orre Koffee."

Nu äwerst kümmt Paster Brand in 't Hus un achter em Schult Meyer, un achter den schüwwt sick allens rin, wat süs noch in't Hus orre in'n Gorn orre in dei Dörpstrat in'n Gang was, sei känen nich all' in dei Stuw rin.

Vadder Krohn nimmt fix dei Piep ut'n Mund, un Mudder Lowise ritt mit fleigende Hänn' dei Käkenschört af un sett sick fix näben ehren Brüjam up't Sopha, äwerst ihre oll Krohn mit sick einig is, ob hei den Paster fragen sall: „Wust du Köm orre Koffee", hett de Paster sinen Glückwunsch anbröcht un geiht nu bi un nimmt dei fierliche Insägnung von dat gollen Pöörken vör.

Na, dorbi bliwwt jo nu keen Og un keen Näs drög, un dei Taschendäuker von dei öllerhaftigen Frugenslüd kamen nich tau Rauh, un Vadder Krohn is gornich mit Andacht bi dei Sak, indäm dat hei schwer in Bedenken steiht, wennihr dat woll paßlich is, mit sin' Frag: „Wust du Köm orre Koffee?" tau Platz tau kamen.

Nu hett de Paster sin' Dingen beschickt, un oll Krohn denkt: „Nu frag'!", don seggt Schult Meyer sinen hochdütschen Lex up un äwerreikt achteran dei staatliche Ihrengaw in'n blagen Ümschlag. – As dit vörbi is, denkt Krohn: ‚Nu is't Tied, nu drück af!', äwerst nu kümmt em Ketelmeiersch, dei lütt fixe pucklige Upwohrersch, dei bi sone Festlichkeit in't Dörp nie nich fählen dörft, dwas vör'n Steven, indäm dat sei den Paster un den Schult 'nen Stauhl in dei Kneikählen schuwen deit, dat sei unverwohrens mit grote Geschwinnigkeit tau sitten kamen, un denn vör jeden 'ne Buddel Bier henstellt. Je, wat süll hei nu noch seggen? Un nu kümmt uck noch sin' Sähnsdochter, dei junge hübsche Frau Bohm, mit 'ne Schöttel vull fien beleggte Bodderbröd, dei sei dei Herrn mit 'n eleganten Schwung henhöllt. Äwerst sei kümmt nich alleen, dor bummelt wat achter ehr an. Dat sünd ehr beiden lütten Flatzköpp von Gören, dei ehr nich von't Lief gahn un mit Blaren un Quarren dörch all' dat festliche Minschengetümmel ehr nahlopen. De wat gröter is, kann man jüst tau den sihr korten Rock von sin Mudding ruplangen, un de Lütt grabbelt ehr ümmer an dei prallen Waden rüm, indäm dat hei sick an dei glatten Siedenstrümp fasthollen wil. – Hier möt ick nu man seggen, Urgrotvadding Krohn hett sick oft mit dei beiden lütten Krabaters afgäwen un mit ehr spält, denn hei verstünn dei niege Tied un ehr dwatsche Moden abslut gornich. „Dei oll' armen Wörm hemm jo jüs keenen Anholt nich", säd hei, „nich mal an den Rock von ehr' Mudder!"

Na, nu güng denn dei allgemeine Unnerhollung los. Vadder Krohn künn sin' amtliche Frag nich mihr recht anbringen un seet up'n Drögen, hei nickköppt mal orre schürrköppt mal, dat was tämlich allens. Nu äwerst sin' Lowise! Horre nee, wat künn sei schnacken, sogor hochdütsch! Har hei ehr gornich tautrugt! Bäten vörlud un drähnbüdelig was sei jo all ümmer west, un bi Gelägenheit künn 't angahn, hei müßt ehr sin' grote brune Hand up't Mul leggen, wat 'n groww uck as 'ne Mulschell' nennen deit, äwerst mit dei Benähmigung, dor har sei doch hellschen wat los, dat markt hei hüt.

„Also sechsundsiebenzig zählen Sie schon, Vater Krohn?" fröggt de Paster.

Krohn nickköppt sinnig, äwerst Frau Lowise pladdert furts los: „Jawoll, Herr Paster, sößunsiebzig Johre, un man blotsen zweimal krank gewest! Nämlich einmal as Kind an dei Fliesen un später bei dei erste Zigarr, man nich, Vadder?"

„Nee, Priem!" seggt hei drög.

Sei tickt em argerlich von dei Siet an un rappelt dann förfötsch wieder: „Ja, und ich, meine Herrens, bün all mein Lebtage vier Jahr jünger als mein Mann gewest. Als ich ihm friegte, war ich jüst maja-, majoran."

„Nee, Thymian, Mudder!" seggt hei dormank, un sine lütten blanken Ogen kriegen en plietschen Utdruck.

Don höllt sei em ehr lütt knäkern Fust unner dei Näs, lacht mit dei annern un seggt: „Sehn Sie, meine Herrens, so neckt und pijackt er mir nu all fufzig Johrn, un es is blotsen ein Wunder, daß ich noch dabei lebe und gesund bün!"

Denn fröggt de Schult ehr wat, un sei antwurt't irnsthaftig: „Jawoll, Herr Gemeindevorsteher, as Herr Pastur all gesagt hat, zwei Kinder liegen auf'n Kirchhof un dei beiden öllsten in dei Nordsee bei Skagerrak – blotsen der lüttste, uns' Korl, is noch da. – Korl! Korl, wur büst du?" röppt sei upgerägt in dei Stuw rin, dei drangen vull Gäst' is.

Dei sitten dor oft dree Mann hoch up eenen Stauhl, un stahn in Drümpel tausam, un dormank flitschen dei pucklig' Ketelmeiersch un Fru Bohm mit dei lütten quarrigen Flatzköpp achteran un beiden Köm un Bier an.

„Korl, wur büst du?" röppt Lowise Krohn noch ees.

„Horre, Mudding, wat schriggst du!" kümmt sine Stimm' von dei Dör her, „hier bün ick jo. Heww blots mal nah dei Kauh käken!" Dormit kümmt Lowise'n ehr lüttst' Jung neger, breitschullerig un stäwig mit 'n grisen Kopp.

„Herrgott doch ja, dei Kauh!“ röppt Lowise un fohrt tauhöcht, „entschuldigen Sie, meine Herrens, aber sie ist ans Kalben!“ Un weg was sei.

Na, dei Herren seeten jo nu noch en Ogenblick, un denn stünnen sei up, gäwen Vadder Krohn taun Afschied dei Hand un güngen af. Un mit ehr güngen uck all' de annern.

Härn dei letzten ehr Uhren upsparrt, denn härn sei hüren künnt, wur Vadder Krohn deip upsüfzen ded. Gottseidank! Dit wir äwerstahn! Hei keek sick vergnäugt in dei leddige Stuw üm, schenkte sick 'n Köm in un stoppt sick sin' Piep. So! Nu kem hei endlich tau sin' Gemütlichkeit: Irst en schön Middagäten, Knickbraden mit Plummen un Linjons, denn en lütten Middagsschlap un denn en gemütlich Koffeedrinken mit sine beiden ollen Frünn' Franz un Wilem.

Dei hürten tau jed Vergnäugen. Allens harn sei tausam dörchmakt: dei Schaultied, dei langen Johrn up christliche Seefohrt buten in dei wiede Welt. Mit sößtig Johrn harn s' sick all' drei hier in ehr Heimatdörp tau Rauh sett, harn en lütt Anwäsen mit 'n bäten Acker un Gorn, Kauh un Schwien un läwten ehr Geld. Denn keem de Krieg – un sei künnen froh sin, dat sei mit säbentig Johren noch tau't Arbeiten dägen deden un sick ehr Brot verdeinen künnen. Franz un Wilem wiren bi ehr Kinner unnerkrapen, Vadder Krohn güng mit sinen Sähn Korl, de em noch bläwen was, up Fischfang, un dat haugte so gaud ut, hei keem wedder tau wat un har nu wedder Hus, Acker, Kauh un Schwien.

Bi den Gedanken an dei Kauh würd hei unrauhig. Sörre drei Dag luerten sei up en „freudiges Ereignis“ in 'n Kauhstall. Ümschichtig tröcken dei Husgenossen nachts up Wach in'n Kauhstall un schleepen näben dei Kauh in 't Heu – Ja, hei wull doch leiwerst mal rutgahn un sülm nachkieken, äwerst don keem sin Lowise all wedder rin, natürlich mit de Käkenschört vör un upkrempelte Ärmels, und säd, allens wir in Schick, Lischen, dei Kauh, leeg un frett. „Un nu willen wi uck man äten!“

Dat Middagäten was prächtig, dei Middagsschlap sihr schön, nu süll't up dat Koffeedrinkend losgahn. Äwerst 't güng noch nich los.

Dei Klock würd vier, dei Klock würd halw fief, äwerst keen Franz un keen Wilem was in Sicht. Vadder Krohn würd irst ungedüllig un denn argerlich. Lowise wull all tau dei beiden henschicken und nahfragen laten, denn Vadder Krohn was in 'n quadderigen Taustand ümmer sihr schlicht an'n Kopp, don keem Wilem sin Sähnsdochter ganz ut Pust un Aten antaupreschen un reep: „Grotvadder lett gröten, hei kann nich kamen, uns' Kauh is bi't Kalwen!", un dormit rönnt sei wedder af.

„Dit 's jo gediegen!" säd Vadder Krohn, „jo, denn kann hei natürlich nich afkamen."

Dat wohrt nich fief Menuten, don keem Franzen sin Urenkel in dei Stuw tau stültern, reet dei Mütz von sin Strohdack un stamert in grote Hast: „Ick sa-, sall seggen, Urgrotvadding ka-, kann nich ka-, kamen, uns' Ka-, Kauh is bi 't Ka-, Kalwen!"

Kum künn Mudder Krohnsch em en grot Stück Kauken in dei Mütz leggen, denn sust hei wedder af.

„Dit's jo gediegen!" säd Vadder Krohn, „jo, dann kann hei natürlich nich afkamen."

Mitdewiel harrn sick wedder allerhand Gratlanten an dei Koffeetafel infunnen. Dor was de dick Bäckermeister Bark mit sin Fru, dei noch dicker was as hei. Denn was dor Schlachtermeister Brümmer mit sine Eheleiwste, un Köster Säut mit sin Frau un noch anner mihr.

Na, bi dat Koffeedrinkend keem Vadder Krohn in een sihr gebild't Gespräk mit Bäcker Bark'n äwer dei beste Kalwermast, un all' hürten s' andächtig tau, denn in dit lütt Dörp an dei Waterkant was dei Kauh dat A un dat O in jeden Husstand, denn oft naug was 't blots dei Kauh, dei dei ganze Fomilie ernähren ded. Sei hülp äwer alle schlichten Tieden weg; wecker 'ne Kauh har, künn nich verdarwen, egal, ob dor nah Pennings, Milliarden orre nah Rentenmark räkent würd. Allens, wat gaud, nohrhaft un nützlich sin künn, was mit dei Kauh vermakt, un wecker 'ne Kauh har, har uck dei Mäglichkeit, dat hei een Schwien uptrecken künn. Allens dreigte sick üm dei Kauh.

Na, Meister Bark vertellte jüst, sine Bless' würd in acht Dagen uck woll bi't Kalwen sin, don säd Lowise, dei en Blick dörch 't Finster schmäten har, tau den Meister: „Meister, dor kümmt Sei Ehr Lihrjung!"

Un richtig, dor buten keem de Lihrjung Oerche in sin witt Arbeitskluft un up höltern Tüffeln antaulopen.

„Nanu!" säd Bark, „wat nu woll jung ward!", un sin Fru drünk rasch ehr Tass' Koffee ut – Ketelmeiersch meent, nah ehren Äwerschlag wir dat dei föfte –, don kloppte Oerche uck all an't Finster un reep ut Pust un Aten: „Meister, Sei müchten fix nah Hus kamen, uns' Kauh is bi't Kalwen!", un nu tüffelt hei wedder los. „Heww ick mi dat nich dacht!" brummte de Meister un stünn up, „ja, denn helpt dat nich!", un de dick

Meister trünnelte mit dei dick Meisterin driewens nah Hus. „Dit's jo gediegen!“ säd Vadder Krohn, „jo, denn kann hei nich hier bliewen“, un nu stök hei den Priem, den hei vör dat Koffeedrinkend up 'n Finsterkopp leggt har, achter dei poor Kusen, dei noch in sin schew Mulwark begäng wiren, un denn sä hei: „Korl, kiek doch eis in'n Stall nah uns' Kauh!“

„Hei is all lang dor, Vadder“, säd Lowise, „un hei meent –“

Sei keem nich wieder, denn dor stünn mit ees Ketelmeiersch in dei Dör un meld'te hastig: „Schlachtermeister Brümmer mücht doch fix ees nah Breiwendräger Hitzig kamen, een Kalw müßt notschlacht't warden!“

„Geschäft geiht vör Vergnäugen!“ säd Brümmer, sprüng up un verschwünn.

„Dit's jo gediegen!“ säd Vadder Krohn, „jo, denn kann hei nich hier bliewen! Na, so bliewt man bi!“

Un nu, as dei dicken Ihrengäst irst weg wiren, verkräumelten sick so bi lütten uck dei annern Gäst, wenn s' uck keen kalwend Kauh in 'n Stall harn.

Nu füng Fru Lowise, dei gollne Brut, äwerst an tau jammern un tau barmen wägen dei stürte Gemütlichkeit un den välen Kauken, de nu drög warden müßt, äwerst ehr gollne Brüjam säd: „Lat man, Mudder, de Kauken schmeckt morgen liekers, un wenn hei en bäten drög is, wat schadt't dat? Wi stippen em in'n Koffee! – – Schlimm ist't äwerst, wenn dei Kauh drög steiht, denn nutzt di dei schönste gollne un sülwerne un gröne Hochtied nicks! – Korl, kiek doch ees in'n Stall nah dei Kauh!“ Äwerst hei kreeg keen Antwurt, denn 't was all schummrig worden, un hei har gornich markt, hei seet alleen an'n Koffeedisch in dei leddig Stuw.

Mit ees äwerst würd dei Dör upräten un Ketelmeiersch schreeg mit ehren hellen Hals in dei Stuw rin: „Vadder Krohn, dat Kalw is all dor!!“ – „Dit's jo gediegen!“ säd Vadder Krohn, grawwelt vergnäugt nah de Kömbuddel, „na, Ketelmeiersch, denn känen wi jo Gott danken, un dorup will'ck man noch eenen nähmen! Prost, olles Reff!“

Ellen Lucia

Blot för't Ankiken!

Nich alltau wid von min Vadderstadt liggen twei Dörper, dicht ein bi'n anner, blot dörch dat Water trennt.

In dat ein von des beiden wahnten un wahnen noch jitzt blot Fischerlüd. In dat anner stünn un steiht noch jitzt 'ne olle ihrwürdig Klosterruin un en grotes hübsches Holt, wohen de Stadtlüd giern mit Kinner un Frünn'n rutwannerten, de Koffi-Tüt, Zucker, Stuten un Muschüken in de Taschen, sik dor en beten in'n Frien tau verlustieren.

Gasthüs un Gorens gaww et dunnmals noch nich as nu, wo all halw Stunn en lütt Dampschipp runne führt un de Trumpeters dor öfters eins upspeelen, ok woll mit en por bunte Ballongs un en por unschüllig Pechfackeln 'ne italjensche Nacht in't Wark setten.

Ach ne, de Stadtlüd müßten dunnemals noch ehr Beinwark in Bewegung setten. Blot wenn't eins recht wat gellen süll, denn kladdert' de ganze Fomili up 'nen groten Ledderwagen, un führt mit Kind un Kegel tau Holt. De Dörpfrugens kakten den Koffi un schleppten de nödgen Tassen ranne; denn mihr as söß hadd selten ein; un de wieren ok noch in alle Gröt un Kalüren. Irgend en Vadderbraudesähn hadd sei von 'ne Seereis' mitbröcht; un tau'n Zierrat stünnen sei för gewönlich längs de Kamburt, midden mang de grellbunten Biller, de nakten Wänn en beten uttauputzen.

All min sel Größings wieren bi de ollen Schäperlüd inkiehrt west; un ehr Kinner un Kindskinner gungen Mutte Bläuming nich vörbi. Wi all hadden de oll fründlich Frau giern, de allens so rendlich üm sik hel, un mitlerwil ok liehrt hadd, 'nen dägten Koffi tau kaken.

Wenn Mutte Bläuming nah Stadt kamm, denn gung sei uns äwerst ok nich vörbi. Sei müßt sik doch „nah ehr leiwen Frölns umkieken" un let sik denn en Kumm vull Koffi un en frischen Botterstuten bi uns eben so schön schmecken as wi bi ehr.

So was't in min Kinnerjohren west. Nahsten wier ick männig Johr nich nah min Vadderstadt un nah't Dörp rute kamen; un as ick wedder kamm, ach, leiwer Gott, wo was't allens anners worden!

De lütten Hüsings mit de scheiwen Ruhr- un Strohdäker, dei an ein Sied schier an de Ird störrn, as müssten's sik dor en beten stüdden, dei hadden nimodsche Hüser mit Ferandas un Balkongs Platz maken müßt. Ick hadd min leiw oll Dörp schir nich wedder kennt. Aewerst mit de Erinnrung an uns Kinnerjohren is't ok as mit so'n immergräunen Evarank. De klammert sik wiß an'n Bom, un wenn ok Twig üm Twig affstarwt, sei höllt wiß in Storm un Weder. Un wenn de oll Bom nakt un kahl dorsteiht, denn rankt sei sik noch fründlich üm em rüm un smückt em mit ehr gräunen Bläder, as wier ein nicks gescheihn.

So gung't ok mi!

Dor hadd de Kraug stahn, in den de lustgen Stedenten ut de Stadt intaukiehrn pleggten, üm mit Mutte Schultsch ehren Spaß tau driwen, taumeist wenn sei eins nich bi Kass wiern; denn Mutte Schultsch wier achte't Geld an as de Düwel achte 'ne arm Seel.

„Mutter Schultsch", hadden sei eins tau ehr seggt, „wir können heut nich einig werden, wer von uns die Zech bezahlen soll", un hadden sik taun Schien gewaltig miteinanner rümme kumplementirt.

„Ih, meine Herren, doräwer warden Sei woll äwereinkamen!"

Aewerst dat was so licht nich west. Ein was noch ümmer höflicher un iwriger west as de anner, un Mutte Schultsch hadd sik man müßt de Ogen taubinnen laten. Wen sei grep, de süll de Ihr hewwen, den Büdel tau teihn. Aewerst lies müßt taugahn, dat keiner sik verröt. Un min Stedenten hadden sik in de Stuw mit de Ollsch rümme narrt un wieren denn ut de Stubendör rute wischt un lachend de Landstrat hendal, nah Stadt hentau.

Min sel Unkel wier ehr begegnet: „Grüßen Sie Mutter Schultsch, un nächstes Mal wollten wir uns greifen lassen!" hadden sei em tauropen.

Un min Unkel müßt doch weiten, wat dit tau bedüden hadd, un wier stats bi Mutte Bläuming för ditmal in'n Kraug inkiehrt.

„Laten S' sik doch griepen, mine Herrn! Laten S' sik doch griepen!" hadd de oll Fru ümmer benauter ropen un mit de Hänn in de ledige Stuw rümme fuchtelt, bet sei Unkeln tau faten kregen hadd un de Binn herunne reten: „Na, nu betahlen S' man, min Leiwing!"

Un Unkel hadd lacht, un de Ollsch hadd schollen!

Ja, so was't west in de gauden ollen Tiden, un nu, nu stünn stats den ollen Kraug en vörnehm Wirthhus dor. Ach, dat was all nich mihr as sünsten!

Wat?! Stünn dor nich Mutte Bläuming ehr lütt Hüschen noch? Dat müßt jo de grot Beerbom sien, unne den wi, as Kinner, so oft un vel speelt hadden? As en ollen Bekannten grüßt hei mi. De weike Frühjohrswind spält in sine Bläder; un as sei sik so krüsten un flusterten, dunn was mi't, as wulln sei mi woll allerlei verteIln, wenn ick ehr man verstahn wull, un mi inladen, nich vörbi tau gahn. Un ick ded'! Ick müßt doch weiten, ob oll Mutte Bläuming noch lewt, un ob sei mi woll noch kennen ded?

Leis' gung ick rin. Dor satt dat oll Mutting. Up dat sneiwitt Hor de swarte Sneppenkapp, up de Näs de grote Hurnbrill, dei sei so oft uns hadd leihnen müßt taum Schaulmeisterspill; dor satt de Ollsch un stediert mäuhsam in ehr grot oltmodsch Gesangbauk.

Sei sach kümmerlich ut; doch Stuw un Kleed was bi alle Dürftigkeit so rendlich un fründlich as sünsten. Ick lehr min Hand ehr leis up de Schuller: „Gun Dag, Mutte Bläuming!"

De oll Frau kek up. De Brill tau Höcht schubend, un sik de ollen Ogen wischend, kek sei mi lang un wiß in't Gesicht. „Sei sünd et, leiw Fröling!" meint sei denn, un mi tau den besten Stauhl in de Stuw henlerrend, wischt sei mit de Schört dor an rümme, as künn dor mäglicher Wies noch en beten Stow ansitten: „Ne, wo grot un statsch Sei utseihn, un wo ähnlich Sei ehr sel Größing worden sünd!" Un de oll Frau wunnerwarkt hen un her, as dat so'n Lüd ehr Mod is.

Na, endlich künn ick denn ok fragen, wo ehr dat sörreden gahn, un wat ut all ehr Kinner worden wier?

Ach, slicht naug! – Ehr Mann, de oll Schäper, hadd lang krank legen. Dit Frühjohr hadden sei em grawen. De Döchter wiern arm verfriegt, hadden vele leiwe Kinner un vele leiwe Not. De Jungs hadden ok noch nicks Eigens; sei wiern hier un dor in de wide Welt verweigt; un de Jüngst – ach, dat was jo all ehr Jammer; dei stünn in de Stadt bi de Soldaten, dat hei wider deinen wull. Leg was hei nich, ne, wirklich nich, äwer lüftig, gor tau lüftig; hei hadd sin oll Mutting all so männig swore Stunn makt. Sei hadd em gewen, ümmer un ümmer wedder, dat Letzt schier, wat sei bi de Seel hadd, äwerst et was west as en Druppen up en heiten Stein; un nu was de Not am höchsten. Hei hadd wedder dumme Streichen makt; un wenn nich ball Rat würd, sin Schulden tau betahlen, denn jogen sei em mit Schimp un Schann von't Reg'ment furt, sei hadden em all eins dormit draugt.

De Ollsch was dat Hart taum Breken swor. Ehr beten Linn'tüg was verköfft, dat Hüschen verpännt. Von wat süll sei Hülp schaffen? Et was grad nich vel, blot för ehre Lag en groten Hümpel Geld. Wat süll dor ut warden?

De oll Frau wrüng sik orndlich, as sei mi dit so bi lütten vertellt. „Ach, min leiw Fröling! As min sel Mann noch lewt, dunn was't allen anners; äwer de Wittfru ahn Mann, is as en Goren ahn Tuhn; dor plündern sei all!“

Ick tröst’t, so gaud ick künn. Mi jammert de Ollsch. All ehr Lewdag hadd sei so flitig wirkt un schafft, un nu up ehr Olldag süll sei Kummer un Not liden? Ick gaww, wat ick missen künn. Et was nich vel, äwer de Ollsch was so dankbor; sei wüßt in ehre Hartensfreud nich, wat sei mi Leiwes dauhn süll.

Un en beten wat tau Gaudes müsst sei mi doch dauhn; et let ehr nich Rauh, dortau hadd sei en vel tau dankbor Gemäud.

Aewerst richtig! Ick hadd jo ehr schönes Lamm noch nich seihn. Ick müßt mit ehr för de Achtedör kamen; dor grast ganz vergnäugt up en lütten Strämel Grawenburt en sneiwitt Lamm mit siedenwiker Wull. Et was schier beweglich, wo tautruglich de beiden miteinanner wieren.

„Ach, Fröling, dit is jo nu min Ein un min All, min einzig Vergnäugen. Woll hunnert Mal, wenn de Not so grot was, heww ick’t verköpen wullt, äwer ick kunnt nich äwer’t Hart bringen. Ick kunnt nich! Ne!“

„Un dat Happen Geld, wat ick kregen hadd, düs’t hadd doch nich!“

„Min sel Mann hedd dat oll Mutteschap von’n Schippe tum Present kregen – den hei eins dat Lewen rert hadd. – Dat Diert künn de kolle Luft hier nich wendt warden, et sturw uns – as jüst dit lütt Lämming burn was. Ach, wo hett min sel Mann sik äwer dat Lütting freugt! Et is sin letzt Freud west! Vel frohe Stunn’n hett hei ok just nich hadd, un up sin oll Dag gor nich, uns’ Jung, de –. Na, wil’n ’t slapen laten!“ De Ollsch wischt sik de Ogen un nörrickt an dat Lamm herüm, dat ick’t nich seihn sull. Ick sach’t äwer doch! Ick drückt ehr de Hand un gung still nah Hus.

Wo giern hadd ick hulpen, blot dat ick sülwst nich wüßt, wo un woans? Ick termaudbarst’ mi den Kop, dat mi ganz düsig würd. Umsüß!

Up de Schasseh was vel Verkihr. Wat müßt min Vadderstadt doch grotstädsch worden sien? So vel schönes Veih dreiw an mi vörbi; hier ’ne How Käuh, dor Pird, dor Schap – dat müßt doch wat up Hänn hebben, denn Johrmark was nich! Ach richtig! Wo hadd ick dat vergeten künnt; dor was jo Dierschau morrn, un för de schönsten Diere wieren Prisen utsett. Mi schot dat Blatt: Dor was am Enn ’ne Hülp!

Blot Tid was nich tau verliern; un hest mi nich seihn, rönnt ick Plängschaß nah’t Dörp taurüg. Mutte Bläuming kek mi ganz bistrig an. Ick vertellt, so gaud ick künn. Aewerst mak ein man so’n oll Mutting in de Geswinnigkeit 'ne Dierschau klor, dat is en harter Stück as Kinner dat ABC liern.

Sei schürrköppt un schürrköppt un wunnerwarkt, as hadd ick minen richtgen Klauk nich. Ick hadd et jo gaud naug mit ehr in'n Sinn, äweerst ehr Lamm, ne, dorvon künn kein Red nich sien; sei künn't nich missen. Abslut nich! – Un hadden de Herrn dat ierst, dat sull't man seihn, denn gewen sei't ok nich wedder rut: dat Diert wier gor tau einzig schön! Un wenn – wenn ok; wat würden sei ehr grot gewen? Dat wier en Truppen up 'nen heiten Stein. Un wier dit ierst furt, denn nahsten verköfften sei ehr dat Hüschen äwer'n Kopp, un sei künn betteln gahn up ehr oll Dag.

Jedwederein hadd so'nen Finzel achte sik anbammeln, von den hei sik nich trennen kann, ok de Best! Peddt ein em dorup, denn ward hei arg; ok de Gaudmäudigst ward. So güng't Mutte Bläuming.

Ick hadd gaud reden; de Ollsch wrüng un wrüng sik – un tauletzt – drog doch de Leiw tau den verluren Sähn den Sig dorvon. Sei wull morrn tidig tau mi kamen, et wier so för ehr Kind. Ach ja, de Hoffnung is drist as 'ne Imm, sei drängt sik an jede Blaum un dröggt sülwst ut Durn un Distel ehren Honnig.

Männig ollen tauverlaten Fründ hadd ick von Mutte Bläumingen vertellt; männig einen, de eins bi ehr inkihrt was, müggt sei sülwst ehr Leid klagt hewwen, denn gor männig Gesicht, dat sik üm de Prißverdeilers drängen ded, sach mi ut, as hadd't hier nicks tau söken un wier blot üm Mutte Bläuming ehrentwillen hier.

Sei stünn'n üm ehr rümme un hadden in'n Umseihn en Spennwew von Niglichkeit üm de oll Frau treckt; un dat treckt an! Ein nah nen annern kamm ran un wull weiten, wat dat mit dat oll Mutting hier tau bedüden hadd? Un hei kreg't kleinfohrig tau weiten.

De Munsterung un Verdeilung gung ehren Gang. De Herrn von de Komischon scheesten dor mang rümme, as sühst mi woll, so recht äwerböstig, as dat bi so'n Amt Mod is.

Nu kammen de Schap an de Reih, un as ick mit't dacht hadd, so kamm't. As de Sak tau'm Swur kamm, hadd Mutte Bläuming ehr Lamm den höchsten Priß.

De Ollsch hadd dor stahn, in sik tauhop krapen, as 'ne Snickermus in ehr Hüschen; dat Hart voll Waddick un Weihdag. Ick hadd naug tau trösten hadd. As ehr de Kunn' würd, was sei pil in't Enn schaten: „Ne, mine Herrn, un wenn Sei mi noch so vel pisacken, ick kann't doch nich. Ick ded jo giern, blot, ick kann't nich. Ick heww min sel Mann dat anlawt, mi von't Diert nich tau trenn'n. Wo süll ick woll för em bestahn, wenn hei dor baben mi dornah fragen würd? Ne, ne, ick kann't nich. Behollen Sei man ehr Geld, ick beholl min Schap!"

„Mutterchen, behalten sollen Sie's ja auch. Wenn Sie's aber verkaufen wollen, so geben wir fünfmal so viel, als –"

„As dit hier is? Ne mine Herrn. Ick bünn tau olt, as dat Sei ehr Jökeli mit mi driwen sulln."

„Das tun wir auch nicht!" begäuschten de Herren. „Na, nehmen Sie nur Ihr Geld und Ihr Lamm und gehen Sie getrost nach Hause."

„Herr Jes', un all dit Geld blot för't Ankiken? Blot för't Ankiken? Wo is't mäglich!" un de Ollsch wull de Herrn de Hänn küssen, un sei hadden naug tau daun, ehr aftaustüren. Weihdauhn wullen sei ehr doch ok nich. De Ollsch sach so selig ut, as hürt sei all de Engel in'n Himmel singen. Männigeinen von de riken Landherrn müggt dat weik üm't Hart warden, männigein müggt sik wat seihn laten willn, na, dat was jo nu glik gaud. Sei grepen in de Taschen, un männig Dahler flog in Mutte Bläuming ehr Schört. So rik was oll Mutting ehr Lewdag nich west! Ick künn mi för ehr Dankwürd gor nich bargen, un ick hadd doch nicks för ehr daun künnt, as ehr raden. „Aewerst nicks geiht äwer'n gauden Rat tau rechte Tid", pleggt all min sel Größing tau seggen.

Up de sülwig Städ äwer, wo eins oll Mutte Bläuming ehr lütt Hütt stünn, dor steiht nu en smuckes Hus, dat sik seihn laten kann; un dei dor in wahnt, kann sik ok seihn laten för Gott un alle Welt. Mutte Bläuming ehr jüngst Sähn is et; hei is 'nen dägten Landmann worden, de mit den bunten Rock ok alle Lüftigkeit uttagen hedd. Sin oll Mutting is lang dor baben bi ehren sel Mann; un süll hei ehr fragt hebben, so hett sei em gaude Kun'n bringen künnt: von't witte Lamm un't swarte Schap. – Sei seggen jo: So'n swart Schap sall in jere Fomili sein!

Dat Lamm äwerst is utstoppt worden; et steiht in de best Stuw; et hett en roden Halsband üm, mit 'ne Klock doran. Un wenn de Kinner recht orig west sünd, denn dörben sei dormit speelen, äwerst – blot Sündags!

Fritz Godow

Gottlieb Öhmken sin irst Stadtreis'

Wenn de Bur up Reisen geiht, wat man sillen vörkümmt, leggt hei sick drei Dag vörher alles taurecht, dormit hei nicks vergeten deit. Hei schlöppt ok woll de letzte Nacht nich mihr, dormit hei jo nich de Tid verpaßt. Un geiht nu de Reis' los, so kümmt hei meistens tau späd, orrer hei hett wat Wichtiges taurügg laten. Dat letzte was bi Gottlieb Öhmken nu ok de Fall. Hei hadd sick nämlich de Adress' von einen Bekannten utkundschaft't, de em in Stettin taurechtwiesen süll, un de hadd hei vergeten. Wat nu? Umkiehren kunn hei nich mihr, sünst kamm hei nich tau rechte Tid an de Bahn. Hei müßt sick also in sin Schicksal ergewen un sick von sin Fru utschellen laten. Dei was nämlick ok mit von de Partie.

Na, endlich hürt hei up mit Koppschüddeln, wil hei dacht: Wotau heww ick denn dat Mul? Ick kann jo de Lüd in Stettin utfragen, dor ward doch einer Wilem Peiters kennen, un mit dat Utfragen fung hei up de irste Station denn glik an. De Lüd gewen em nu männ'gen Rat. Einer wull ein Polizisten fragen, de anner ein por Gröschen wagen, de drüdde wull einen Kopmann üm dat Adreßbuch bidden. So sprok jeder sine Meinung ut. De letzte geföll Gottlieb' am besten; denn mit de Polizei wull hei nicks tau daun hewwen, un kosten wull hei sick dat ok nicks laten.

So kemen sei in Stettin an. Herjeh! Wat was hier för'n Lewen up'n Bahnhof! Wat lepen hier för Lüd up un af! Gottlieb hadd gor nich glöwt, dat dat so vel Minschen in de Welt gewen kunn. Em würd von den Wirrwarr orrendlich dämlich in'n Kopp. Dat hei mit sin Mariek glücklich up de Strat kamm, rekent hei sick as 'ne grote Klaukheit an, wil hei sick seggt hadd: du sallst ümmer den grötsten Hopen nahlopen. Nu schüddelt hei den Kopp oewer de velen Kutschen, de dor bereit stunnen; un as ein Herr rep: „Droschke, vorfahren!" wüßt hei, dat vel Droschkenkutscher up em lurten; un hei dacht bi sick: Wenn all' Sträng riten, klatterst du mit Marieken in so'ne Kutsch un lettst di nah Wilem Peiters hinführen. Wenn ich doch sine Wahnung irst wüst!

Am Bahnhof führten ok Wagen von de elektrisch Bahn up un af. As hei de sach, was hei tauirst ganz baff, endlich rep hei: „Nee, wo is't moeglich! Hier führen sei gor mit 'n Diestel nah baben. Oewer wer schüwwt denn de Wagen? De hewwen jo gor kein Maschin vör sick."

Dat Geheimnis müßt hei lüften. Hei frog dorüm einen noblen Herrn, ob wat för'ne Ort un Wis' disse Wagen vorwärtsdrewen würden. De Herr säd: „Sie werden durch den elektrischen Strom bewegt." Nu kek Gottlieb den Herrn so unglöwsch an, as wenn em einer vertellt hadd, dat ein Spaling einen Puthahn von'n Hof jagt hadd. De Herr markt dat un sett't hentan: „Wenn Sie vom elektrischen Strom noch nichts gehört haben, so kennen Sie doch den Blitz. Durch den werden die Wagen auf den Schienen mittelst der aufrechten Stange fortbewegt." Dunn dreht' hei sick üm un gung af.

Nu würd dat unsen Gottlieb irst recht dämlich in'n Kopp. Dörch 'n Blitz! „Dunnerschlag, de Kirl will mi tau'n Narren hollen. So'n Ekel!" So rep hei ut un kek sick üm. Doch wat was dat? Wirklich, dat blitzt! Dor an den langen Draht. Mariek sach dat ok. Dat gung unsen Gottlieb ganz oewer den Strich. „Dat blitzt ahn Gewitter bi kloren Himmel. Wat de Lüd doch allens farig kriegen! De fuschen unsern Herrgott in't Handwark." So rep hei ut un treckt sin Marieken fix an de Sid; denn hei kreg dat den Ogenblick mit de Angst. „Wenn dat man nich inschleit", säd hei, „dat is gefährlich!" Sin Frau begäuscht em oewer un wiest up de Lüd, de in de Wagens seten un kein Angst hadden.

Gottlieb gewohrte nu ok de groten Schäpen, de dor an't Bollwark liggen deden, tau'n irsten Mal in sinen Lewen, un hei säd: „Kiek mal, Mariek, de sünd vel gröter, as sei up de Biller utseihn. Dunnerschlag! Dor is jo 'ne orrendliche Stuw mit Fenster in! Ob man woll in so 'nen Kasten nah Amerika führen kann?" Dat kunn sin Fru denn nich weiten, un so bleiw dat bi de Frag. En grot Kahn hadd Murstien' utladen, un Gottlieb frog einen Steindräger, wo oft dat hei tau den groten Hopen Stein', de up't Bollwark stund, führt hadd. De gaww as Antwurt: „Den hewwen wi eben utladen, de Hälft is noch in 'n Kahn." Nu lachte Gottlieb recht höhnschen un säd: „Hier liggen woll an twintig Dusend Stein', un denn soelen noch twintig Dusend utladen waren? Dat segg einen Dummen vör, de Murstein weggt soeben Pund." – „Na", gaww de Steindräger nu taurügg: „Wenn du tau de Klauken hürst, worüm fröggst du denn de Dummen? Du hest in dinen Lewen woll wider nicks seihn as 'n Kauhschwanz. Kumm man rin un help utladen, dormit du din Grütt loswarst."

Nu mischten sick ok de annern dormang, un Gottlieb kreg de nüdlichsten Namen tau hüren, so dat sick Mariek in't Middel leggen un em wegtrecken müßt. Hadd sei dat nich dahn, so wir hei woll noch in 'ne

Schlägerie geraden. Licht würd ehr dat nich, em lostauiesen, denn hei was stifnackig un meint': „De Kirls willen mi dumm maken, dat bruk ick mi nich gefollen laten!"

As sei nu widergungen, folgten sei de elektrisch Bahn, un ball hadden sei dat Rathus vör sick. Gottlieb dacht tauirst, sei stunnen vör't königliche Schloß, von dat em Fritz Bohn vertellt hadd; oewer as hei nah de Klock söcht, de ümmer de Ogen verkiehren süll, kem hei von sine Meinung af, doch so ganz klor was em dat nich, dorüm kreg hei 'ne olle Fru an, de em dat grot Gebüd as „Rathus" beteikent. Doch wat is dit? Sei wiren bi'n Mandelbrunnen. De gaww ehr tau raden up. Dat dat 'ne Waterkunst was, kunn jeder seihn; oewer wat hadden de naklichen Lüd tau bedüden? De Waterjungfer mit 'n Fischschwanz kunnen sei sick verkloren. Dat dat in 't Weltmeer so wat gewen ded, hadd ehr Korl Pieper, de in de wide Welt rümkarjolt was, vertellt. Naklich müßt so'ne Jungfer ok sin, wil sei ümmer in 't Water wir, oewer dat anner Wiw, wat dor so langwegg leg, was ehr en Rätsel. So'ne stramme Fru hadd Gottlieb noch nich seihn. Dat was nich natürlich, tau'n wenigsten ehr Achtersid. Dat sei naklich was, kunn nich anners sin, dat hadd Mariek ball rutfunnen. Sei säd: „Dat Water spritzt sihr, wenn dat Wiw en Antog hadd, müggt de woll nich drög waren." Dat let Gottlieb gellen. Oewer wat hadd de grote Mann up de anner Sid tau bedüden? Gottlieb höll em för glupschen stark, noch starker as Goliath; en Ries' was hei jo ok. Mariek was de Meinung, dat hei woll de Mann von dat Wiw dor baben sin müßt; denn jedenfalls kummandiert de, un hei müßt ehr den Willen daun. Dat billen sick nämlich de meisten Frugens in, dat sei ehr Männer regieren möten, un dat is för sei en säut Gefäuhl. Na dat giwwt jo unner de Mannslüd ok woll männig Waschlappen, un för de is so'n Wiwerregiment alltid heilsam. De beiden groten Diere, de dor Water spuckten, höll Mariek för Waterkatten, wil sei Flomen un Krallen hadden. Gottlieb taxierte sei för Draken, hei wüßt oewer nich, wo sei de Flüchten laten hadden. Den Mann, de dor vör up'n Kahn satt, bröchten sei glücklich as'n Fischerknecht unner, wenigstens säd Gottlieb dat so lud, dat dat en jung Minsch hürt', de neben em stund un recht gebild't utsach. As de bemarkt, dat süll de Gott „Merkur" sin un kein Fischerknecht, antwurt't Gottlieb so recht mit Oewerlegenheit: „Unsen Herrgott hett noch kein Minsch ‚Merkur' näumt. Wenn Sei dat daun, denn kennen Sei de Schrift nich. Ick weit dat beter." De jung Minsch dreht' sick nu üm, un in'n Weggahn lacht' hei so vör sick hen.

Nu gung Gottlieb mit sin Fru de „Grüne Schanz“ rup, un beid schüttelten de Köpp oewer de groten Hüser. „Nee, wo is't moeglich!“ fung nu Gottlieb an, „wenn einer dor bet an dat Dack rupklabastert, is jo de halwe Dag tau Enn.“ Hei wull noch mihr seggen, oewer hei hürt Trummeln un sach Soldaten. De wiren för em alltid 'ne Ogenweid west, dorüm lep hei fix bargup, dat hei noch wat tau seihn kreg. Mariek gung sachten achter em her.

Mit einmal stunnen sei vör 'n „Felderhofbrunnen“, un Mariek rep: „Kiek hier! Hier steiht jo en ganz splinternaklig Wiw! Pfui! De hett jo nich en Happen Anstand. Wo is't moeglich, dat de Polizei dat liden deit!“ Gottlieb was oewer anner Meinung un säd: „Nee, Mariek, lat gaud sin, dat is doch en schmuck Wiw. Sowat Gauds heww ick in minen Lewen noch nich seihn? De süht beter ut as de Pird', de sünd ja man halw, wil de anner Deil unner Water liggt. Dat is man kurjos, dat dat Wiw führen will ahn Toegel un Pietsch. Un denn weit ick nich, worüm sei en Hektspeer in de Hand höllt un mit'n Finger up de beiden Reiher wiest. Will sei de upspeiken?“ De Frag bleiw unbeantwurt't; denn Mariek kreg em an den Arm tau faten un sprock: „Kumm, wi hewwen kein Tid.“ Oewer Gottlieb hadd vel Tid; hei kunn sick von dat schöne Wiw gor nich trennen un frog: „Ob dat von de woll 'ne Afbillung giwwt? De müggt ick mi köpen.“ Nu würd Mariek oewer falsch un säd: „Lat di man sülwst afbillen un up 'n Pipenkopp malen, denn hest du genaug!“ Sei gungen nu wider un ratschlagten, wo sei Wilem Peiters finnen kunnen. Gottlieb frog denn einen Mann, de 'n Paket drog, ob hei nich Wilem Peiters kennen ded. De Mann grient' denn un frog: „Wat bedriwwt denn de för'n Geschäft?“ – „Hei is Breifdräger“, anwurt' Gottlieb. „Na, denn lett sick dat vielleicht maken“, säd de Mann. „Hier dichtbi is jo de Post; dor fragen Sei man einen Beamten, sünst möten Sei sick an einen Kopmann wennen.“

Nu gungen beid in de Post. „Dunnerlüchting! Is dat hier fien“, säd Gottlieb un frog dörch 'n Fenster einen Postminschen: „Herr Beamter, koenen Sei mi nich seggen, wo de Postbot Wilem Peiters wahnt?“ De Mann antwurt't em: „Solchen Boten haben wir in diesem Revier nicht, es sind in Stettin über 100 solcher Leute beschäftigt, da können wir nicht jeden einzelnen kennen.“ Nu was Gottlieb so klauk as vörher. „Mariek, hest't hürt? Oewer 100! Wo kann dat blot so vel Breiw gewen, dat de Lüd Arbeit hewwen. Ick heww bet nu in minen Lewen man twei Breiw schrewen, un de ein' is noch wedder taurüggkamen.“ Nu gung hei rut un kek links un rechts, ob hei nich einen Kopmannsladen tau seihn kreg. Oewer einen Kopmann hadd hei de Meinung, de hei all as Kind hewwen ded. Dat was en Minsch, de Hering, Zucker un Seep verköfft. Un so einen Laden, in den dat tau hewwen wir, was narend tau finnen, so wat hadden de Schaufenster nich. „Dat is doch wunnerbor", säd hei tau sin Frau, „dit is 'ne lange, fine Strat un hett nich mal 'n Kopmannsladen!" Hei kreg nu wedder 'ne Frau an. „Segen S' mal, giwwt dat hier in disse Strat keinen Kopmannsladen?" De Frau kek em mit groten Ogen ganz ängstlich an. „Lieber Mann, dies sind hier lauter Kaufmannsläden", antwurt't sei. „Was wollen Sie denn kaufen?" – „Köpen wil ick nicks", säd Gottlieb, „ick wull man fragen, wo Wilem Peiters wahnt." – „Ach so, Sie suchen ein Adreßbuch! Na, dann gehn Sie man hier gleich hinein und bitten darum." Dat ded denn nu Gottlieb ok. De Kopmann was sihr höflich un gaww em dat Adreßbauk. Dat was so dick as 'ne Bibel, un Gottlieb bekek dat tauirst von alle Siden. Dat dat so 'nen dicken Kalenner gaww, hadd hei nich dacht, sinen Kalenner kunn hei bequem in de Tasch stecken. Nu söcht hei un söcht un sach so hülplos ut as en lütt Kind. De Kopmann schmunzelt', denn hei sach em de Verlegenheit an. „Sie finden wohl nicht darin zurecht, geben Sie mal her. Wen suchen Sie?" Gottlieb gaww Antwurt. Nu vergung en Ogenblick, dunn säd de Kopmann: „Der Gesuchte wohnt Blücherstraße 125, drei Treppen hoch. Ich rate Ihnen, sich ein Droschke zu nehmen, die fährt Sie bis zur Tür jenes Hauses." Gottlieb bedankte sick denn un dacht: De Mann hett recht, 'ne Droschke kann jo nich en Hals kosten. „Wat was de Minsch doch klauk! Hei kek man blot in dat Bauk, un glik hadd hei de Wahnung funnen."

As hei sick nu nah ein Fuhrwark ümkek, föll em dat grote Kaiser-Denkmal in de Ogen. Nu was hei wedder ganz baff un säd tau sin Fru: „Kiek mal Mariek, wat för'n Hingst! Nee, wo is't moelich! Jede Ader is tau seihn, grad, as wenn dat Pird lewt. Wat doch de Lüd alles maken koenen!" Dorup kek hei sick de Eckfiguren an. „Kiek mal, den is den Helm runnerschaten, dat möt scharp hergahn sünd. Hei hett ok woll eins afkregen, wil hei mit de Hand nah de Bost grippt. Un wo grimmig de Kürassier utsüht! De will blank trecken, vör den kann man jo Angst kriegen. Süh! De Matros' will dörch dat Fernrohr kieken, üm tau seihn, ob de Luft rein is."

Hierup gungen bei den Königsplatz lang. Vör dat Denkmal von de ollen Fritz maken sei halt. „Dunnerschlag, Mariek", rep Gottlieb nu ut,

„dit möt de olle Fritz sin, dat deit mi sin dreitütig Haut verraden. Ja, dat is hei, dor steiht dat anschrewen. Schnurrig is dat, dat hei up einen Kachelaben steiht, kunn hei nich ok tau Pird sitten?“ Vel Koppterbreken makten em de beiden Bäuker, de de König tau Fäuten liggen hadd. Dat unnerste was seker ein Adreßbauk, so as hei dat bi den Kopmann seihn hadd; dat öbberste kunn moeglicherwis’ de Bibel sin. Dat wull Mariek oewer nich gellen laten. „Hei ward doch Gott’s Wurt nich an de Ird tau liggen hewwen“, säd sei.

Sei gungen nu wider un stunnen bi’t Königsdur, wo fiw Droschken hollen deden. Oewer dat olle Dur kunn Gottlieb mit sick sülwen nicht einig waren. Dat de Lüd hier früher dörchführt wiren, was em klor, sünst kunn man dat doch nich as Dur beteiken. Wat hadd dat hüt oewer för en Zweck? Gor keinen? Dat kunn hei sich nich denken. Nah vel Hen- un Hergrüweln meint’ hei endlich: „Dat ward hüt woll en Sprüttenhus sin; denn Stettin möt doch Fürsprütten hewwen, un de möten unnerbröcht waren“, dormit gaww sei sick taufreden. Un wil nu dat Denkmal von Friedrich Wilhelm III. dichtbi stund, so gungen beid an dat heran. Gottlieb höll dit Denkmal för dat grötste Kunstwark un taxierte den Pris dorför gewaltig hoch. „Süh mal“, säd hei tau sin Fru, „de annern Denkmäler sünd gaten, dit is ut’n groten Stein kloppt. Ick weit blot nich, wo dat moeglich is; denn so’n Stein springt doch glik, wenn dor rupschlagen ward. De Kunst geiht doch sihr wid.“ Gor tau girn hadd hei nu weiten müggt, worüm de König den Arm so utstreckt un wat hei dormit seggen wull. Tau sinen Glück kreg hei twei Meinungen doroewer von einen Soldaten tau hüren, de mit sinen Vadder ok vör dat Denkmal stund. De Herr Unteroffizier – denn so würd de Soldat tituliert – säd nämlich: „Weck gewen an, de König streckt den Arm ut, üm tau seihn, ob dat regnet; de annern meinen, de König wull seggen: ‚Pst! Makt keinen Larm!‘“ – „Ja“, sprok nu Gottlieb ganz lis’ tau sin Fru, „nu weit ick doch nich, wat richtig is.“

As sei an de irste Droschke kemen, fung Gottlieb an tau hanneln, oewer de Kutscher let sick dorup nich in. Nu bleiw em wider nicks oewrig, as tautaustimmen, un beid klatterten denn in de Droschk. De Kutscher steig af un namm de Decken von de Pird’. Wildessen stegen in Gottlieb allerhand Bedenklichkeiten up. Hei dacht an dat, wat von de Droschkenkutschers vertellt würd, un nu kreg hei dat mit de Angst, un fix was hei ut den Kasten wedder rut; sin Mariek müßt em folgen. Tau den Kutscher sprok hei: „Mi is dat leid worden.“ Oewer de schmet sick nu hellschen in de Bost un antwurt't: „Mi is dat glik, oewer dat Fohrgeld möten Sei betahlen; denn ick bün von'n Buck stegen un heww de Pird de Decken afnahmen. Wenn Sei nich gaudwillig tahlen, fläut ick oewer de Polizei."

As sei in de Blücherstrat utstegen, kamm hei wedder in Bedenklichkeiten von wegen de Adreß, ob de nämlich de Kopmann ok richtig aflest hadd. Dorüm sprok hei to den Kutscher, dat sine Fru dat hürt: „Min Fru kann noch en Ogenblick sitten bliwen. Ick war tauirst de Treppen rupstiegen, üm tau seihn, ob Wilem Peiters dor ok wahnt; hei kann jo wegtreckt sin. Woans find ick em oewer, wenn dor noch mihr Lüd tau Hus sünd?" Dunn säd de Kutscher: „An jede Dör steiht de Nam von de Inwahners. Trecken Sei dor man de Klock, dann ward upmakt." – „An de Klock sall ick trecken?" frog Gottlieb ganz verwunnert un ging, kamm oewer bald wedder taurügg un säd: „Ja, hei wahnt dor, oewer de Dör hett jo keinen Drücker, un'ne Klock heww ick ok nich funnen." Nu steg de Kutscher von'n Wagen – em was dat spaßig tau Sinn – und säd: „Ick war Sei an Urt und Stell bringen, oewer dat kost't twei Groschen mihr." Hei treckt nu an den Knop von den Klingeltog. De Breifdrägerfru kamm rut, un Gottlieb und sin Fru hadden ein Unnerkommen.

Kurt Poppe

Preußenplatz

Vom Preußeplatz weite weck Lür in Kolberg bloßig so väl, datt s' hier im Soamer upp'n „Marcht" vör twei Grösche billger un vör söwen Grösche schlechter köpe könne ass in't Stadt, datt s' hier vör 'n Grösche 'n Blick in't Taukunft daun könne, watt ähr jerer Koartenlägersch väl gründlicher un bäter in Kolberg uck besorgt. Orer süss kriege s' d' Preußeplatz noch eis tau seihn, wenn eis 'n Foahn inweiht un die Ehrejungfruge vom Rägen uppweikt ware.

Ick kenn 'n all, ass hei noch 'n ganz anner Gesicht harr. Ass doar noch dei Wallgroawe güng, ass in't Gegend noch dei „Hohe Katz" leig. Von mien'm Luntentorm ut häw ick hier all Hüser, all Stroate uppwassen seie. All häwe s' sick rutputzt in tegen, twintig und drüttig Joahre –

bloßig dei Preußeplatz hätt datt bitt in sein Aeller nich awer'n Latern in't Mirr un n' Steindamm öawer sein Röge bröcht.

Iss so recht datt Steifkind von't Stadt bläwe. „Kaiserplatz" un „Viktoriaplatz" sünd dei beere richt'ge Kinner. Dei ware utputzt, dei kriege all Joahr tau'm Soamer n' ganz niege Antog, dei lött Vodder all veirtegen Doag dei Hoar schniere, dei steckt Mudder noch Rose un Blaume in't Hoar. Un nu kiekt Jug datt Steifkind an: dat mutt in Hulttüffle goahn, däm wasse dei Hoar ass Struwelpetern, däm kiekt datt Hemd öawerall ut d' Hos.

Un wenn dei Soamer un dei Boargäst koame, nimmt Mudder Kolberg ähr beere richtge Kinner an't Hand, möckt 'n fründlich Gesicht un seggt: „Hab'n Sie schon meine beiden Kinderchen gesehen? Kommt, gebt schön Händchen!"

Dei bed könne woll schön Händchen gäwe. Oawer datt anner. Ass Aschenputtel steiht s' in't Eck un schämt sick, datt s' in son'n Upptog von ähr Mudder upp't Stroat loate ward.

Mi fräug eis 'n Fremd, dei öawer Viktoriaplatz un Kaiserplatz dörch't Kummertstroat an'n Preußeplatz koame wär: „Was ist das?" Ji dinke: dumm Froag. Dei Preußeplatz iss vörn 'n Soamer Rummel-Marchtplatz, un wenn dei acht Doag im Joahr vörbie sünd – na, watt iss hei vör dei anner einunfufzig Wäken?

Tauierst iss hüt dei Preußenplatz „Sportplatz" för ein Hetz von Junges. Wenn du Glück häst, kümmst' heil röawer. Eigentlich müßt dei Stadt an beer Ecke uck 'n Verkehrstorm buge loate, so ass in Berlin. Müßt 'n Signal upptreckt ware, wenn dei Middelweg „ballfrei" wär, un dei Herre Junges mit 'n Schlaghult d' Weg frei gäwt häwwe. Oawer ganz so schlimm, ass bös Lür ümmer segge, iss datt wirklich nich. So'n Schlagball möckt am Kopp man 'n klein Brusch, un wenn dei Fustball di eis an't Näs flüggt, väl mehr ass blaure kanns' doch uck nich. Mußt du di oawer än Brill up't Näs sette, dunn däst du doch bäter, du nimmst sei eiste aw, wenn 'n Oewergang äwer'n Preußeplatz in dien'm Reseprogramm vörseihn iss. Tauräre kann ick die nich. n' Brill kost't väl Gild, un wenn s' di mit 'n Treffer in't Brilleglas bedinke, mußt du am Inn uck noch taum Dokter loope. Noch schlimmer sünd dei Fautballers upp'n Preußeplatz. Wenn dei ut dei Kummertstroat gegen dei ut Dom- un Wendenstroat n' Rückspäl anseggt häwwe, un du mutt'st noch schnell öawer'n Platz – ick warn die. Eigentlich müßt upp d' veir Ecke 'n Woarnungstoafel anbröcht ware:

Halt!
Wenn das Kommando der Fuß-, Schlag- und
Faustballer ertönt oder der Sportbetrieb aus
sonstigen Anzeigen deutlich erkennbar ist!

Wenn du oawer in'n Turnverein geihst un tränierst jere Dag im Lopen, dunn büst du noahm halwe Joahr so in't Aeuwung, datt du dei Woarnung in't Luft schloage kast.

Dei Preußeplatz iss uck Häurplatz vör Gäus un Güssel. In letzt Tied häw ick bloß noch ümmer twei Gäus seihn, ick will gerecht sinn. Dei Stadt künn oawer ümmer upp'n Preußeplatz 'n Gauszucht anläge, Gras naug wasst doar! Un tüschendörg kün uck noch megt ware. Dei Vörschnitt wör sick lohne, spoarer iss datt „unproduktiv", dunn kümmt dei Joahrmarkt dortüschen, un dunn ward doch väl „Flurschaden" upp dei schön Preußeplatz-Wisch anricht't.

Dei Preußeplatz iss för acht Doag Joahrmarcht, un dorüm mutt hei so bliewe un dorüm dörf hei keir Schmuckplatz ware. (So dinke väl). Vör einig Wäken keim 'n Mann tau mi un heil mi'n Vörtrag öawern Preußeplatz. Hei füng an: „Sie sind doch auch Kaufmann?"

„Ne", meint ick, denn ick häw wahrhaftig nischt tau verköpen.

„Schadt nichts!" antwurt dei Mann. „Sie als Privatmann werden ja auch 'n vernünft'gen Gedanken fassen können!"

Ick geiw ähm tau bedinke, datt hei sick nich tau grote Hoffnungen hängäwe schull.

„Sind Sie dafür, daß die Stadt das Geld wegschmeißt?"

„Ne, wahrhaft'gen Gott nich!" (In dei schön Tied, ass datt noch kein Tribünekoarte im Stadtparlament gaw, häw ick 'n Semester Kommunalpolitik hört.) „Datt's 'n Fähler, Gild wegschmieten, sowieso –"

„Na, dann unterschreiben Sie dies man." Eigentlich fäuhlt ick mi mächtig kommunalpolitisch uppkratzt, datt ick vör würdig anseihn würd, 'n Schrift tau unnerschriewen, weck datt Gildwegschmieten in Kolberg bann schull, oawer – schräwen Schrift iss schräwe, un so wil ick noch weite …

Ass ick nu Noamen fünn, dei eigentlich mit 'n Preußeplatz nischt tau daun häwwe, dunn meint ick: „Ne, ick bünn eigentlich doarvör, datt ut 'n Preußeplatz keir Marchtplatz, sonnern 'n Schmuckplatz ward."

„Adche!" seggt dei Mann un wass all weg.

Nu ward datt Preußeplatzeg (ick mein datt „Projekt", nich dei Hauseger von dei beer Preußeplatzgäus) von 'n Kommission utbrögt, un dunn schall datt Preußeplatzküken d' hoge Stadtverordnete vörstellt ware. Upp datt Küken sind wi alle nieglich.

Ick seih all'n niegen Preußeplatz: ein Reig Böm hier in't Quäer, ein Reig Böm doar in't Quär. Ass wenn dien'n Hosendräger öawer Krüz ümbindst't. Un an't Sied rund üm'n Platz noch 'n Reig Böm. Dunn häwwe im Soamer dei Junges biem Gäushäure doch ümmer 'n Stell, wo's üm dei Böm towe könne. Un Joahrmarcht tüschen dei Böm iss uck nich schlecht. Wenn hei mit dei „Nasenflöte" unner so'n Bom steiht und spählt: „Unterm Lindenbaum, da hab' ich dich zuerst gesehn –" An 'n Bom kast n' Zatl noagle, an 'n Bom kast n' Strick binne un dei Jumpers un Florstrümp un Korsetts (das letzte Wort hätt ich gestrichen! Der Setzer.) upphinge – dei Böm sünd noch tau väl tau bruken!

Orer schull ut däm Eg uck 'n anner Küken utbrögt ware? N' richt'-gen Schmuckplatz! So mit richtig Gräun un Böm un Strück un Weg – so ganz häw wi rund üm'n Luntentorm dei Hoffnung noch nich upp-gäwt.

Auf hohem Wall am Luntenturm
Stand Nettelbeck in Brand und Sturm
Als Anno achtzehnhundertsieben
Dem Franzmann wurde was verschrieben
Von „Hoher Katz!"
Fort Graben, Wall und Bastion,
Erinn'rung schwand in Kürze schon.
Entstanden sind im Lauf der Zeit
Haus, Straßen. Tot Vergangenheit
Am Preußenplatz.
Mach sie lebendig! Acht' heut wieder
Was uns verkünden Bardenlieder.
Kleid' ihn in Rasen, Blumen, Bäumeschatten
Und schaffe hier, was wir nicht hatten:
Den Preußenplatz!

Dei Stroat

Irgendwo häw ick eis läst: „Die Straße ist die Physiognomie einer Stadt." Datt stimmt. Uns Stadt Kolberg hät doarnach besonners im Sommer 'n recht fründlich Gesicht. Dunn süht s' ut ass 'n schmuck jung Dirn mit 'n Blaumestrutz in't Hand, mit 'n Ros' an't Bost un gräun Kranz im Hoar. Im Winter möckt s' 'n muchlich Gesicht. Ganz verdinke kann't ähr datt oawer uck nich.

Jerer Stadt hät so ähr eigen Stroate, dei so 'n Noam vör sick häwwe: 'n Loopstroat, 'n Verkehrsstroat, 'n still Stroat. Kumm eis mit mi mit in uns Loopstroat, in't Münderstroat, morgens früh. Dor löppt un rönnt datt all nah Klock sösse los: dei Bäckerjungs sünd weck von dei eiste, dünn kümmt dei Schornsteinfäger; dei Mürers, dei Arberers. So üm achte möckt't Stroat 'n anner Gesicht: dunn geiht in't Schaul, dei kleine schmucke Mäkes flitze in't Geschäft – datt letzt Inn geiht't all ümmer im Hundrapp – un dunn iss't 'n Tied ruhiger. Dei Mälkfruges rönne von Hus' tau Hus', dei Breifdrägers moake sick upp't Bein un stiege Trepp upp, Trepp aw. Am schlimmste ward oawer so oawens üm sösse, wenn't Jalusie vörm Geschäft „Rrrr" moakt hätt! Dunn häst du nischt mehr in't Münderstroat tau säuken! (Ick wenn'd mi natürlich an juch, dei ji all ut dei Joahr rut sünn!) Datt's öwerall so: in Köslin klemmes' sick in't Bergstroat dei Hacke aw, un in Stettin kriegst upp'n Paradeplatz üm dies Tied kein Luft im Gedräng!

Dei grot Schwester von dei Münderstroat – dei Kummertstroat – kiekt so'n bät neidisch tau. Iss so, ass wenn in 'n Familg ein upp 'n Backoawen sett't ward. Doartau find't sick keir Brutmann. Iss so schön grot un awwusse, möckt sick so staatsch un stickt sick im Sommer dei schönst ror Blaume an. Helpt all nischt. Ick arger mei ümmer, wenn dei Lür bloß so dörchrenne. Künn ji – ick mein nu vör allem juch Kolberger Flitzers un Gents! – nich eis der „Bummel" hierhär verläge? Vör dei Lür, dei wirklich watt in't Münderstroat tau dauhn häwe, wör dunn dor doch 'n bät Platz, un sei mutte nich ümmer upp't Pflaster. Oeawerleggt juch datt eins.

Still Stroate gawt früher upp't Münd. Dor hörst du nischt vom Geloop un Gerönn un Gefäuhr un Getut. Wass so'n richtig Tiergoreviertel. Hüt iss datt uck nich mehr so.

Oawerhaupt hätt dei Stroat ut dei nieg Tied 'n ganz anner Gesicht bekoame. Jetzt iss dei Jugend Herr upp't Stroat, dei fauhrt doar datt

Regiment! Un watt vör ein! All Lür kloage Stein und Bein. Nich bloß öawer dei sogenannt „Stroatenjungens“ von früher. Ach ne, dei Sort hät ’n Kokurrenz kräge, un dei iss noch bienoah väl schlimmer ass dei ull Sort. Mit bloag Mütz un gräun Mütz un oahn Mütz, binn’ nich mit ähr an, wenn s’ upp’n Preußeplatz mit ’n Ball di tüschen dei Bein koame orer mit ’n niegste „Nervenstärkungsapparat“, mit dem Scheit- und Knallschlötel ’n Aeuwungsscheiten von noahmiddags um fiefe bitt oawends üm söwen awhulle.

’n prächtig Stroaten-Verkehrsmiddel iss uck ’n „Selbstfahrer“ – datt giwt weck mit veir un weck mit twei Rärer, dei menschlich Geist iss joa erfinnerisch, un dei Bürgersteg nich tau breit – dei sei an dien frisch uppbügelt Hos’ orer an’t hell Frühjoahrskostüm orer sogar an dien hellgäl Florstrümp eis ’n bät awwische, ähr sei noah boawen trecken. (Nu moakes Muttern gewiß der Korridor nich mehr utfeihn.)

„N’ besonner Oart von Stroat iss dei Prom’nad. Upp dei sünd väl uns in Kolberg neid’sch. Ick häw ’n philosophisch veranlagten Fründ, dei seggt ümmer: „Es gibt in der Natur nichts Geradliniges, alles verläuft wellenförmig!“ Un datt mutt uck groad dei philosophisch Instellung von dei Kolbergsche sinn, dei ümmer dei Ecken un Kanten von’t Prom’naden awpedden.

Mannigein kann joa oft biem beste Wille nich groad goahn, dei ähr Gäst un ährn Besäuk besüht sick dei Stroat so von Klock twölfe bitt sösse – ick mein natürlich morgens –, un watt s’ dunn vörn Gesicht moakt, datt süht man joa nich. Von diesse Stroatbeläwungsobjekte giwt datt twei Sorte: dei ein iss still un rempelt mit Utnoahm von dei Stroatecke keine Mesche an, seggt bloß: „Hu – upp, Hu – upp!“ un hüllt noch ’n klein Unnerrädung mit ’n Husdörschlötelloch, dei anner singt un bringt di üm drei ’n Gratismorgenduett. Wo füng doch dei Geschicht an?

„Die Straße ist die Physiognomie …“

Am Strom

Wenn dei Theorie von dei Seelenwand’rung stimmt, bünn ick all eis ass Kaptein orer Matros’ orer irgend ’n seefahren Person upp ’n annern

Stern am Läwen wäst, denn ick häw all ümmer 'n bannigen Tog noahm „Strom" orer noahm Hoafe hätt. Un wenn ick nich – ass jerer Zeitungsschriewer – 'n dick Fell ass 'n föftegenjährig Elefant, 'n Gemüt ass 'n einjährig Kind un Nerven ass 'n Naturdoktor harr, dunn müßt ick oft inschnappt un ut dei Hut fäurt sinn. Denn wenn ick bie mi tauhus bie'm An't-frisch-Luft-Goahn den Wunsch häw, eis noahm Hoafe tau kieke, dunn giwt datt ümmer 'n grote Larm. Keir will mit! Doar wär datt stumpsinnig, doar wär nischt tau seihn, doar wär datt ganz entsetzlich langwielig. Un jerer Moal loop ick allein hän. Doar iss nischt tau sein? Doar iss datt stumpsinnig? Doar iss dat langwielig? Na, koamt doch eis mit an't Persant, an'n Strom, an'n Hoafe.

„Mor'n, Lud! Häst all 'n Biss hat?" hei schmitt sien ganz Angelieg in't Gras, doar bie't Brög am Volksbad.

„Mor'n, Kulle! Wenn du anbittst, joa!" brümmelt dei Ull in'n Boart un kiekt werrer in't Woater. Datt Aeuwer lang – ein Angelraur näwen dei annern. Mehr Anglers ass Fisch! Upp't Brög stoahn dei Angelstrategen. Dei weite't all ümmer bäter. Dei leige düller ass dei Jägers un Försters! Oh, dei vertelle di bloßig Geschichte von lange Oale un schwoar Boarse, datt di orrentlich läckrig ward un du mit di Zweisproak hüllst, ow du nich 'n Doaler riskiere un 'n Angelschien köpe wist.

Näwen mi steiht ümmer upp dei Brög ein, dei hätt mi in dissem Soamer so dei ganz Angeltheorie ut'nannersett't: „Haben Sie schonst mal geangelt?" fräug hei mi taueist.

„Doch", sär ick, „ass Jung häw ick naug Mättken upp dei Oart drangsaliert. Oawer ick finn, bie't Angelieg sünd ümmer twei Dumm: eir sitt boawen un lurt, datt hei biete schall, un eir iss unnen un lött ut rein Fischbosheit dei schön fett Mättk im Woater versupen un bitt nich an!"

„Aber – ich bitt' Ihnen", belehrt hei mi, „wem angelt heut noch auf Pierasen!"

„Jo", gaw ick ganz klein tau, „anners verstoah ick datt nich, un ass Jung' häw ick so ümmer noch 'n anstännig Gericht Boars' funge!" („Upp weck Stell iss datt?" froage mi nu all Meesters vom Angelschacht! Hier in Kolberg nich, Meesters, hier häw ji joa all Fisch bald datt letzt't Og utpeikt!)

Nu füng hei werrer an! N' Angelieg upp Mättken, datt wär öawerhaupt kein Angelieg, datt nennt man nich „angeln", datt iss „stippen!" Angeln wär 'n Sport! (Kreg ick 'n Hochachtung vör all dei, weck mit d' Bein vom Persanteäuwer bammelten! Mi güng vör Ehrfurcht dei Ziehgarn ut!) So'n rich'gen Sportsangler, dei kek goar kein Mättk an! Dei ret uck kein'm Hepkespringer d' Kopp aw un spießt't 'n uppe Hoake! Dei harr 'n künstlich Fleig un 'n Sülwerfisch un 'n – ick grüwel all 'n halw Stunn, oawer ick häw't werrer vergäten, watt hei nich noch bie sick hätt. (Wenn dei technisch Utdrück nich stimme, nähmt mi datt nich krumm, ji, weck tau dei Sportsanglers gehöre! Ick bünn man ümmer 'n „Stipper" wäst!)

Datt geiw uck Bäuker, ut dei man sick dei Angelieg lehre künn. Dei wäre gaut. Ick schull man eis mit em mitkoame, dei ganz Utstaffierung – wenn ick all woaterdicht Stäweln harr – keim so ungefähr tegen Doaler. Lehrgild brukt ick nich tau gäwen. Bloß dei Köhm un dei Toback müßt ick liefre. (Tegen Doaler iss hüt 'n Vermögen. Dorvör köp ick mi väl Fisch. Un 'n Buddel Köhm kost uck mehr ass fief Grösche. Toback häw ick tau Not noch. Eigenbugten, dei verjoagt am beste dei Mesche, weck tauseihn, un dei Möge, weck stäke.)

Na, ick wil mi dei Geschicht öawerlegge. Wenn't Fleisch nich doch billiger ward, dunn war ick uck noch 'n Sportangler.

Unnen am Strom häw ick 'n ganz Portion ull Frünn. Dei kenn ick all lang. Mit ein'm von dei Ulle fäur ick tau geen rut upp't See. Hei iss 'n Meschekenner. Hei iss ass 'n gaur Onkel Doktor, weck dei unnütze Jöhre taurärt, wenn sei d' Med'zin nich schlucke wille.

„N' Tag. Segeln Sie?"

„Jawoll. Stiegen S' man in!"

„Ist das auch sicher? Wird man auch seekrank?" frögt dei Kavalier 'n bät gruglich. Dei Flitzers, weck an sien Schöt hinge, lache. Hei ward rot.

„Datt's sich'rer ass dei Berlinsch Ringboahn! Seekrank? Wo dei jung Frölens doch kein Bang häwwe –" (datt's prachtvoll Biespiel vör angewandt Psychologie, dacht ick in mien'm Sinn.)

Hei rinn in't Sägelboot. Dei drei mit'n Bubikopf un 'n Wickelrock achter här. Buten wör 'n ganz Mütz vull Wind. Dei Ull hätt 'n Stunn spoarer sehr väl schürt un wusche.

So gegen Oawend, wenn't Angelmesters mit 'n lärge Fischbüdel un 'n ganzen Puckel vull Angelschächt un Käschers un Utrüstung noah Hus goahe, dunn ward datt upp 'n Boawerstrom lebendig. Hier finne sick all dei in, dei 'n bescheiden Woatersport un 'n grot Puffasch betriewe: sei fäure Boot! Sport iss bie diss Regatta man Näwensack. Ick dink mi datt. Denn worümm legge sei, wenn't Stürmann upp'n Uuewerweg 'n Gesicht süht, watt ähr am annern Vörmiddag werrer bie Cornelius

Neposse in't Quär kümmt, all dei Mütze unnern Sitz im Boot? Un worüm kieke dei nüdlich Mäkes all öawer Board ümmer noah dei anner Sied?

Iss ass bie't Angelieg. Dei im Rurerboot sünd bloßig dei „Stippers"; dei „Sportsmanns" sünd dei im Paddelboot, im Kajak, im Kanu, in 'n Joll un upp 'n Jacht. Schonst dei witt Hos' un bloag Jack un Mütz! Wenn ick taum eiste Moal ut'n Paddelboot in't Persant falle un glücklich werrer an't Land schwumme bünn, dunn schriew ick doaröwer. So kann ick mi nich doar hinein versätte, datt's Stimmungssache.

Vör mien Läwen geen bünn ick ümmer upp 'n Molenkopp goahn un häw tauseihn, wenn't Sünn in't Meer glippt un dei Moand öawern Dom steiht. Oawer dei Stimmung iss uss dörch 'n Stacheldroaht intünt. Upp't Mol kümmst nich rupp, du künnst süss noch dörch datt grot Loch am Molekopp in't Ostsee falle. Am Inn moakes datt Loch awer doch noch eis werrer tau un dei Stacheldroahtdör vörn an't Mol werrer upp. Dunn könne's di datt ull Kolbergsch Rätsel nich mehr uppgäwe: Wer hat in Kolberg immer einen offnen Kopf?

Ji, dei in't Stadtverordnetenversammlung loope, roare am Inn upp'n Reig anner Noame! Stimmt nich: dei Kolberger Mol.

Heinrich Bandlow

Ein Gemütsminsch

Peiter Fretendüwel haod von sinen Vadder desen schönen un breiden Namen un nebenbi en schönes und breides Hus arwt. Uck en schönes un breides Gesicht hadd hei mitarwt, un en schönen un breiden Buk hadd hei sick upfött. Hei hadd so'n Alldagsgesicht, dat jederein, de em tau'n irsten Mal tau Gesicht kreg, em frög: „Hew ick Sei nich all eis seihn?" un hei hädd dit uck hüren müßt, wenn hei bet nah Richtenbarg odder bet nah de Türkei utwandert wier. Wer em länger kennen ded, säd, Peiter wier en hartmülten un dickbläudigen Rentjeh, de Dag för Dag up den gräunen Lehnstauhl an't Finster set un de Pip bi dit Stück Arbeit rokt un babenin noch ümschichtig nah de Strat rut un in sin Zeitung rin kek un sick bet an den Hals mit Nigligkeiten vullstoppt, as wenn hei 'ne Buddel wier, de jeden Morgen vullfüllt waren müßt.

Also Peiter Fretendüwel hadd en schönes, breides, grotes Hus, wat hei sülwst allein gor nich bewahnen künn, un wurin hei sick vörkem as de Arwt in de Kläterbüß. Un wil hei en verstännig un bedachtsam Minsch wier, so vermeidt hei de Babenwahnung von sin Hus an so'n Lüd, dei em nich mit „Nu möt dit makt warden un nu möt noch dat makt warden!“ tau Hals' legen. Denn Peiter was uk en konservativen Minsch, de von nige Moden nicks weiten willen, noch tau, wenn sei Geld kosten. Wenn also einen Meidsmann dat äwer würd, mang de verrökerten Tapeten un de verrusterten Dören, mang de Sparlings un Fledermüs' unnern Dack un de grisen Finstern, denn treckt hei wedder ut, un Peiter säd denn: „Dat verdenk ick Sei gor nich“, denn hei was en Gemütsminsch un nich en Spierken äwelnehmsch. Un denn lurt hei wedder, ob sich nich en nigen Leiwhäwer tau sin Räuberhöhl fünn; äwer maken let hei nicks.

So stünn sin schöne Wahnung uck mal eis wedder leddig, as en nigen Tierarzt in de Stadt sin Künst bedriwen wull un sick nah 'ne paßliche Wahnung ümsehg.

Peiter rokt sin Piep an't Finster un trummelt mit de Fingern un kek in't Weder, as dat kloppt un de Tierarzt rinkem un sich vörstellt.

„Ick heit Peiters“, säd hei, „un mücht mi mal eis Ehr Wohnung beseihn; äwer mein Gott! Wur is mi? Hew ick Sei nich all eis seihn? Sei kamen mi so bekannt vör!“

„Laten S' man! Mi hewwen alle Lüd all eis seihn!“ säd Peiter. „De Wohnung is grad fri, un dat kümmt dorvon, dat de letzt Meidsmann uttreckt is!“

„Ja“, säd Peiters, „dorvon pleggt dat tau kamen. 't is en schönes un grotes Hus!“

„Dat is dat!“ antwurt't Fretendüwel, un dor stegen sei beid rup nah den Bähn.

As sei dörch de Stuwen güngen, würd de Tierarzt denn so perplex as en Pürrick, de bethertau recht mollig in sinen Kes' seten hett un nu mit eis runnerföllt.

„Dit süht hier jo deuwelsmäßig ut!“ säd hei.

„Dat deit dat, äwer't schadt nich!“ gew de Huswirt tau Antwurt, „hier hewwen all vel Lüd in wahnt un 't hett ehr ganz gaud gefollen!“

„De Tapeten sünd jo all upplatzt!“

„Ja, dat sünd sei!“

„De Decken sünd all swart!“

„Ja, recht witt sünd sei nich mihr!“

„Des’ ollen gelen Abens sünd kein Mod mihr!“

„Ne, sei sünd uck all vör viertig Johr sett’t!“

„De Fautboddens sünd all sihr slicht!“

„Ja, de Fautboddens sünd all slicht!“

„De Stuwendören möten frisch streken werden!“

„Ja, dat wier ganz gaud!“

„De Finstern uck!“

„Ja, de uck!“

„Dor hacken en porhunnert Mark Reparaturen an, ihre alls orig in Stan’n is!“

„Ja, de hacken doran!“

„Denn sünd Sei woll so gaud un laten alls trechtmaken!“

„Ne, Herrring, dat dau ick nich!“

„So kann ick hier äwer nich intrecken!“

„Denn helpt dat nich, denn möten Sei dat sin laten!“

„Ick bün äwer verlegen üm ’ne Wahnung un kann hier teihn un noch mihr Johr wahnen!“

„Je, denn trecken S’ man in!“

„Äwer so as dat nu hier utsüht, geiht dat nich!“

„Na, denn nich!“

„Wurvel Meid sall ick denn hier gewen!“

„Tweihunnert Mark, so vel hew ick ümmer kregen!“

De Tierarzt äwerläd. „Vel is dat jo grad nich; denn müßt ick mi sülwst alls trecht maken laten!“

„Dat känen Sei daun!“

„Ick begrip gor nich, wur hier all weck hewwen in wahnen un uthollen künnt!“

„Ja, dat seggen Sei woll! Ein mag dit, de anner dat. Ein mag de Mudder, de anner de Dochter, un weck mägen jo uck de Deinstdirns, as seggt ward!“

„Na, denn will ick intrecken und mi sülwst alls maken laten, un denn maken wi en Meidskontrakt!“

„Ne, dat daun wi nich! Dat is hier kein Mod, un unnerschriewen mag ick nicks!“

„Sei sünd mi äwer en sihr hartnackten Minsch!“

„Kann ümmer sin! De Mäglichkeit is dor! Ick lat alls so, as dat is! En ollen Pudel lihrt kein nigen Kunststück mihr!“

„Denn maken wi äwer af, dat Sei mi nich späder höger schruwen mit de Meid!“

„Dat hew ick nie nich dan, un dat dau ick nich!“

„Na gaud, denn is de Sak afmakt!“

„Schön!“

De Tierarzt schickt Handwarkslüd, dat sei in sin nig Wahnung rümschörwarkten. Dor würd malt un bohnert un klistert und dan; dor würd ut vier lütt Finsterruten immer ein grot makt, dat ut en Stück von de Däl noch en Angtreh rutsnidert würd. Un as de Tierarzt tauletzt in des' nig Herrlichkeit intreckt, wier hei twors so üm fiefhunnert Mark los worden; äwer em gefüll det doch in sin Wahnung, un sin Wirt gefüll em uck recht gaud, wil sei sich gegensitig gor nich üm einanner kümmerten. All, dei den Tierarzt besöchten, freugten sich äwer sin Staatswahnung.

As hei en halw Johr wahnt hadd, makt hei bi sinen Huswirt Peiter Fretendüwel en Besäuk un wull Meid betahlen.

Peiter trummelt grad wedder up't Finsterbrett un kek hinner ein Fleig her, de an't Finster rümburrt.

„Nu is de Wahnung prächtig, Herr Fretendüwel“, säd Tierarzt Peiters.

Peiter nickköppt. „Ick hew all dorvon hürt!“ säd hei.

„Hier sünd hunnert Mark Meid!“

„Schön! 't is richtig! 't sünd hunnert Mark!“

„Ick hew noch en notwennigen Gang! Atschüs uck!“

„Atschüs uck!“

Peiter gew sinen Meidsmann de Hand un dat Geleit, un as sei in de Dör stünnen, säd hei: „ Nebenbi geseggt, Herring, wat hadden wi doch noch mit de Meid aufspraken? Mi is dat ut'n Sinn kamen!“

„Sei wullen mi nich höger schruwen mit de Meid!“

„Richtig, so wier't!“

„Dat bliwt doch dorbi?“

„Gewiß! Wat afmakt is, is afmakt!“

„Na denn atschüs!“

„Atschüs uck! Je, ick wull man noch seggen, Sei möten woll nah'n halw Johr uttrecken!“

De Tierarzt verfiert sich. „Wat?“ rep hei, „wat seggen Sei?“

„Ick mein, Sei möten woll uttrecken!“

„Wat sall dit heiten?“

„Je, Herring, höger schruwen mit de Meid kann ich Sei nich, dorför hewwen Sei min Wurd! Äwer de Wohnung is nu so schön, dat sei vierhunnert Mark Meid wirt is, un de sünd mi baben un dorüm möten Sei woll trecken! An dat Mihrst is mi ümmer am meisten gelegen!"

Tierarzt Peiters kem wedder nah de Stuw rin un slög de Hän'n äwer'n Kopp tausam. „Sei sünd jo einen wohren –" rep hei, äwer dat letzt Wurd blew em in de Kehl sitten, „ick hew so rekent, dat ick hier min Lewenstid wahnen wull", säd hei endlich.

„Ja, ja, dat is so! Wat helpt alle minschlich Rekenkunst un alle Bedachtsamkeit, Gotts Segen is 'ne Gaw, de von sülwst kümmt!"

Peiter Fretendüwel folgt de Hän'n äwer de Mag un kek stram hinner sin Fleig her.

De Tierarzt dreigt an sinen Snurrbort un wüßt nich, wat hierbi tau maken wier.

„Trecken S' ut, Herring, trecken S' ut; annerwegt is't uck schön, un de Gäus' gahn annerwegt uck barft!"

„Nu hew ick mi alls so nett inricht't un hew dat swere Geld weggewen! Dat is jo richtig schändlich! Hm – ja – ne, ick daut' nich – äwer wat sall ick maken? Wur sall ick hen? Wenn ick Sei nu vierhunnert Mark gew, kann ick denn wahnen bliwen?"

„Dat versteiht sick, Sei hewwen den Vörtog!"

De Tierarzt künn vör Wut un Arger knapp Würd finnen. „Gelungen is dit", säd hei, „irst lat ick de Wahnung fein in Stand setten un dorför möt ick nu duwwelt Meid betahlen! Einer häud sich vör so 'nen dickköppigen Rentjeh!"

„Herring, wat reden Sei noch? Sei willen dat jo nich annners hewwen! Sei hewwen mi jo eben sülwst des' Meid baden! Ich bün Sei jo ganz tau Willen!"

De Tierarzt wier al ut de Stuw rut, als Peiter dit säd, un lep nah mi hen, üm mi dit tau vertellen, un wil ick einmal dorför bekannt bün, dat ich dat Klähnen nich laten kann, so hew ick des' Geschicht rasch upschrewen. Wur sall ick uck woll all de Geschichten herkriegen, de ich vertellen sall!

Fritz Georg Reuter

Mien Fru belüggt mi nich

Vör so'n Johrener twintig seten wi ees eenen Abend an unsen Stammdisch in uns' olle Kneip in Bargen tosamen un drunken in alle Gemütlichkeit uns' Bier, un wenn uns dat öwer wür, ok ees 'n lütten Schnaps, un wenn uns dat allens tosamen langwilig wür, denn sungen wi ees – dat wier 'n ganz richtigen Gesang, wenn männigen dat ok nich dorför nehmen wull –, un denn vertellten wi uns wedder 'n lütten Strämel un föhlten uns bannig woll dorbi.

„Kinnings", sär' Fritz Witt, as de Klock teigen schlog, „ick möt nah Hus!"

„Du hest jo bannig Bang vör din Fru!" stek Korl Duw' em so 'n beten, „hett se ümmer noch de Büxen an?"

„Wes' du man ganz still", beet Fritzing torügg, „du hest din grot Mul ok blot hier, un to Hus büst du gor nich to hüren!"

„Fritzing, dorin hest du recht, dat möt een di laten", sär' Hans Päplow, „to Hus hett Korl nich vel to mellen!"

„Wat weet' ji jungen Schnösels dorvon!" grient Korl. „West irst ees so lang verheurat't as ick, denn könnt ji ok 'n Wurt mitreden! Lat de Fru man schellen, dat möt se hebben, dat höllt se frisch – ick do doch, wat ick will!"

„Dorvon kann ick nich mitreden", sär' Jochen Vierk, „min Fru seggt nix. Wenn ick ehr vörher vertell, dat ick 'n lütt beten länger unnerwegens bün, denn is se tofreden, wenn ick wedder to Hus kam."

„Dat kümmt dorvon, dat du ehr wat vörlüggst", lacht Hans Päplow, „süss würr se di woll von dat Längerblieben afhelpen! Äwer ick, ick heww von so'n Kram nix to beleben, ick heww mi höt't vör't Frigen!"

„Du büst 'n Döschkopp!" sär' Korl, „versök di irst wat, ihrer du mitredst! Wes' froh, dat du keen kregen hest mit din scheef Mul, süss würr di anners sind! Gew lewer eenen ut!"

„Nee!" rep Fritz Witt, „för mi nich! Ick möt nah Hus."

„Du büst woll nich gescheut", rep Korl dorgegen, „nu, wo't gemütlich ward?!"

„Ick möt äwer!"

„Nix mötst du, blot starben", sär' Hans. „Du kannst hier doch nich eenfach kniepen!"

„Wat heet hier kniepen? 't is würklich nog." Un Fritz wull upstahn un sin Mütz von'n Haken nehmen, äwer Jochen kreg em to hollen un tog em wedder up'n Stohl.

„Mak di doch nich to'n Apen", sär' he, „wenn ick noch nich nog heww, büst du noch lang nich so wid."

„Ne", sär' Fritz, „dat kann ick nich dohn! – Nee, ick möt …"

„Wist du mi beleidigen?!" frog Hans dormang. „Ick will eenen utgeben, un du wist em nich drinken?!"

„Nee, Hans, beleidigen wull ick di nich, äwer …"

„Schön!" Un Hans dreigt sick ganz kort üm: „Schön, du wist nich! Gah man nah Hus. Äwer mi brukst du nich mihr to kamen, wi sünd keen Frünn'n mihr! – Schön! Gah man!"

„Fritzing", sär' Korl nu indringlich, „wist du di so din Fründschaft verargern?"

„Lat em man, he möt weeten, wat he will!" meent Hans kört öwer de Schuller weg.

„Na, denn in Gott's Namen", gew Witt sick endlich, „den eenen drink ick noch mit!"

„Heww ick dat nich seggt?" rep Hans un dreigt sick wedder torügg, „du büst doch min besten Fründ! Wirt, noch ees veer Kurn!"

Un as nu de Gläs up'n Disch stunn'n, dunn gung dat jo nu irst richtig los.

„So leben wir, so leben wir, so leben wir alle Tage!" fung Korl an to singen, un de annern fölen in, keemen äwer öwer de Dag nich weg, wil se't nich wider künnen un wil Korl eenen utgew un denn Jochen un denn noch ees Hans, un denn sär' Jochen: „Kinnings, lat't de Wiwer sind, as se willen, min Fru is doch in Ornung, wenn se ok öfters ees gnurrt. De is sporsam un sauber, un glöben kann een ehr jedes Wurt. Wenn ick ehr ok öfters ees wat vörschwinneln möt, dat se sich nich so upregt, se lüggt nich."

„Dat glöw ick nich", särr Korl.

Jochen wull all upbrusen, dunn särr Hans: „Frugens leegen ümmer. De Ort kann een keen Wurt glöben."

„Nee!" rep dunn äwer Fritzing, as wenn he ganz fast övertügt wir, „min Fru belüggt mi nich. De hett all ümmer de Wohrheit seggt – un dorup gew ick eenen ut!"

„Jawoll!" sär' Korl, „wenn du eenen utgiwwst, denn will'n wi dat ok glöben." Un as de Schnaps keem: „Up din Fru, Fritzing!" Bumms! Dunn gung de Dör up, un oll Wittsch stunn in't Timmer.

„Wenn'n von'n Düwel schnakt, is he nich wid!“ kunn Korl grad noch seggen, dunn gung't all los, as 'n Waterfall: „So!!! – Nu süh mal eener an! Hier sitt de Nixnutz rümmer, de infamigte! Hest du to Hus nix to don? Mötst du din Geld hier vör anner Lüd versupen? Hest woll so veel dorvon, wat? Denn giww mi ok man 'n beten af! Äwer nee! Dorför bliwwt denn nix öwer! Äwer jeden Dag Bodder un Fleesch un Wust up'n Disch, dat magst, dat mugst woll hebben! Un wenn't ees Tüffelsupp giwwt, denn 'n scheef Mul treggen un gnurrn, dat verstehst, äwer Insicht, wurher dat woll kamen sall, nich för'n Sechser! Denkst du denn, ick kann mi dat Geld man so ut de Näs' trecken?! So'n ollen dämlichen Kirl! Du süßt di man lewer ranhollen, dat du mihr verdeenst, as din Bäten hier to versupen! Schämen süßt di wat, ollen Kirl, un vergett Frau un Kinner bi't Supen!“

Dunn müßt se woll justemang 'n beten nah Luft schnappen, un in den korten Ogenblick keem Fritzing denn jo ok mit all sine Geistesgegenwart tohöcht, wackelt noch so'n beten, kreg äwer doch rutestamelt: „Mmmmudding, ... dddat ... mmmötst du nich seggen! Wwwi hebben ... jjjust eben ... up din Wwwoll drunken!“

„Döskopp!“ harr de Ollsch wedder Babenwater kregen, „wat nutzt mi dat, wenn't min Geld kost'! Gliks kümmst mi mit nah Hus, du besapen Schwin, du!“

Un dormit kreeg se ehren Fritzing an'n Arm to faten un tog em ganz energisch achter'n Disch rute, dat he binah follen wir.

„Ick ... kkkam jo all!“ sär' he noch. „Ick ... ick wwwull ... jo all lllang, äwer ick kunn doch mmmin Fründschaft ... nnich verargern!“

„Schapskopp! Din Fründschaften sind 'n Hunnendreck wirt! Wi spreken uns noch to Hus!“ un dormit tog se em nah de Dör, dat he man justemang so nahstolpern künn, gew em noch 'n lütten, fründlichen Schubbs, dat he rutschot, un dreigt sick noch ees üm: „Un ji ward't noch jug blag Wunner beleben, wenn ji minen Kirl nich in Roh lat't!“ Un rut wir se.

„Hm“, sär' Korl Duw nah ne gode Wil, „dat will'ck girn glöben, dat se unsen Fritzing öfters ees de Wohrheit seggt. Man god, dat se nich mit uns all verheurat't is, süss künn se womäglich recht behollen! – Na, up den Schreck wil'n wi man noch eenen nehmen.“

Den annern Abend seten Korl Duw', Hans Päplow un Jochen Vierk wedder achter'n Stammdisch und harr'n de Gläs' vör sick, dunn gung de Dör up, un Fritzing Witt keem rinner, seg äwer ut as dat leewe Gotterbarm.

„Fritzing", rep Korl, „wur sühst du ut?" – Schrammen in't Gesicht, gele un gräune Fleck un blage, dicke Ogen! „Du hest di doch woll nich prügelt?! Dat harr ick nich von di dacht, du wierst doch süss ümmer 'n ganz vernünftigen, rohigen Kirl!"

„Ick heww jug dat jo seggt", sär' Fritz Witt, „min Fru lüggt nich. Wat se versprekt, dat höllt se ok; un nu hebb'n ji jug blages Wunner!"

Fritz Dittmer

Unbekannte musikalische Kunstutdrück'

Jedwer Profeschon hett ehre Fachutdrück; un ok dei heilige Caecilie höllt ehre „Zünftigen" dortau an, so tau räden, dat dat nich jedwerein versteiht. Up wecke Ort dei Lihrjung in dei Kunstgeheimnissen inweiht ward, will ick in'n Korten vertellen:

So'n unbedarwte Jung ward von den Oltgesellen nah'n annern Stadtpiper henschickt, den Baßslätel uttauleihnen. Kümmt hei wedder nah Hus, ward hei utlacht, denn gewöhnlich bringt hei'n Sack vull Feldstein antausläpen.

Oder dei „Stift" ward nah dei Fru Meistern schickt, sei müchte doch en Stück Seep taum Baßwaschen ruter gewen. Dat Spill löppt denn gewöhnlich up en Poor Tachteln von dei Frau Meistern ehre Sid ut.

Doch wat ick vertellen wull:

Jedwer Instrument hett sinen Oekelnamen. Dei Vigelin ward Winsel, Spickgaus un ok Schrapschinken näumt. Dat Violoncello is dei „Esel" oder dat „Baßfarken". Dei Kunterbaß möt dei Biteiknung „Drewel" up sick sitten laten, wil hei doch 'ne Aehnlichkeit mit en Fischdrewel hett. Worüm dei Fläut nu „Spuckstock" näumt ward, liggt klor up dei Hand. Dei Klarnett' ward meistens mit Zinken oder „Hammelbein" beteiknet. Dat Fagott drägt den Namen „Plummenboom" oder „Schweineknüppel". Dat Waldhurn heit dei „Kuckuck" und dat Althorn gor „dei holle Tähn". Dat Tenorhorn hett sick noch uterdem dei Namen „Ferkeltuba" un „Maurertrompete" tauleggt. Dei Posaun is dei „Schuwtrumpet"; dor lett sick nichts an ännern. Wenn sei äwer Ventile hett, föhrt sei den niederträchtigen Namen „Stäwelknecht“. Dei Helikon is en Ding, dat so utsüht, as harr sick dei Mus’kant dat Missing dreimal üm den Liw rümmer wickelt, un wegen sine grote Snut in dat Orchester heit dat: „Berliner Waldhurn“. Dei Tuba heit dei „Kanon“ un dat Cornet à piston, wilt so quieken deit, „Meerschwien“. Dei grote Trummel, so wichtig sei ok is, möt sick gefallen laten, dat sei „Gurkenfaß“, „Ramm“ und gar „Matschküben“ näumt ward.

Ji seiht also ut allen: Musik ist ein schweres Instrument, dat hett Stadtpiper Meiern sin Lihrjung seggt, dunn was hei mit den Kunterbaß dei Trepp dal follen.

Die Zwiebel-Trompete

Wat in frühern Tiden in dei Dörper för’n Ort Musik vertappt wör un wat vör Lüd all dei heilige Caecilie begrüßen deden, dat geht up keine Kauhhut. – Hüt is dat anners; hüt steiht in jedwern Dörpkraug so’n Ort Klawozimbel oder taum wenigsten en „Schladderkasten“ (vulgo Grammophon), dei dei nigsten Kulturerrungenschaften Jazz un Shimmy vermiddeln daun.

Aewer ick will von dei ollen Tiden vertellen. In ein lütt Dörp wahnte ein Schauster. Wil nu dei Lüd in’n Sommer all barft un in’n Winter up Höltschauh gingen un sick blot bi Hochtiden un ähnliche Fettigkeiten – ick wull seggen Festlichkeiten – Ledder up dei Bein bängten, wiren Meister Pickdraht sin Inkünften man swack. Hei mök also noch Musik, un sine „Assoziierten“ wiren dei Nachtwächter, dei Radmaker un dei Holttüffelmaker. Eines gauden Dags stürw en Bur in’t Dörp. Wil dei nu tau dei Schüttengill hürte, mößte hei mit Musik begrawen warden. „Den einen sin Dod, den annern sin Brod“, säd Meister Pickdrah un freugte sick äwer dat trurige Ereignis, indem sick dordörch sin Inkünften en beten upsmeten. Nu was hei äwer in Verlägenheit, wil hei kein Tuba harr. Sin Instrument was bi dat letzte Schüttenfest in dei Krümp gahn; nich geräkent, dat ok dei Besitter en poor hellsche Kapps afkrägen harr. Aewer dei Balbierer in dat anner Dörp harr ok son Ding. Hei schickte also den annern Morgen sinen Lihrjungen räwer, dat Instrument uttauleihen. „Jä“, säd dei Balbierer, „dat Dings kann din Meister kriegen; dat hängt in dei Kamer an dei Wand, min Ollsch verwohrt dor Winters ümmer dei Zwiebeln in, dat ehr dei Rotten dor nich bikamen!“ Dei Lihrjung namm dat Instrument un peikte af. Na – nälig as son Jungs sind, kam hei grad noch taurecht, as all dei Klocken beierten un dei Likentog los gahn süll.

„Meister“, säd dei Lihrjung, „dat Instrument –.“ Aewer dei Meister let em nich tau Würden kamen und gaww em en poor Mulbaxen vör't Rümmerdriwent. Dei Schauster – ick wüll seggen Kapellmeister – hängte dat Instrument üm, dei beiden Trumpeten un dat Hurn sett'ten mit dei Choralmelodi in, äwer dei „basso profundo“ blew fehlen. Dei Tuba gnurrte fürchterlich, so dull ok Meister Pickdraht dei Backen uppusten deer. Dei Lüd in den Likentrog stödden sick an un grinten. Dei Schauster sett'te af un kek den gälen Brümmer en beten sihr von dei Sid an. He stellte em hochkant, un en halw Dutzend verdrögte utwussen Zwieweln tründelten äwer den Stratendamm.

Ick heww mi vertellen laten, dat dei Bur mit allen Ihren begrawen is; blot bi dei Prädigt klüng so'n venynsches Lachen achtern Fleererbusch. Dat was dei unverstännige Schausterjung, der vör sine Mulbaxen Satisfakschon funnen harr.

August Gebuhr

De Doktor kümmt!

'ne Geschicht ut de Tied, as Großmudder noch Jungfer wir

Dat'n Minsch dörch'n unverhofftes Glück vör Freud', ebenso woll dörch'n Unglück, vör Schreck all de Ahnmachten antreden sünd, hett man jau all oftmals hürt. Wur rasch äwer ein dotkranker Minsch vör Schreck gesund ward'n kann, dat kän'n wi hier in disse Geschicht an Fru Ollermann'n ehr einzigst Döchting erlewen.

Wat 'ne richtige Tähnwehdaag bedüd't, dat kann blot einer weit'n, de dat föhlt hett, wenn sei richtig anhalt, dat man glöwen mütt, Ostern und Pingsten kümmt up einen Dag. Un wer in sine Angst all kopfstunn', dat hei den Himmel hett för'n Dudelsack anseh'n, de ward Fru Ollermann ehre achteinjöhrige, hoffnungsvulle Dochter üm ehr Tähnwehdag nich beneiden. Daaglang satt dit arme Mäten dormit an as

Thoms mit sin Hamel. De lütt schöne Rosenmund satt ganz up eine Sied, de ein Back de was upgahn as so'n Weiten-Deig, dat sei, obschonst sei süß dat Ebenbild von ehr Mudding wier, nu doch von de ein Sied oll Priembolzen ähnlicher was as ehr Mudding. Mit den Kümmeldauk üm den Kopp künn von 'ne Aehnlichkeit mit ehr Mudding gor kein Red' mihr sin. Wat had de arme Diern äwer ok woll all utholl'n, denn sonne dicke Back, de kamm ok nich so von ungefiehr. Den Kopp in beide Hän'n, günst un winselt sei all daaglang in'n Hus' un up de Hofstäd rüm, dat sich de Stein up de Straat had'n erbarmen kümmt. „Ne, ne, nu holl'k dat nich mihr ut!" güng dat denn los, „ach Gott, ach Gott, wen-n'k doch man blot dot wir! Hm, au, ach, is dit 'ne Pien! Hm, oh, ach, Mudding, giww mi blot eis kolt Wader, ne, ne, wull ick segg'n heit, ne kolt, ach du leiwer Tied, wat durt dat lang. Hm, oh, hm!" So güng dat Dag un Nacht. Mudding de kamm gor nich von de Bein un gor nich tau Besinnung, äwer wat hülp dit all, wat deit 'ne Mudder nich vör ehr Kind! Sei lamentiert un swiemslagt denn ock ümmer mit ehr Döchting los. Bald sull'n dat heite, bald kolle Uemschläg sin. Wull dat mit Bodder nich mihr anslan, denn würd' de Back mit Smolt insmeert, Rosinen würden an't Gagel packt, de ganz Disch stünn vull Buddels un Gläs' mit alle Ort Medikamente.

„Ne", säd Herr Ollermann, de süß in'n Hus' sotauseggen man dat föfte Rad an'n Wagen wir, „nu ward mi de Sak denn doch bald tau striepig, wur Dunner Diern, du büst doch kein Gauskopp nich, du ward'st jau bi disse ewige Quacksalwerie de reine tweibeinige Aptheik! Utrieten, dat's einen lütten Ruck, denn hett doch disse Winselie 'n En'n! Son Gehul Dag und Nacht, dor lat'n Dokter kamen, wi hepp'n em jau up de Dör, 'n Kopp kann't jau doch nich kosten!"

Rieke, de würd bi disse harte Red' von ehren leiwen Vadding ganz verstürt utsehn, ehr was, as wenn sei na disse Moralpredigt von den Oll'n 'n beten Linnerung verspüren derd, denn dat Wurt Utrieten had ehr in dissen Ogenblick de ganze Wehdaag benahm'. Wenn't Gesicht ok noch beten 'n windschew was, dat kamm von de dicke Back, wur dat noch in kneep un reet un de noch so dick un so blank wier, dat sei sich mit den'n irsten besten Posaunenengel de Hand had gewen künnt – äwer utrieten? Ne, ne, wur künn ehr Vadding woll so wat segg'n, sei künn de Mund man nich rögen, süß had sei em fragt, ob hei den Verstand verloren had. Utrieten had ehr Vadding irst seggt, as wier sei son Stück Veih, dat man einfach bi'n Kanthaken krigt und de Hungertähnen utbreckt odder as wenn man son Hauhn den Pipp aftreckt. „Ne, ne“, säd sei, „utrieten deit veel tau weh, leiwer will ick all's utholl'n, un wenn ick de Wän'n anriesen sall, ne, leiwer as utrieten gah'k tau Pohl, un sall ick de dicke Back mit tau Graw nehmen, blot nich utrieten“, dat de Dokter ehr bi den Kopp kreg, leiwer künn oll Strahl'sch ehr Lewenstied pusten und smeeren! Grad so dacht ehr leiw Mudding ok. „Dorvör mag de leiw Gott uns bewohr'n, dat wi den Dokter nich tau Hals' fallen!“ säd Fru Mudder denn recht spitz, sei was jau noch nich tau Wurt west, un den Oll'n sine Dicknäsigkeit künn sei sich doch nich so gefallen lat'n: „Du as Vadder müßt di doch wat schämen“, säd sei, „dat arme unschüllige Worm, wat so all so veel utholl'n möt, mit dine oll'n dämlichen Redensorten noch mihr tau ängstigen, äwer wat kennt de Bur von Gurkensollat!“ – „Ja“, säd de Oll, „help du man noch ümmer äwerböhren, du büst ok grad as din verpimpelt Gössel, so as de ein is, so süht de anne ut, äwer de Aeppel föllt ümmer nich wiet von'n Stamm!“ Na nu, wat wier dit? Wur stök den Oll'n de Hawer? Sonne Redensorten un sone Upsternatschigkeit was de Ollsch wat Nigs. Fru Ollermann, de stünn den irsten Ogenblick, as wier ehr dat Blatt dörchschat'n. Wur had de Oll vergeten, dat sei Herr in'n Hus' wier? Den Pott mit Wader, den sei eben för ehr Döchting frisch rinn' halt had, wier se gesun'n den Oll'n äwer'n Kopp tau stülpen, äwer in ehre Upregung verlahmten ehr de Arm, sei müßt sich irst 'n beten afblasen, äwer denn süll hei wat tau hür'n kriegen, sei wull em 'n Trumpf utspeelen, de nich von Pappe wier. Man künn ehr dat jau ok nich verdenken, de Oll, de so lang' na ehre Fiedel danzt had, de wull nu mit'n mal äwer'n Strang slan, denn müßt de Welt sich irst up'n Kopp stell'n un gor kein Bessenstehl mir in'n Hus' tau fin'n sin. „Gott sei dank, noch kän'n wi uns rögen und rühren, glöw' man nich, dat mi de rechte Arm an de linke Sied wossen is, di ward ick Gehursam bibringen!“ säd sei tau sich. „Wur, plagt di de Bös'?“ fohrt sei denn up den'n Oll'n los. „Uns hier sonne snöde Würd tau spiesen, wist du oller Stacker mit dinen dummen Snack din eigen Kind, dat arme Gör, bi lebennigen Liew ümbringen? Farig kriegen ji Mannslüd ja alles, äwer denn verlat di dortau, dat du mit din gottloses Mul de Irste büst, de an den Galgen bammelt. Ick segg di ein vör alle Mal, de Doktor, de kümmt nich! Un wenn du Rabenvadder 'n Dokter heww wist, denn lat di enen kamen! Dit wier noch schöner, ick süll mi von son'n oll'n Sünnbuck hier noch Gesetze vörschriewen lat'n, as wenn man sülwst nicht wüßt, wur man tau Hus' hürt!“ Dit was vör Rieke'n 'ne Klock, de klingen derd. Herr Ollermann wüßt dat all in'n vörut, dat hei den Körtsten trück, dorför kennt hei jau sine leiwe Fru tau genau, denn wenn de in't Hurn störr, denn müßt Haas' und Voß Gunacht segg'n. Hei was denn ok unnerdessen, dat de Ollsch predigen derd, so mit „Hm, hem" ganz lies' ut de Dör rut gleden und had sich up de Söcken makt, denn dat wir de höchste Tied, dat hei in sinen Drähnklub kamen derd, wur hei all sörre Johren Oberdröhner was. Rieke had den Kopp an ehr Mudding leggt, dor sei in mihre Nacht al vör Wehdaag had nich 'n Og'tau maken künnt; was dat jau ok gor kein Wunner, dat sei inslapen derd.

Oll Strahl'sch, de keim in de Dör tau slieken, üm mal tau seh'n, wurt mit ehren Kranken stünn. De Ollsch, de süß in Flustern und Betöwern so probat un all de nägenunnägentig Rosen mit sammt de Hilg' kennt und alle Suchten bräken künn, de was doch mit ehre Kunst up Glattis geraden. „Ne, Fru Ollermann", flüstert sei ganz lies', „min Latin is tau En'n, wenn ick en raden kann, denn wen'n Sei sich doch mal an den Dokter!"

Bi dat Wurt „Dokter" dor was't, as wenn Rieke de Ogen upslög', sleep äwer ruhig wieder, de hellen Sweitsdruppen leipen ehr von't Gesicht, wat Mudding denn vör ein gaudes Teiken hüll, un sei had ok Recht, denn as Rieking upwakt, dunn würd sei gewohr, dat dat olle Geswür all 'n beten Luft kregen had, wenn't ok noch n' beten dugen derd, de dulle Wehdaag had sich doch leggt. Nu dat sei sich so recht mollig bi ehr Mudding föhlt, kamm ehr disse Aengstlichkeit vör den Dokter sülwst lächerlich vör. Wat had disse oll Mann, wat de Gaudheit sülwst wier, ehr denn dahn, dat sei em in ehre Angst dor hen wünscht, wur de Peper wast. De oll Herr mit sammst Fru Doktern, de hüll'n von ehr as Nawerskind binah mihr as von ehren eigen Sähn Korl. Un wenn sei ehre Jugendtied so nah dacht, as sei noch mit Dokters Korl in de Schockel satt, wur denn Kopp un Bein gliek hoch güngen. Twischen en beid' as upgewossen Nahwerskinner had dat keinen Unnerscheid gewen. Un as Korl denn up de hoge Schaul güng, dor hei ok Dokter ward'n süll, wier in de Ferientied sin erster Gang nah ehr west. Mit de Johre had de Sak sich natürlich ännert, wenn sei ok af un tau mal von Fru Doktern 'ne Ansichtspostkort tau sehn kreg, de Korl schickt had un ehr ok vertellt, dat ehr Korl kort vör't Examen stünn un sei sacht in'n Stillen vör em bäd't, dat hei dor doch mit dörch kamen müggt, so säd sei sich doch, dat sei as einfaches Mät'n, de sich blot in'n Hüslichen bewegen künn, wenn sei ok mal up dat Klawier rümmerfingeriert, doch woll för son'n Herrn Dokter nich ganz lang nauch wir un leiwer man bi ehres Glieken bliewen wull. Un wenn Line, dat Mät'n bi Dokters, ehr ok bi all ehre Wehdaag mal dat Sprickwurd:

Tähnwehdaag, dat is 'ne Plag,
De is verdammt nich nett,
Doch noch veel gröer is de Plag',
Wenn einer einen Leiwsten hett,
Süht den nich alle Daag,

son'n beten had sticheln wullt un ok woll noch säd, dat sei mihr von ehr un ehren jungen Herrn wüßt, as sei weit'n süll, dat glöwt ehr doch keiner, denn Line, de log' sich ümmer so dörch, obwoll sei düchtig wier un de ganze Wirtschaft bi Dokters vörstahn müßt, wiel Fru Doktern in't Bad reist wier. Herr Dokter was geschäftlich äwer Land führt un had sich för hüt spät tau Hus bestimmt.

Line had dit wohrnahm un had sich't mit ehren Schatz in Fru Doktern ehre Spieskamer gemütlich makt. De Spieskamer was grad äwer Fru Ollermann'n ehre Achterstuw, wur Rieke mit ehre Wehdaag satt. De Finstern stün'n gegensietig up, blot de Gardinen wier'n tautreckt, doch was dat so hellhürig, dat, wenn Rieke dor up acht had, sei jedes Wurt verstahn künn. Line de had ehren Schatz hüt abend ganz nüdlich updischt, un ut Vörsicht, dat hei sich an de verschieden Spiesen ok nich de Maag verdarben süll, had sei em 'ne Buddel von den'n Herrn Dokter sinen Portwien spendiert. De junge Minsch, obwoll hei man Snieder wier, künn doch 'ne ganz nette Kling slan un was dorüm ok in dissen Ogenblick mit Linen un mit sinen Gott taufreden. Doch wenn de Minsch so recht in sinen Fett swemmt, denn is't Unglück gewöhnlich ümmer nich wied, un de denn am höchsten steht, de föllt gewöhnlich am deipsten. Eben namm de Snieder dat Glas to Hand, üm mit siene glückliche Brut mal antaustöten, as Line dörch de Dörenritz gewohr würd, dat de Dokter in de Husdör kamen derd. „De Dokter kümmt!" säd sei un sach ut, as had ehr de Slag rührt, dormit had sei den Snieder ok all bi'n Kragen und segelt mit em los; as son Bündel Flicken flög hei ut de Dör, halw de Trepp tau höchten. „Mak, dat du in mine Kamer rinner kümmst!" reip sei em na. De Snieder hüppt denn as so'n schat'n Reh' de Trepp herup, geröd' äwer in sine Fohrt an de verkihrte Dör un biestert hier na de Rullkamer rinner. Line, de dit all an't Knarren von de Dör hürt, dat ehr Schatz in'n verkihrt Loch geraden wier, de würd vör Angst heit un kolt. „Herrgott!“ säd s'. „Wur löppt hei nu ok grad rinn, wur de Dokter em doch gliek holtfast krigt.“ Line had ganz richtig raden, de Dokter steg ok gliek de Trepp tau höchten, den Snider up den Faut na un kamm ok richtig an de Dör, wur de Snieder eben dörchflit'scht wier. Line stünn up de Trepp un horcht, wur dit Unglück woll en'n künnt, sei flög' vör Angst an'n ganzen Liew. „Ach Gott!“ säd sei vör sich hen: „De Snieder is doch süß ok nich mit'n Dämelsack slagen un weit doch ok, dat 'n Dokter sin Pargemeter dor an't Finster hängt, wur hei alle Näs' lang na kickt, wat vör Weder ward, wieder wull de Dokter ok dissen Ogenblick nicks.“ Wer up Frigensfäut'n geht, de mütt de Kurasch' heww'n, sin Lewen för de Brut tau riskieren as 'n Stint. Doch ut disse Klemm heruttaukamen was vör den Snieder doch 'n beten künstlich, un twei Stockwark hoch hier ut dat Finster tau springen un denn in'n Düstern, dat was 'n beten gefährlich. Grad as sonne Mus in de Fall, söcht hei denn ok jede Ritz un Loch up, ob hier nich ruttaukamen wier, äwer ne, em blew de einzigst Weg hier dörch dat Finster. Des' Haken dor, wur gewöhnlich Wild un Kalwsbraden an hängt würden, dormit sei irst den richtigen Geruch kregen, süll em ut sine Not rieten, had hei sich in alle Geschwindigkeit berekend. „'n junger Mensch muß Glück haben!“ säd hei sick in sine Freud', as hei gewohr würd, dat hier an den Haken den Dokter sin' Fautsack hüng, den'n Line hüt ruter hängt had, 'n beten uttaulüften. Ein Sprung, denn wir hei allen Falken entflagen. As de Dör up güng, dunn wir hei denn ok ahn lang' Besinnen mit einen Satz ut dat Finster in den Fautsack rinn'. Ebenso as Lining dörch den Dokter in ehre beste Andacht hier mit ehren Snieder stürt würd, was ok gradäwer in de Achterstuw unse kranke Rieke dat Wurd: „De Dokter kümmt!“ dörch alle Glieder fort. Bi alledem, dat sei 'n Dauk üm de Uhren had, was ehr dit doch nich entgahn; sei kreg dat nu wedder mit de Angst, wenn ehr Vadding doch am Enn' odder ok taufällig mit den Dokter spraken had, künn de Düwel noch sin Spill hewwen, ob de oll' Dokter nich so drist wier un ehr na't Besinn' fragen derd; dit müßt sei ut den Weg gahn. „Ne, ne“, säd sei, „von den oll'n Dokter lat ick mi nich an't Geschwür kamen, wenn de mi dorbi drücken un rümmer kniepen will, ne, ne, dat holl ick nich ut!“ Dormit mak't sei sich denn up de Söcken, grad, as wenn de Dokter all hinner ehr wir, so segelt sei dor in'n Düstern äwer den Hof, dor achter den Wasenstapel, dicht an den Dokter sin Hinnerhus. Hier schient ehr dat richtige Flag, wur sei sich seker vör em sin künn. Ehr güng dat ok as so veele, de sich mit ehren Herrgott bekannt maken, wenn't Metz an de Kehl sitt. Sei had dat Og' na baben richt, mit den fasten Gedanken, dat, wenn de Not am grötsten is, uns Herrgott denn am negsten wir. „Ja“, murmelte sei vör sich in ihre Angst: „Du dor baben, du warst mi woll bistahn in min Elend!“ De Preister up de Kanzel, de künn tau sinen Herrgott nich inbrünstiger und uprichtiger beden as disse arme Diern hier achter den Wasenstapel, denn de Angst, dat de Dokter ehr an't Mager kamen künn, wier bet up dat Höchste stegen. Sei had de Hänn' folgt un brummelt ümmer still vör sich hen, dat de dor baben, den sei sich nu ganz un gor hengewen un anvertrugt had, ehr ok helpen würd. – Jä Rieke, hadst du blot wüßt, wer dor grad baben di bammeln derd, denn hadst du di sacht 'n anner Flag upsöcht, di mit dinen Hergott tau bereden. As de Dokter ut dat Finster na sinen Wederapostel langt, müßt de arme Snieder nu den Haken man los laten, un in den Fautsack dalducken, dormit hei vör den Dokter unsichtbor blew. Aewer ja, ja, wenn dat ok heit: „Denn was ein echter Schneider ist, der wieget sieben Pfund, und wenn er das nicht wiegen tut, denn ist er nicht gesund.“ Hei müßt de Reis' man antreden. De oll' Hank von den Fautsack was dörchreten un de Snieder kamm von baben de twei Stockwark as son Irwisch herunner gereist un plumpst hier dicht vör Rieken in den Waderpümpel bi'n Meßfahlt un in Rieken ehre fromme Andacht herin, dat ehr de Supp von dit Adelwater, wat grad nich am besten rückt, üm de Uhren spritz't. Rieke de kriescht up, dat dat up de ganze Nawerschaft tau hüren wier. Un grad so, as de Snieder ut den Fautsack herut gekräpelt kamm, würd ok Rieke nu achter den Wasenstapel sichtbor un wankt mihr dot as lebendig äwer den Hof. Bi all dit Unglück had de Snieder doch noch Glück, wenn hei sich dat Achterdeil ok 'n beten stuckt had und tau glieker Tied up sine Himmelfohrt ok gehürig döft wier, so had hei doch wieder keinen Schaden dorvon nahm'. Dörch dissen ganz utverschamten Schreck was nu ok Rieke holpen, ehr oll Geswür, wat irst all so hallweeg had Luft kregen, dat was nu mit 'n mal platzt, ach, wat wir ehr licht üm den Kopp. Ja, ja, wer mit son oll Ding mal ansett'n hett, de weit gewiß, wat Rieke for 'ne Pien utstahn hett und kann dorvon mitreden, wat dat heit, wenn einer Luft krigt, dat hei von sin Leiden erlöst is. Rieke had sich denn ok bald von dissen Schreck erhalt, un as taufällig Wassermann an ehr ranner sprüng, de jeden Abend, wenn't düster würd, los makt würd, dunn kreg sei den gliek in denn Halsband tau fat'n, dormit de Snieder 'n heilen

Bodden in de Bücks behüll, denn as de dor ut den Fautsack gespaddelt kamm, wier dat Beest von Köter gor nich tau holl'n. Rieken, de kamm disse ganze Komedie as 'ne Schickung Gottes vör, blot dat de Snieder kein Engel wier, äwer hei had doch ümmer sin Deil dortau bidragen, dat sei de Wehdaag los word'n un dat de oll' Dokter ehr doch nich bi dat Flüchtentug kregen had. Un as de Snieder denn bi ehr vörbi humpelt un son'n bet'n schul'schen „Gunn Abend, Fröl'n" säd, had sei doch lud uplachen künnt, leider wull de lütt Mund, de noch ganz schew up de ein Sied satt, nich mitlachen. So güng sei denn seelensvergnögt äwer dissen Spaß mit ehren Wassermann na 'n Hus' rinne. So vergnögt as ehr wier den Snieder grad nich tau Sinn, denn wenn hei ut 'n Dur wull, denn müßt hei an den Kauhstall vörbi, un hier as unsichtborer Geist, wenn't ok düster wier, an vörbi tau kam'n, dor stünn' em de Hor vör tau Barg. Obwoll hei fix tau Bein was, säd hei sich doch: „Nu hest du woll dat letzte Fauder in't Liew!" Denn achter de Stalldör in'n Schatten, dor stünn sine Steifliebste, oll' swart Hanne, as sei näumt würd.

As sonne Siegesgöttin had sei sich hier upstellt, denn sei had noch 'n lütt Häunchen mit den'n Snieder tau plücken, säd sei sich, un wull em hüt abend de Hacken eis 'n beten kort maken, dormit hei nich so licht wedder up Afweeg geröd. De Ogen, de glimmerten ehr in den Kopp, as son'n Kater, wenn de 'ne Mus up de Spör hett. Sei wier von't Melken upfohrt un had glöwt, dat de ganze Hofstäd brennt, as sei ehr Fräul'n so gottsjämmerlich had upschriegen hürt. Von hier ut, wur ehr keiner sehn künn, had sei sich den ganzen Spaß mit den Snieder sine Rutschpartie mit ansehn. „Dat is de Straf' dorför", säd sei tau sich, „dat hei mi as son Bucklamm hett afset't. Gott, ick bün jau gornich bös doräwer, denn son' Stuwenstinker von Snieder find't man alle Daag biweeglang, dor brukt man sich nich irst einen ut den Adelpohl tau fischen." Wenn sei ok gornich bös dorup wier, as sei säd, dat Dokters Line ehr den Snieder so vör't Mul had wegangelt, so grillt ehr dat doch, un uterdem had de Snieder mitsammst sine Zippkatrien, as sei meint, noch 'n Schinken bi ehr in'n Solt. Wur künn so'n Zegenbuck sich woll inbill', dat sei gor kein passendes Verhältnis tau em wir un sich sogor tau ehre Fründinn noch utlaten, dat sei tau sihr na 'n Kauhstall rücken derd. Un dit olle Snackjatt bi Dokters had jau woll jor meint, dat hei, disse Jammerlappen von Snieder, ganz anne Ansprüche maken künn, as sich hier mit son'n Kauhstallfährig tau bemengen. Dit störr ehr dissen Ogenblick all up as bortsch Bier, un de Gedanken, de küselten sich bi ehr in den Kopp rundüm, dat sei gornich mal den richtigen Holtfast kriegen künn, üm den'n Snieder hier mal gehörig de Huk tau trecken, so as hei't verdeint had. Un wenn't Not derd, künn hei ok noch weck in't Laken hackt kriegen, dor wir sei ok kumpavel tau. Dit von wegen den Kauhstall, had sei nu jau de beste Gelegenheit, em hier in de Näs' tau rieben. „Dor heww ick noch gor nich von hürt", kamm sei ehren oll'n gewesenen Schatz gliek in den Wurf, „dat hier dörch anner Lüd Finstern ok noch Weeg gahn!" Sei wull em doch gliek so de Wach ansegg'n, dat de Dokter, de dor noch ut dat Finster kieken derd, ob hei nicks sehn künn, wat dor runner foll'n wier, doch ok hier wat von hür'n süll. „Nah sonne Ort Herrn, wur de Swien all den Kopp vör schütteln, ward den Herrn Dokter dor baben", wiest sei na dat Finster rupp, „ok woll nich verlangen". Den oll'n Snieder, den'n leip dat heit un kolt öwer, dat was de Angst vör 'n natt Johr, hei sach sich son'n beten verschew na ehr üm, ob sei ok woll 'n Bessenstehl odder süß 'n Stück Dings in de Hand had, dat hei noch wat up't Kleid kriegen künn. „Wenn du von de Landstraat afbiestert büst, denn ward ick di den Weg wiesen, dormit du wenigstens weit'st, dat dit de Kauhstall un nich den Dokter sine Rullkamer is!" Dormit langt sei üm de Eck na den'n Bessen. Aewer ja, ja, wur blew in den Ogenblick de Snieder, in drei Sätz wier hei as son Wind ut'n Dur hüppt, wat taum Glücken wied upstünn. „Den Zegenbuck wull ick woll de Klie upholpen heww'n!" säd sei un stellt den Bessen wedder in de Eck. „Na, sine Holde wad lieker woll marken, dat hei nich ut den Parfümerieladen kümmt", lacht sei denn so recht gehlgrön un güng wedder na 'n Kauhstall rinn, üm wieder tau melken.

So wied wier all's ah'n Blautvergeiten afgahn, blot Dokters Line, de satt dor mit an, as en Mäten mit't Kind, wenn sei ok alle Buddel un Gläs' un den Dokter sine Zigarren un wat't süß noch all von Kunderband wier, wat nich in de Spieskamer hür'n derd, bi Sid brögt had, so was doch ehre Angst tau grot, dat ehr Schatz sich Arm un Bein künn braken heww'n. In ehr Unglück wir sei bald bi'n Dokter mit de Dör in't Hus foll'n, doch as sei markt, dat de den richtigen Vagel gornich sehn had un blot einfach frög, as hei de Trepp runner kamm, ob dor 'n Braden hängt had, de eben runner foll'n wier, begrep sei sich denn ok gliek un slög 'n ganz annern Ton an. Noch segelt jau alles dicht, säd sei tau sich, un dat hei mi nich achter de Kollissen kickt, dorvör war ick woll uppassen. „Dat wir den Herrn sin Fautsack", säd sei, „den heww ick vergeten, rintauneh'm." – „So, so", säd de Dokter, „denn is dat Hänksel doran woll all schlicht, sorg' man dorvör, dat hei wedder an hier kümmt." – „Ick ward gliek rümmer gahn!" säd Line, de somit nu sich dacht, ut de düllste Patsch rut tau sin. Aewer dat Unglück slöppt nich. Sei had grad den Herrn Dokter sine Lamp anstickt, as swart Hanne, de ehr dissen Gang woll afnehm' wull, in de Achterdör kamm, mit dat Gewarw, dat sei sich den Fautsack man allein ut den Adelpohl ruter flöten süll, den'n ehr holdes Bild ehr dor tau'm Andenken had in ligg'n lat'n. Un üm ehr 'n Sticken tau stecken, säd sei denn so recht spitz, dat de Dokter ut sine Stuw, de upstünn, dat ok hürn müßt: „Ick dacht jor, din leiwer Schatz, de wir mandsüchtig word'n, as hei dor ut dat Finster in den Fautsack rinner spaziert. Ick heww em glückliche Reis' wünscht und had em noch 'n Denkzettel mit gewen, wenn hei blot sich 'n beten upholl'n had, dat hei sinen Parfüm nich tau'm tweiten Mal bi 'n Kauhstallfähnrig söcht had, hest du mi nu verstahn?" Un dormit rut ut de Dör.

„So", säd s', as sei buten wir, „dat heww ick ehr all lang' taudacht!" Line wier boomstill, sei stünn, as wir ehr dat Gesicht dalschat'n. As denn nu de Dokter, de disse ganze Litanei mit anhürt had, nu frög, wat dat denn von Hokuspokus mit den Fautsack wier, dunn sach Line ok in, dat hier kein Loch mihr wir, wur sei sich ruter leigen künn, sei müßt sich man gefangen gewen un all's, utbenahm', wat in de Spieskamer vörgahn wir, ruhig ingestah'n. As sei denn nu all's uprichtig bicht had un de oll' Dokter ehr unglückliches Gesicht sach, füng hei an tau lachen: „Na", säd hei, „dat dat mit den Fautsack nich so ganz geheuer wier, heww ick all an't Plumpen hürt." De Angst äwer ehren Snieder un de Freud', dat all's so glatt afgahn wier, had'n oll Line'n doch so windelweik makt, dat sei den Dokter nu all's Gaud's anlawt, sei wull den Fautsack jau giern reine Wäsch' antrecken, un ehr Snieder, de süll dor 'n Hängsel an maken, wat wenigstens ok 'n Snieder hüll, un wenn hei noch sonne stramme Mahltid dan had. Sei wull all's vör den Herrn Dokter daun, wat ehr jichtens minschenmäglich wier. Ja, wenn de Herr Dokter dat verlangt, denn künn sei tau Straf' den Snieder sojor noch friegen. As dunn de oll' Herr Dokter so in'n Bort rin smunzelt un säd, dat hei denn ok gewiß ehr Kunn' wier, dunn was Line denn wedder baben up.

Un richtig kamm dat so. As Line mit ehren Snieder denn späder in den Stand von de geflickten Hosen treden wier, was de Freud' ümmer grot, je öfter Herr Dokter kamm. Ebenso güng dat Rieken, de bi den Anblick von den Dokter sin Rullkamerfinster ümmer dissen Spaß von den Snieder sine Finsterpromenad un ehr Tähnengeswür infüll, dat sei as Großmudder noch doräwer lachen müßt, wat sei eis vör Angst had utstahn, wenn't heit'n had: „De Dokter kümmt!"

Bernhard Trittelvitz

Wi Doktors sünd man blots Handlangers

Dat wier November-Moond, un buten rägend dat för dull. Bi Dokters wier dat ävers gemüütlich, denn Lotting harr al anfongen, Päpernööt to backen. Ehr Mann seet dorbi un freugde sik, wur fix ehr allens von de Hand güng. He wier mööd, wieldat he jüst den wieden Weg von Liddow kamen wier, vergnöögt wier he ävers doch.

„Weetst du, Lotting, so'n langen, däägden Rägen to Harvsttiet hett för uns Dokters doch ok wat Godes. Ik heff in de letzden Daag al ganz nüütlik to doon hett. Wenn dat so wiedergeiht ... Wat meenst du woll? Of mi dat woll glücken känn, dat ik anner Johr en Pierd ...?" Wieder keem he nich, denn nu rappeld dat Telefon.

Fief Minuten dorna simmd he al dörch de Nacht un dörch den Rägen na Tesenvitz hento, denn Buur Boddin sien Jung harr't an den Blinddarm krägen.

„Un wat maken wi nu?" froog Boddin, as Gustav mit sien Unnersööken farig wier.

„Tje, dat is de Fraag, wur sik de Gelihrten up de Welt noch nich kloor över sünd. In Frankriek snieden de Dokters nu jawoll jeden Blinddarm rut, de sik rögen deit, ahn lang to töven ..."

„Snieden?!" reep de Buur ängsterlich, un sien Fru kreeg al dat Snufdook rut. „Snieden?!" Gustav müssd nu glieks an dat denken, wat Lotting em dunnmals seggt harr, von wägen dat de Lüüd so bang vör't Snieden sünd.

„Nu man sachting", meend he. „So wiet sünd wi noch nich. In Düütschland griepen wi Dokters nich so fix to't Metz. Bi uns gifft dat väle Professers, de raden dorvon af. Un dorüm segg ik: Töven wi ierst ees, wur de Haas henlöppt."

Dor wieren se all mit tofräden, Vadder, Mudder un de Jung. Gustav leet ne Iesblaas upleggen un schreef Druppen up. „So, de gäven Se Ehren Helmut. Dat Se mi den Jungen ävers keen Äten bringen, man blots en Schluck Melk!“

Vergnöögt steeg Gustav wedder up sien Rad un führd na Paschendorp torüch. Doch al unnerwägens würd em dat ungemüütlich to Sinn. ‚Is doch en verdammten Kraam mit so’nen Blinddarm‘, müssd he denken.

Lotting freugde sik, dat he so fix an Huus keem, denn se dachd, nu künn se en bäting mit em snacken. Von wat woll? Na! Ganz gewiss doch von ehren Jungen, de in vier Mond kamen süll. Von wat anners snackden se al lang nich miehr. Hüüt würd dor ävers nix ut, denn Gustav haald sik sien Dokterzeitungen un en groten Stapel Böker ut dat Schapp un füng an, allens to studieren, wat över’n Blinddarm schräven wier. Un dat wier to de Tiet verdammig vääl, in jede Nummer stunn wat in. He lees dor nu ievrik up los, bet em ganz düsig in’n Kopp würd. Mitees sloog he mit de Fuust up den Disch: „To’n Düvel noch mal to!“

„Gustav, laat dat Fluchen!“ reep Lotting un keek von de lütten Kinnersöcken up, de se in de Maak harr.

„Dor hest du in recht, mien Diern. Mit Fluchen is mi nich holpen. Ävers segg mi blots, wur sölen wi armen Landdokters woll trecht finnen, wenn de hogen Herrn Professers dor keen Klook in kriegen? Een seggt so, un de anner so.“ He verkloord Lotting de Saak, dat de ganz ängsterlich würd un reep: „Um Gotts willen, wenn dat so gefährlich is, denn schick den Jungen doch man glieks in’t Krankenhuus.“

„Tje, dat seggst du so. Wenn ik jeden Fall, de wat kettlich is, an’t Krankenhuus afgäven sall, denn maak ik mi sülven to so’ne Oort von Verkehrsschutzmann: Bitte, mein Herr, die dritte Querstraße rechts zum Facharzt für Chirurgie! Und Sie, mein Fräulein, gradeaus zum Frauenarzt! To’n Schluss härr ik denn man blots en poor Lüür mit Rheumatissen to versorgen. Nee, Lotting, dat kann nich dat Richtige wäsen. Ik mütt dat farigbringen, för mienen Kraam intostahn, wenn ik man weet, dat ik mi nahst nix vörtosmieten heff.“

„Un ik wett, wurans du dat maken müsst!“ reep se vergnögt. „Gistern is doch ierst so’n Zeitung kamen. Dor richt di na. Wat se in’t niegste Blatt schrieven, mütt doch dat Allerniegste sien, un dat maakst du, un büst ganz gewiss hoochmodern. Segg dat ävers nich to de Lüür, süs führst du di wedder fast.“ Nu müssd Gustav sik ja högen, he kreeg dat

Dokterblatt vör un söchd un söchd. „Hier heff ik't!" reep he denn. ‚Wenn Puls und Temperatur nur mäßig erhöht sind, so ist man zweifellos berechtigt, abwartend vorzugehen und durch Ruhigstellung des Darms die Spontanheilung zu unterstützen.' Hurra, Lotting, so heff ik't maakt, un nu weet ik ok, dat ik up den rechten Weg bün."

„Na! Denn pack dien oll döömliche Böker weg. Sasst seihn, morgen is Helmut Boddin al bäter."

Ja, he wier bäter!

„Se sünd ja de reine Wunnerdokter!" reep Buur Boddin, as Martens den annern Middag in de Döör keem. „Uns Jung hett gor keen Wehdaag mihr." Gustav Martens wier to Moot, as wenn em en groten Steen von'n Harten runnerfallen deed. He harr ja doch de ganze Nacht an Helmut Boddin denken müsst, wenn he ok wüssd, dat he allens richtig anordniert harr, un noch dorto ‚hochmodern'. He unnersöchd den Jungen un fünn, dat noch allens graaad so wier as gistern. Blots de Wehdaag wier weg, un dat keem von de Opiumdruppen. Süll he nu noch ees von Operation anfangen? Ach wat, se würden em ja utlachen, denn de Jung wier bäter.

Un doch harr Gustav Martens den ganzen Dag keen Rauh. As dat gegen Avend güng, lett he sik Buur Boddin an't Telefon ropen. „Wat maakt Ehr Helmut?" froog he. „Den Jungen geiht dat goot", kreeg he to Antwuurt. „Pien hett he keen, dat Fever is graad so as gistern, un de Puls sleit hunnert Mal. He lött ok väälmals gröten."

„So, so", dachd Martens för sik, „de Puls is up Hunnert rupkladdert."

„Gustav, so sett di doch ees hen! Wat rönnst du ümmer in de Stuuv herüm?" Martens bleef vör sien Fru bistahn un stöhnd: „Tje, mien Diern, ik denk dor ümmer över na, wurans dat en Blinddarm woll to Moot is, ihrer dat he platzen deit."

„Hüür ees, Gustav, as wi Bruutlüür wieren, hest du oft mals seggt, dat wi fröhliche Landdokterslüür warden wullen. Bether bün ok dor noch nich vääl von gewohr worden."

„Ja", nicköppd he, „ik heff mi dat Läven ok anners dacht. Ierst heff ik mi ümmer termoodbarst, wurüm de Lüür sik nich von mi kurieren latten wullen, un nu, wur en poor kamen, warrt mi de Last up mien Schullern al to swoor. Ik trööst mi hüüt ümmer mit dat, wat mi ees en Kunstmaler seggt hett: ‚Den Sünnenschien krieg ik blots up mien Biller, indäm dat ik dor swarte Placken hensetten do, wur de Sünn nich henkümmt.' Künn ja sien, dat't bi uns Dokters graad so is. Wi würden woll gar nich gewohr warden, wur schöön uns Beroop is, wenn't nich ümmer up Dood un Läven güng."

Dit keem Lotting woll spaasig vör, un dorüm lachd se: „Denn hüür man för hüüt mit de swarten Placken up un freug di to den Sünnenschien, de dörch ehr up uns Lövensbild kamen is."

Gustav versöchd dat ok, man blots dat glückd em nich, un't wohrd nich lang, denn sprüng he up. „Dat helpt nu all nix, Lotting, ik mütt noch ees na Tesenvitz. De hunnert Puls laten mi keen Rauh." Dormit leep he ut de Döör.

As he an dat Krankenbett stunn, seeg he fuurts, wat los wier. He leet sik up keen lange Rädensoorten in, güng över de Straat na dat Postfrölen un reep den Krankenwagen.

„Hier gifft dat blots noch een: ‚de Operation'!" säär he to de Öllern. Denn settd he sik an Helmut sien Bett un bleef dor sitten, bet de Wagen keem. Dat wohrd ne ganze Stunn, ne swore, lange Stunn. De Unrauh wier von em follen, denn de Striet wier nu ja ut, in den he de letzten twee Daag stahn harr, un he harr em verluren. He harr sik wohrhaftig vääl Möh andaan, he harr mit depen Iernst na den rechten Weg söcht, he wier den Weg gahn, den em sien Dokterblatt wiest harr. Un doch wier de Weg verkihrt wäst. An sien Enn stünn en Krüüz! Arm lütt Helmut!

De Krankenwagen führd vör dat Huus, twee Mannslüür kregen den Jungen to faten, läden em up de Böör un schoven em in den swarten Wagen. Denn güng dat in de Nacht herin.

Martens stunn lang un keek em na.

Twee Daag dorna wier Sünndag, un as de Kirch ut wier, keem Paster Timm in't Dokterhuus.

„Ik kann Se Nachricht von Helmut Boddin bringen, Herr Dokter, man blots keen gode. He liggt up den Dood."

„Ik heff't mi dacht", säär Gustav.

„Ja, dat is schaad üm den Jungen. De beiden Öllern sünd ganz kuurlos."

„Dat is to verstahn, denn se hebben man blots den enen."

„Boddin vergrippt sik nu ävers, indäm dat he Se, Herr Dokter, de ganze Schuld bimäten deit."

„Wat? Mi?"

„Ja, un dorüm kaam ik her. Ik wull Se wohrschugen. De Mann is ganz verrückt un wull Se to Liev. Ik raad Se, gahn S' em ut'n Weg."

„En Ossen un en Feuder Heu sall een ut den Weg gahn, seggt en oll Snackels. Nee, Herr Paster, dor kennen S' mi slicht. Hüüt noch führ ik na Bargen un besöök Helmut. Ik wil man hapen, dat he noch an'n Läven is."

„Weten Se ok, dat Boddin sik up den Dokter in't Lazarett beropen deit?"

„Up Dokter Reimer?"

„Ja, de sall seggt hebben, Se hädden den Jungen fuurts schicken süllt, denn härr he em noch redden künnt."

„Dat is lagen!" bruusd Martens up. Paster Timm ävers wischd sik den Sweet von'n Kopp un dachd: ‚Härr'k doch man blots dat Muul hollen!'

De Dokter wier upsprungen un leep nu mit en roden Kopp in de Stuuv up un dal. Denn bleef he vör den Paster stahn un säär ganz sachtmödigt: „Ik weet, Pasting, dat Se dat goot meinen. Ik dank Se dor ok för. Nu laten S' mi ävers alleen, denn ik wil fuurtsen hen un mit Musche Reimer en driest Wuurt räden." He güng mit den Paster noch bet an de Huusdöör, denn tröck he sik sien Stävel an un sprüng up sien Rad. „Lotting", reep he in de Kööк, „ik mütt weg un kaam ierst laat wedder torüch." Denn simmd he de Straat na Bargen hento.

„De Hund, de verfluuchte Hund! Den wil ik bibringen, mit Kollegen ümtogahn!" So grummeld Martens vör sik hen. Man goot, dat he teigen Kilometer to führen harr, denn nu kunn he sik ierst ees en groot Deel von sien Raasch afstrampeln. As he denn ävers in dat Krankenhuus keem, verfierd sik de lütt Swester an de Puurt nich slicht vör den Kierl, de so deed, as wull he Kinner fräten.

„Wo ist der Herr Chefarzt?" bölkd Martens ehr an.

„Ich … ich … ich weiß nicht", stamerd se un leep na de Oberin. De keem denn ok glieks antoswäven. „Doktor Reimer? Der ist heute leider nicht hier. Wünschen Sie unsern Assistenzarzt zu sprechen?" Dat wull Martens nich. „Oder darf ich Herrn Chefarzt etwas ausrichten, wenn er zurückkommt?"

„Nee!" säär Martens basch. Wat he so seggen härr, dat leet sik blots unner vier Ogen aufmaken. „Ist der Bauer Boddin im Hause?"

„Der ist vor einer halben Stunde fortgegangen."

So, dar stunn uns Gustav nu mit sien schöne Raasch, de he teigen Kilometer över Land dragen harr, un wüssd dor nix mit antofangen, denn he harr kenen, an den he ehr utlaten kunn. För wat harr he sik nu all de driesten Rädensoorten in 'n Kopp torechtleggt, mit de he Dokter Reimer harr unner de Ogen gahn wull? He keek sik wat unschlüssig üm, dunn säär de Oberin: „Sie wollen gewiß Ihren Patienten besuchen?“ Ach ja, dat wier woll dat best. Wenn he ok nich in Stimmung wier, an dat Bett von en Swoorkranken to träden. Doch de Oberin güng al vörut den Korridor langs, un he achter ehr her. „Bumms, bumms!“ ballerden sien Stävel up de Balen, dat jedereen hüren kunn, dat nich mit em to spaassen wier. As se an de Döör kemen, achter de Helmut Boddin leeg, keek de Oberin den Dokter fründlich an, läär den Finger up de Lippen un fluusterd: „Er kann keinerlei Lärm vertragen.“ Denn maakd se de Döör up un leet Gustav rin. De bleef ierst ees an de Döör bistahn un keek sik den Kranken an. Mitees wier em so, as of een mit de Hand över sienen Kopp straken deed un alle Raasch un allen Arger von em nehm. Dor leeg Helmut nu un streed mit den Dood. De Bakken wieren em deep infollen, de Ogen wieren as utlöscht, de Aten güng rasch, un de Hännen legen swack un matt up de Deck. As Martens en Schritt neger keem, keek de Jung up, un en fründlichen Schien keem em in de Ogen.

„Dat – geiht – mi – al – vääl – bäter“, säär he liesen.

Martens settde sik to em up de Bettkant un greep na den Puls. Dunn kunn he föhlen, dat de Dood al de Hand up Helmut leggt harr. Dit möde Hart würd woll bald sienen letzten Slag daan hebben.

In dissen Ogenblick schoot Gustav Martens dörch den Kopp, wat he hier in't Krankenhuus wullt harr, un de depe Schaam keem över em. Wur dumm keem em sien ganze Raasch vör, wur dumm sien Schellen un Fluchen! Up den ganzen Weg von Paschendörp bet hierher an dit Bett harr he blots an sik sülven dacht, an sik un an sien Ihr, von de he meend, dat se angräpen wier. An den Jungen, de nu starven müssd, harr he nich dacht. Gewiss doch, schöön wier't nich, wat Dokter Reimer von em as Kollegen seggt harr, un Gustav sien Arger wier woll to verstahn. Doch wat güll de woll gegen all dat swore Leed, dat över Helmut Boddin un över sien Öllern kamen wier!

As Martens na ne Wiel ut dat Krankenhuus güng, ballerden sien Stävel nich mihr up de Balen, un as he an de Puurt vörbikeem, nickköpp he de lütt Swester fründlich to.

Dree Daag dorna würd Helmut Boddin graven. Ganz Thesenvitz güng mit na den Kirchhof un halv Paschendörp. Gustav Martens ävers seet to Huus an sienen Schriefdisch, harr den Kopp in beide Hännen stütt, un ut dat Beiern von de Klocken hüürd he ümmer blots de Wüür herut: ‚De eenzigst Jung, de eenzigst Jung.' He kunn sik ok de neegsten Daag nich upmüntern, dat Lotting falsch würd.

„So nimm di doch tosamen, Gustav. Wat sall dit? Du kannst dor doch nich vör." He keek ehr bedröövt an un leet den Kopp noch deper hängen. As de Paster den annern Dag in't Huus keem, reep de ok glieks: „Dokter, wur seihn Se blots ut! Mi dücht, Se kamen över de Saak mit Helmut Boddin nich över weg."

„Dat seggen S' man, Herr Paster!" süüfzd Lotting. „He löppt in't Huus herüm, as wenn he schuld wier an Helmut Boddin sienen Dood."

„Nee, Lotting", rep Gustav nu, „dat stimmt nich ganz. Vör Minschen bün ik nich schüllig, denn keen Dokter up de Welt kann för wiss un wohrhaftig seggen, dat he den Jungen härr redden künnt."

„Dat seggt ok Dokter Reimer nich", full em de Paster in't Wuurt, „ik wier hüüt bi em, un he lött Se gröten. He gifft Se ok keen Schuld, denn Se hebben Helmut graad so behannelt, as dat de annern Dokters hier birüm doon würden. Un mit Boddin is he hellschen to Kihr gahn. De warrt sik höden, noch ees wat Slichtes von Se to seggen."

„Dat glööv ik woll, Herr Paster, dat helpt mi man nich. Ik weet hüüt, dat ik den Kranken glieks den iersten Dag in't Krankenhuus härr schicken müsst. Un wat heff ik daan? In mien Böker heff ik rümsöcht un heff mi von de begööschen laten. Up de Unrauh in mienen Harten härr ik hüren müsst. De hett mi nich slapen laten, wieldat ik fuurts den iersten Ogenblick in't Geföhl harr, dat de Jung up den Dood krank wier. Doch wat sall dat lange Räden? Nu is dat to laat, Helmut is doot, un de Schaden is in alle Ewigkeit nich wedder goot to maken."

Nu füng de Paster an to koppschüdden.

„Nich goot to maken?" reep he. „Schamen S' sik wat! As Pasterjung süllen Se weten, dat Gott allens kann. He is noch mit ganz anner Dingen farig worden as mit Helmut sienen Dood." Gustav Martens würd bi disse Wüür von den Paster nadenkern.

„Ja ... ja", säät he liesen vör sik hen. „So härr Vadder ok woll seggt."

„Dor könen Se up af, so härr he seggt! Ji Dokters billen juuch man in, dat ji mit allens ahn em farig warden könen. Dorbi sünd ji doch man Handlangers un mütten doon, wart de Meister wille." Gustav Martens wier bether mit de Hännen in de Büxentaschen dörch de Stuuv hen un her lopen. Nu ävers bleef he vör den Paster bistahn.

„Weten Se ok, dat Se jüst dat beste un hööchste von unsen Beroop seggt hebben, wat jichtens to seggen is? Handlanger Gottes! Ach, wier ik't man blots! Ik heff mi inbildt, ik künn een warden, as ik hier dunnmals so överböstig bi juuch ankeem. De oll Dokter Biel hett mi woll wohrschuugt, ik süll dat ierste Johr keen grote Döömlichkeiten maken, ik ävers heff em in'n stillen utlacht. Ik harr ja den Kopp vull von den niegen Dokterkraam, wat süll mi tostöten? Un doch is mi't leeg gahn. Solang ik mi blots in mien Wüür vergreep, wier de Schaden noch nich so groot, un he hett blots mi sülven drapen. Nu ävers is mien Doon verkiehrt wäst, un dat hett en Minschenläven kost, en düres Minschenläven, denn Helmut wier dat eenzigste Kind. Dat warden mi de Minschen hier nich vergäten, solang as ik in Paschendörp bün. Na! Ik kann ja gahn, ävers Buur Boddin un sien Fru mütten blieven, un üm ehr rüm warrt dat kolt un still sin, denn keen Kinnerlachen maakt ehr ollen Daag hell un warm."

Lotting wieren bi disse Wüür de Tranen kamen, un de Paster wüssd nich recht, wur he henkieken süll, denn he müssd den Dokter ja tostimmen. Denn ävers meend he: „So vääl as ik de Lüür kennen do, warden se woll de neechste Tiet wat torückhollern sien. Doch wer weet? Kann ok sien, dat se't bald vergäten. Mi freugt man blots, dat Se, Herr Dokter, in Biesternis sünd, wenn Se ümmer seggen, Helmut wir dat eenzigste Kind. He hett doch noch ne Schwester!"

Dit wier für de Dokterslüür ganz wat Nieges, un dorüm müssd de Paster vertellen. Dat würd en langen Strämel, denn't wier ne Leevsgeschicht. Wanda Boddin, dat wier de Swester, güng al lang mit een von Buur Lokenvitz sien Jungs. Wieldat de ävers kenen egen Hoff kreeg, wullen de ollen Boddins dor nix von weten un hadden de Diern na ehr Tanten in Hamborg schickt, dat sik de Leevslüür wat ut de Ogen kemen.

Dor wier dat ok von kamen, dat Martens ehr bether nich vör Ogen krägen harr. As he nu ävers von den Paster to hüren kreeg, dat Boddins in ehr ollen Dage nich ganz alleen un verlaten herümsitten müssden, düchd em de Schaden, för den he sik sülvst schüllig sprook, nich mihr graad so groot to sien. He dachd nich mihr so vääl an Helmuts Dood un sprook ok nich in eine Tuur dorvon, dat Lotting sik al freugde: „He begrippt sik, he kümmt doröver weg!" Ut de Noot süll Martens ävers doch nich herutkamen, un dor wieren sien Paschendörper an schuld. Wenn Buur Boddin ok woll nich mihr slicht von em sprook, all de annern wieren sik einig: „An den niegen Dokter is nix an.“ Den sien Warteruum bleef leddig, un dat in den Dezember-Moond, wur de Minschen doch so vääl krank warden.

Martens leep as deepsinnig herüm. „Ruut hier! Blots ruut ut dit verrückte Dörp! De Lüür vergäten mi't ja doch nich, solang as ik hier bün!“ So kunn he denn woll in sien Noot ropen. „Dat hett ja keen Sinn un Verstand, hier noch länger rümtositten. Wat höllt mi hier denn? Nix, rein gor nix!“ Dit letzte wier lagen. He hüng doch mit sienen ganzen Harten an sien Heimat, an sien Rügenland. Överto wier he nich mihr för sik alleen, he harr sien Lotting, för de he upkamen müssd, un de droog en Kind unner'n Harten. Süll he de up de Bahn setten un to Swiegervaddern schicken? „Hier hest du ehr. Ik sülvst bün nich Manns noog, ehr satt to maken.“ He simmelierd un simmelierd, bet he sik kloor wier, wat he doon müssd. To See wull he wedder gahn, as Schippsdokter wier he ja al ees rund üm de Welt führt. Dor verdeend he ok so vääl, dat Lotting nich nödig hebben würd, snurren to gahn. He schreef na Bremen, un den Dag vör Wihnachten keem de Antwuurt. Ja, se hadden em för den Damper „Luzie Woermann“ up dree Mond anhüürt, den föfteigsten März süll de Fohrt losgahn.

As he Lotting den Breef wiesen deed, kreeg se natte Ogen. Se säär ävers: „Üm mi bruukst du di keen Sorgen to maken. Wenn uns Kind kümmt, warrt sik woll een finnen, de mi helpen deit.“

Disse Wüür grepen unsen Gustav deep an't Hart.

Wenn sien leev Lotting ehr swore Stunn kamen würd, denn wier he wiet, wiet weg, buten up de hoge See, un frömde Minschen müssden ehr Bistand doon. Frömde Hännen würden ok sien Kinding up sienen Weg in diesse Welt hollen, fröme Ogen würden den iersten Atentog seihn, un frömde Uhren den iersten Schrie hüren.

Ach, wat wier't för en Jammer!

To'n Glück kümmt nu en lütt Twäschenpoor

An den Niejohrsdag leeg Rügen unner hogen, frischen Snei, denn't hatt de ganze Nacht sniegt. „Dit wier so'n Wäder to'n Slädenführen!" dachd Gustav Martens, as he ut dat Finster keek.

Klingelingeling! Süh, dor keem ok al en Buurnsläden de Straat langs un hööl vör dat Dokterhuus an. Nanu? Wull em würklich een halen? Jawoll, dat wull een, un dat wier Fischer Engelbrecht, den sien Fru krank wier. He un se wieren Rappiner Kinner, un Martens wier mit de beiden to School gahn. Nu ävers wahnden se in Lietzow up Jasmund.

„Aha", dachd Martens, „dat liggt so wiet af, dor hebben se woll noch nix von Helmut Boddin to hüren krägen." Denn ävers säär he: „Kumm rin, oll Fründ, un vermünter di en bäten. De Kaffe is noch warm."

Indäm keem Korl Timm, de Pasterjung, in vulle Fohrt antopesen, un Martens freugte sik to den Jungen, wat de in den hogen Snei so lopen künn. An den sien Hart wier nix nich von de Krankheit torückbläven! „Unkel Dokter", reep Korl, „wisst du utführen? Oh, nimm mi mit!"

„Mien'twägen", säär Gustav, „denn loop fix na Huus un fraag dien Mudding. Segg, dat wi gegen Middag woll wedder to Huus wieren." Korl keem na dree Minuten toriich, un denn güng de Fohrt los. Se würd nich so schöön, as se sik dat dacht hadden, denn dat Sniegen füng bald wedder an, un de spöttsche Westwind bröchd den Snei in't Drieven. Engelbrecht müssd vörsichtig führen, dat he nich von den Weg afkeem. Dorbi vertelld he in eine Tuur von sien Dürten, wur se de Pien to sitten harr, wur't anfongen un wurans dat wiedergahn wier. To'n Schluss kunn Martens sik uträken, dat he wedder en kranken Blinddarm unner de Hännen kriegen würd.

Ja, so würd dat ok. Allens wier jüst so as bi Helmut Boddin, blots de Dokter nich. As Engelbrecht jüst so as Boddin fragen deed: „Un wat maken wi nu?", dunn wüssd Gustav, wat he to seggen härr. „Bi den Blinddarm gifft dat blots een Middel: Rut mit em! Mien Dürten, du müsst up de Stell in't Krankenhuus." Nu güng dat Schriegen los. „Nee, nee!Ik gah nich in't Lazarett! Leivers wil ik starven." So bleef se ne Tietlang bi. Martens begööschd ehr denn, so goot as he kunn, un dat glück em ok. Na ne Wiel begreep se sik un snükerd: „Mien'twägen, maakt mit mi, wat ji willen. Doch blots, wenn du mit mi kümmst, Gustav. Du müsst mi de Hand hollen, wenn se mi chloroformieren." Dor kunn Martens ja nich ‚nee' to seggen.

He is mit ehr in't Lazarett führt, he hett de ganze Operation mitmaakt, un de is goot aflopen.

As he denn wedder mit Korl Timm in den Släden stiegen kunn, um na Huus to führen, wier dat ävers al verdammig laat.

Baven up de Paschendörper Heidbarge stünn en Minsch. Sien swarten Rock weigd in den Wind. „Au Backe! Dat's Vadder!" reep Korl Timm, sprüng ut den Släden un leep den Barg herup. De Paster röögd sik nich, un as Korl dicht bi em wier, dreigd he sik üm, ahn en Wuurt to seggen, un güng na Tesenvitz hento.

„Wat is?" froog Martens verwunnert.

„He is falsch."

„Wat hett he falsch to sien? Dien Mudder hett di doch Verlööf gäven?"

„Nee, dat hett se nich."

„Ik heff di doch seggt, dat du fragen süllst."

„Meenst du, ik wier so dumm? Inspunnt hädden se mi. Hüüt wier doch Kirch."

„Du Slüngel!" reep Martens un sloog den Pasterjungen in't Gnick.

Lotting Martens harr hüüt Vörmiddag ierst ees ne Tietlang ut dat Finster käken un sik to dat lustige Danzen von de Sneiflocken freugt. Naast harr se ehren Mann en schönes Middagäten kaakt – dicke Arvden und Lungwurst. Wenn he nu doch man keem! He keem ävers nich. Dorför keem Guste von'n Pasterhoff antolopen un froog, wat Korl nich hier wier.

„Korl? De is doch mit mienen Mann na Jasmund."

„Uns Korl na Jasmund? Mit de Strietschoh över den Bodden?"

„Nee, mit en Släden." Guste sloog de Hännen över'n Kopp tosamen. „Du leve Tiet! Uns Korl mit en Släden na Jasmund!" Dormit dreigd se üm un leep wedder na den Pasterhoff.

Fru Pastern füng an, luudhals to schriegen, un Paster Timm verfierd sik ok.

„Mit wat för'n Släden, Guste? Mit en Peeksläden över't Ies?"

Dat wüssd Guste nich, un dorüm müssd se fix noch ees na Dokters un fragen. As se wedder ankeem un vertellen kunn, dat se mit en richtigen Släden un twee stramme Pier de Landstraat führt wieren, würd de Paster ja ruhig, denn dit künn nicht gefährlich warden. Sien Fru ävers bleef bi't Schriegen.

„Se verbiestern sik in't Sneidrieven un führen von den Lietzower Damm in den Bodden rin! Mien Körling, mien Körling! Se hebben mi mien Körling nahmen!"

„Ach, nu wääs doch nich so bang üm den Jungen! De Dokter is doch dorbi, un de warrt woll up em uppassen."

„Wat? De? De sall up meinen Korl uppassen? De Nääswater?"

So bleef se noch ne Tietlang bi, bet de Paster reep: „Nu nimm di tosamen, Else! Nu seih to dien Wüür! Jüst kümmt Fru Doktern up den Hoff. Du weetst doch, dat dien Kind in disse Daag kamen mütt, un wi hebben keinen annern Dokter up de Nahhand."

Ja, se nehm sik tosaam, doch blots so lang, as ehr Mann noch in de Stuuv wier. As de ävers ut'n Huus güng, dunn bröchd se so bi lütten doch allens vör, wat se von Dr. Martens hollen deed, wieldat he ehren Korl, ahn to fragen, mitnahmen härr. Und dat noch bi dit Sneidrieven, wur se licht von de Straat afkamen künnen. To verwunnern wier dit ja nich, so säär se, un Fru Doktern müssd doch woll togäven, dat ehr Mann noch nich vull utwussen wier, süs künn he so'n Hansbunkenstreek nich maken. Se wier man froh, dat se bi ehr Kindbedden keen Dokter bruken deed, denn so en jungen Minschen, as Martens een wier, würd se sik nich in de Hand gäven.

Lotting hüürd sik dit allens gedüllig an un maakd keen Wedderwüür, doch dat Hart füng ehr an to puckern, wieldat Fru Pastern ümmer von grote Gefohren sprook, in de de Dokter ehren Jungen bröcht harr. Künn dat woll stimmen? Bedröövt güng se na Huus. Man goot, dat Gustav bald keem!

He kreeg för't ierste keen Gardinenprädigt, denn Lotting wier vääl to froh, dat he wedder bi ehr wier, un Korl wier ok nix Böses passiert. Bi Arvden un Lungwust müssd he sik ävers doch anhüren, wat Fru Pastern von em hollen deed, un dat he en richtigen Sluusuhr wier.

Mitees sprüng de Döör up, un Guste keem in vulle Fohrt herintostörten.

„Herr Dokter, kamen Se fix! Fru Pastern kriggt Kinner! Een hebben wi al."

„Ok dit noch!" stöhnd Gustav, sprüng up un drückd Guste de beiden Doktertaschen in de Hand. „Lopen S' man vörut, ik kaam glieks!" As de Diern ut de Döör wier, säär he: „Weest du, Lotting, dat is dat leegste för en Dokter, wenn he bi Lüür arbeiten mütt, de keen Tovertrugen to em hebben, de em up de Finger kieken un jedet Wuurt, dat he seggt, ierst ees lang in de Hand ümdreigen, ihre dat se't glöven. Fru Pastern hett mi de ganze Tiet, de se mit dat Kind gahn deit, keen een Mal üm Raat fraagt. Nu bün ik bang, dat't hüüt kenen goden Gang geiht. Dorbi doon mi alle Knaken weh un mööd bün ik as en Hund."

Dat güng ävers bäter, as he dachd. Al up de Dääl von't Pasterhuus hüürd he dat Blarren von en nieburen Kind, un as he in de Stuuv keem, reep Fru Rohde, de Heevammsch: „Herr Dokter, wi kriegen Twäschen! Dat Twete liggt ävers verdwass."

„Weten Se dat för gewiss?" froog he. „Ja, dat do ik!"

Un richtig, dat wier so. Nu geef dat keen langes Besinnen. Runner mit de Jack, rup mit de Hemdsmaugen! För Fru Pastern harr he gor keen Tiet, nich ees goden Dag harr he ehr seggt, un in't Gesicht harr he ehr ok nich käken. Wat süll he hier woll noch lang klönen un dröhnen? Desinfizieren müssd he sik, dat he dat Kind lebennig to Welt kreeg.

Arm Fru Pasting! Wat harr se sik strüüvt, dat Dokter Martens ropen würd. „Nee, nee! Den wil ik nich! Nee, nee!"

Fru Rohde harr dor gor nich up hüürt.

„Dit is mien Vörschrift, Fru Pastern, un an de mütt ik mi hollen. Ahn Dokter könen Se dat Kind nich kriegen, un Guste is al hen, em to halen." He keem denn ok, un füng fuurtsen an, in't Huus herümtokummandieren.

„Wur is de Paster?" reep he. „De mütt hier helpen!" Tje, wur wier Paster Timm? Keen Minsch wüssd dat. He wier ja vör twee Stunnen ut'n Huus gahn, den verluren Söhn to söken.

„Denn mütt Guste för em inspringen!" bölkd de Dokter dörch dat Huus. „Guste! Guste!" Keen bröchd de Kraasch up, em Gegenstand to doon. Ok Fru Pastern nich, un't güng ehr doch so gegen den Strich, dat ehr Deinstmäten tokieken süll, wenn se ehr Kind kreeg. So leeg se denn still in ehr Bett un bäverd vör Angst an'n ganzen Liev. Wat würd diesse Minsch blots mit ehr anstellen?

Paster Timm wier den Weg na Lietzow hento lopen, ahn dat em en Släden in de Mööt keem. He wier nu ja nich so bang as sien Fru, un dorüm künn he ok nich glöven, dat sienen Korl en groot Unglück tostött wier. Doch müssd he ümmer denken: „Wur blieven se blots so lang?" Un denn wier he falsch up Dokter Martens, dat de nich ierst fraagt harr, of he den Jungen mitnähmen därvd. Dat wier nich recht von em wäst. As dat Sneidrieven nu naleet, dreigd he üm un kladderd up de Paschendörper Heidbarge, denn von dor künn he alle Straten överseihn. Un richtig! Von Bargen her keem en Släden, un dor seet sien Korl in. Wat freugt he sik! He wull ävers doch wiesen, dat he argerlich wier, nich blots up sienen Söhn, nee, ok up den Dokter Martens. Dorüm dreigd he sik knass üm un güng na Tesenwitz. Von de Heidbarge ut harr he ja Buur Boddin sienen Hoff vör Ogen hett un dorbi dacht: Süllst ees hengahn un de armen Lüür in ehr Bedröövnis tröösten. He sülvst harr sienen Jungen ja jüst wedderfunnen, üm den em doch so'n bäting bang wäst wier.

As he bi Boddins ankeem, würd he dor nix von Bedröövnis gewohr. Dat Huus wier vull fröhliche Minschen. Vadder Lokenvitz ävers lacht: „Herr Paster, dat is recht, dat Se kamen. Uns August hett sik doch mit Wanda Boddin verspraken. Morgen bestellen se dat Upgebott bi Se!" Nu müssd Timm ierst ees gratlieren un keek dorbi in luder fröhliche Ogen. Blots bi de ollen Boddins kemen en poor Tranen to Platz, as de Paster ehr de Hännen schüddeln deed.

Se begrepen sik ävers, as Lokenvitz – he harr al en Lütten sitten – sienen Nahwer up de Schuller sloog un säär: „Laat man, Fründing, uns Kinner warden dor woll för upkamen, dat hier bald wedder en lütten Helmut över'n Hoff löppt." Dunn müssden Boddins ehr Tranen ja afdrögen.

Paster Timm övers dachd: „Dit will ik den Dokter vertellen, de warrt sik freugen. Morgen gah ik glieks na em hen." He süll dor al ihre to kamen, mit Martens to spräken, denn as he nahst up sienen Hoff keem, müssd he sik hellschen verwunnern. Alle Finstern wieren hell! Denn ävers verfierd he sik. Wier dat nich sien Fru, de dor so luudhals schreeg? He reet de Döör up, he sprüng in de Slaapstuuv un kreeg dor ierst ees blots den breiden Puckel von Dokter Martens to seihn.

„Herr Dokter!" bölkd he los.

„Jawolling, Herr Paster, hier hebben Se Ehrn Jungen!"

Dorbi hööl he Paster Timm dat spleddernaakte, nieburen Kind unner de Nääs. De keek gor nich ierst lang hen, he full vör dat Bett von sien Fru up de Knee. „Else, hest hüürt? Endlich ees wedder en Jung!"

„Twee! Gottlieb, twee!" fluusterd se, lääd den Arm üm den Paster sienen Hals, un denn rohrden de beiden ierst ees en bäting vör luder Freud, so as sik dat bi so'ne Tostännen hüren deit.

As de Twäschen baadt un wickelt wieren, kreeg Martens ehr to faten un güng de Trepp herup in Korl Timm sien Kamer. De leeg in sien Bett un sleep na all de Möh un Uprägen as en Doden. Gustav Marten müssd em lang schüddeln, bet he de Ogen upkreeg. „Koorl, kiek ees her! Twee Bröder!“ Dunn würd de Jung munter. „Tüünst du ok nich, Unkel Dokter? Sünd dat nich wedder Dierns?“

„Wur warr ik woll?! Wiss un wohrhaftig, dit sünd Jungs!“

„Au backe! Wat freug ik mi! Datgifft en Poor fixe Duppelponys vör mienen niegen Släden!“

En grotes Freugen güng den annern Dag dörch Paschendörp, as de Lüür von Fru Pastern ehr Twäschen to hüren kregen. Guste wier al tiedig na Koopmann Daberkow lopen un harr dor lang un breit vertellt, wurans dat togahn wier.

„Ik weet Bescheid!“ harr se seggt. „Ik iwer dorbi, denn ahn mien Hülp güng dat ja nich. De Dokter hett mi verlangt. Een kann ik juuch ävers seggen: Ik heff al vääl Dokters över de Schuller käken, doch so enen as Dokter Martens noch nich ees! Denkt juuch doch blots, dat Kind leeg verdwass! Verstahn ji mi? Verdwass! Dat kunn överhaupt nich to Welt kamen, un dat wull ok woll nich to Welt kamen. Denn ävers hett uns Dokter togräpen, un sooooo … un sooooo, un so hett he't to faten krägen.“ Dorbi stangeld se mit de Hännen för dull in de Luft herum. „Een – twee – dree, un de Jung wier dor! Ja, uns Dokter Martens! Wat unbedarvt süht he man ut, he is ävers en ganzen Kierl. Un dat segg ik!“

De Lüür reten bi Guste ehr Wüür Nääs un Muul up un maakden ehr ok nich wedder to, bet dat ganze Dörp wüssd, wat sik disse Nacht up den Pasterhoff todragen harr. Ok up den Preisterkring würd de Saak so vertellt, denn dor frogen se Paster Timm gründlik ut. De wier bi de Geburt nu ja nich bi wäst, un kunn ok blots seggen, wat he von Guste hüürt harr. Dat wier övers ok noog, denn he harr goot uppasst un harr sien Kööksch all ehr Handgebiet afkäken. Dorüm keem dat lütt Twäschen dor nu noch ees mit „sooooo … un soooo, un so!“ up de Welt.

As en Loopfüür leep de Geschicht de Straten langs, von Dörp to Dörp, von Hoff to Hoff över ganz Muttland, un je wieder se keem, üm so schöner würd se. De Minschen verwunnerden sik överall un säden: „An den niegen Dokter mütt doch woll wat an sien!“ Weck wieren ävers ok dor, de säden: „He prahlt woll wedder!“ Dat deed Gustav Martens ävers gor nich. Wat süll he ok woll? He wüssd ja, dat dor keen grote Kunst to nödig is, en lütt Twäschen ümtodreigen. Dat seeg vääl düller ut, as dat wier.

De eenzigst, de würklich prahlt hett, dat is Guste von'n Pasterhoff wäst, un ehr is dat ok to danken, dat Martens sien Praxis in Swung keem.

Dat geiht doch narrschen to up disse Welt.

Mit all den gelihrten Kraam, de in sien Böker stünn, un mit sien hooch-moderne Medizin harr Gustav nix farig bröcht. As he ävers bi Fru Pastern frisch togreep un dat graad so maakde, as dat de Dokters woll al vör dusend Johren maakt hebben, dunn glückt em dat. För de Frugenslüür up Muttland wier he nu nich mihr to jung. Ok för Fru Pastern nich! Nee, se würden de besten Frünnen, un bi allens, wat up den Pasterhoff vörkeem, würd he fuurtsen ropen. Keen een snackd dor noch von, dat Martens wat unbedarvd utseihn deed, denn se wüssden ja, dat he wat von't Kinnerkriegen verstünn, un dorüm hadden se ok Tovertrugen to em.

All sien Daag hett sik Gustav Martens nich mihr över to wenig Arbeit to beklagen hett.

Un wat würd ut sien Reis rund üm de Welt? He schreef na Bremen, dat he hier nich afkamen künn, un kreeg to Antwuurt, dat se noog anner Dokters hädden, de för em insprungen wullen.

„Hurra!" reep he. „Lotting, ik blief bi di! Ik bün hier, wenn uns Kind den iersten Schrie von sik gifft: Bäh, bäh, bäh!"

Nachwort

Vom Dorf, der Festung und der großen Stadt Stettin

Weiße Segel fliegen auf der blauen See, / weiße Möwen wiegen in der blauen Höh', / blaue Wälder krönen weißer Dünen Sand, und dann, als Resümee: Kannst ja doch von allen, die ich je gesehn, / mir allein gefallen, Pommernland so schön! Das Lied, das der nachmalige Pastor Adolf Pompe (1831–1889) als Student in Halle dichtete, gehört zu einer der ergreifendsten unter den Landeshymnen. Ernst Moritz Arndts Erinnerung an das traute Ländchen Rügen ist hier zu nennen, und die Lieder, die von weit her kommen und eine Hinterlassenschaft der Kriege darstellen, machen ihre oft traurigen, manchmal trotzigen oder auch fatalistischen Verse eindrucksvoll: *Groff sin wy Poamern – mag et syn! / Wat groff is, packt ok an; Drüm eben, handfest as ick bin, / Stoah ick ok mynen Mann,* singt der Grenadier *ut Pommernland.* Da verwundert es, daß der eher friedfertige Heinrich Bandlow einmal so ungewöhnlich barsch in Richtung Klaus Groth und die Zeitschrift QUICKBORN wissen ließ, der Pommer liebe „den lyrischen Sirup" nicht. Bandlow war Melancholiker, seine ganze Verehrung galt Wilhelm Busch.

Nun hat der Landesteil zwischen Recknitz, Trebel und Stettiner Haff mit August Gebuhr (1845–1927), Edmund Hoefer (1819–82), Wilhelm Henschel (1874–1938), Luise Kalibe (1865–1947), Konrad Maß (1867–1950), Walter Schröder (1884–1955), Korl Tiburtius (1834–1910), Bernhard Trittelvitz (1878–1969), Otto Vogel (1838–1914), Otto Wobbe (1868–1945) und Fritz Worm (1863–1931) in der Tat recht tüchtige und handfeste, wenn zumeist auch halb vergessene Erzähler hervorgebracht. Schröder und Wobbe waren überdies, wie Otto Heidmüller (1845–1922) und Wilhelm Schmidt-Fischerbrook (1872–1941) im benachbarten Mecklenburg, als Kalendermacher, als Zeitschriften- oder Beilagenredakteure Anreger und Förderer anderer. Aber natürlich gab es auch in Pommern reine Lyriker und nicht wenige Läuschendichter, worunter unsere Zusammenstellung nun zu leiden hat, weil die weiter nichts hinterließen als Verse. Man kann anfangen beim Kolberger Wilhelm Baller mit seinen *Blaume un Blöhgsel*, man kann den Arzt Georg Berling aus Anklam nennen, der von Fritz Reuter zur Veröffentlichung gedrängt wurde, August Bulgrin aus Groß-Justin, Georg Ludwig Diestel und Jakob Drews, die beide Spottverse auf *den niegen Atti-*

lah, Napoleon Bounaparte, dichteten, Otto Graunke, Stettin, E. O. Keller aus Pyritz mit seinem *Landwehrmann Chrischon* 1871, Bruno Marquardt, Albert Nack, und aufhören mit Oswald Palleske. Ganz abgesehen davon, daß die Breite des Landstrichs auch sprachliche Unterschiede ermöglichte, wie sie mit dieser Gewichtigkeit in anderen Regionen eher die Ausnahme bilden dürften.

Vergleicht man die plattdeutschen Geschichten aus Vor- und Hinterpommern mit etwa gleichzeitig woanders Entstandenem, so fallen Besonderheiten auf, die näher betrachtet werden sollten. Natürlich geben die hier versammelten Erzählungen auch von Aberglauben und Volksbrauch Kunde, von Osterwasser, einem Pfingstmorgen im Pastorengarten und der Goldenen Hochzeit, vom Markttreiben und den Geburten in Wiege und Stall, von Festen, durch die ein eintöniger und manchmal bedrückender Alltag auf dem Lande und in den kleinen Städten, in Armut und Unwissenheit, unterbrochen wird. Vom gebrochenen Herzen der Försterstochter wird erzählt, häufiger aber noch vom nassen Hosenboden. Allerdings ist es bemerkenswert, daß sich der vordergründige Unsinn, der harmlose Spaß in Grenzen hält. Bei den Niederdeutschen aus Pommern fällt auf, sie machen um Geschichtliches keinen Bogen: Die Hanse und die Kriege sind da, noch in Sage und Anekdote wird Gewichtiges mitgeteilt. Und die Geschichten belassen es nicht dabei, die Attribute der neuen Zeit, *de Iserbahn* etwa oder den *Damper*, eine Droschke oder das Adreßbuch ins Spiel zu bringen, sie machen das Erzählte an den großen historischen Daten fest, dem Jahr 1848, und das zweite Gesicht wird bestätigt durch den Feldpostbrief, der den Tod des Sohnes dann amtlich macht.

Gerade diese Parallelität von Herkömmlichem und neuen, erst mit Auflösung des Überkommenen möglichen Themen machen den Reiz der Sammlung aus. Dabei fällt auf: Annäherungen an ein großstädtisches Milieu, wie man sie von Berliner Literaten, insbesondere von Georg Herrmann, geschildert findet, fehlen bei den Mecklenburgern und müssen dort fehlen; sie bleiben ihren Voraussetzungen gemäß bei Ländlichem und Kleinstädtischem. Lediglich Johannes Gillhoff (1861–1930) aus Westmecklenburg hat eine Art Leute, die die Provinzen heimsuchten mit den Errungenschaften eines mäßigen Fortschritts und ihrer Redekunst, einmal treffend erwähnt: *Im „Roten Ochsen" war mal ein Geschäftsreisender aus Berlin eingekehrt, der uns in einem fort zwanzig von den neuesten Witzen erzählte. Aber nach einer halben Stun-*

de war die Luft so schlecht, daß das Barometer fiel. Heinrich Bandlow hingegen gewinnt dem Typ des durchreisenden halbgebildeten Überreders in mehr als einer Geschichte seine Pointen ab. Hier haben wir uns allerdings für eine Erzählung entschieden, die den Typ des unverschämten Rentiers zu Wort kommen läßt. Selbst ein Doktor Peters, der gewitzte Tierarzt, ist dem ausgebufften Hauswirt nicht gewachsen.

Hinweise auf die großen Städte, allen voran die Großstadt Stettin, aber auch die alte Festung Kolberg, finden sich allenthalben. Am Anfang seines zweiten Romans, UT DE DEMOKRATENTIT, resümiert Johann Segebarth, der zutiefst konservative Schiffseigner aus Prerow, aus den fremden Städten seien die Leute hereingeweht in die Ruhe der Dörfer auf Darß und Zingst, sie hätten sich ein Gewehr umgehängt und eine Kokarde Schwarz-Rot-Gold an die Mütze gesteckt, sie hätten die Arbeit gescheut und anmaßende Reden geführt. Und seien, als die Aufgeregtheiten des Jahres 1848 sich gelegt hätten, zurückgegangen, beispielsweise nach Stettin. Ansonsten ist sein Erzählen dort so zäh und unlogisch, daß wir einen bereits abgeschriebenen Text doch wieder verwarfen und uns für sein Selbstporträt entschieden. Der Bauer, der voller unguter Ahnungen mit seiner Frau nach Stettin fährt, dann aber die öffentlichen Kunstdenkmale entdeckt und kommentiert, die Hofmusikanten, wie Dittmer sie schildert, und die Straßenszenen Kurt Poppes in Nettelbecks Stadt belegen, daß es sich nicht um einen zufälligen Fund handelt. Poppe verläßt übrigens auch die im Niederdeutschen verbreitete Angewohnheit, alles über ellenlange Ansprachen, Selbsterklärungen und die entsprechende Gegenrede abzuhandeln, er setzt äußerst geschickt die indirekte Rede ein.

Über ihre neuen Erfahrungen haben die Helden dieser Geschichten ihre Verbindung zur Natur nicht eingebüßt, Bandlows Doktor Lembke sieht in seinem Traum *en Wark stahn*, eine Wand am Himmel, die Unwetter verheißt; *wo lewt dat Weder*, schreibt Albert Schwarz. Bei Trittelvitz läßt sich Ähnliches finden.

Ein Letztes. Unter den hier versammelten 22 Autorennamen findet sich fast die gesamte Weiblichkeit: M. Düsterbrock und Alma Kriesche, Lucia Ellen, die mit bürgerlichem Namen Wilhelmine Weyergang hieß, die um ihren Lohn betrogene Verfasserin des *Ostseewellen*-Liedes Müller-Grählert, die unter dem Namen Mudder Möllersch als lustige Person auftrat, in Wahrheit aber als *Fru Einsamkeit* darbte, und Margarethe Nerese, eigentlich M. Wietholz vom Gut Nerese bei Schlawe. Nur eine fehlt in diesem Reigen: Alwine Wuthenow beließ es bei Gedichten, wie so mancher der männlichen Schreiber auch. So daß sie uns fehlen und fehlen müssen in unserer Sammlung plattdeutscher Prosa. Aber Alwine Wuthenow richtete gedankenreiche und tapfere Briefe an Klaus Groth, so daß sie uns begegnet im hochdeutschen Band, der zusammen mit diesem vor die Leser tritt.

Die Überschau mußte sich, aus Platzgründen, auf wesentliche Darstellungen beschränken, aber schon diese kleine Auswahl zeigt, daß da ein Potential vorhanden ist, das dem Liedgut Pommerns durchaus an die Seite treten kann. Es hat nahezu 50 Jahre geruht, im Osten aus den bekannten Gründen, in der alten Bundesrepublik desgleichen, weil die Literatur des 19. Jahrhunderts nur in den Gipfelleistungen der Nationalliteratur wahrgenommen wurde und weil die Archivalien Hinterpommerns nur bedingt zugänglich waren. Nur die Witze der Pommern schienen unverwüstlich. Daß da viel mehr ist als ein grienendes Pommern, daran lassen unsere Lesestücke nun keinen Zweifel.

Jürgen Grambow
Wolfgang Müns

Anmerkungen und Erläuterungen

Adam, Korl (24. 11. 1849 Treptow/Toll. – 22. 12. 1916 Greifswald). Privatgelehrter in Greifswald, Veröffentlichungen zur Heimatgeschichte und Genealogie.

Arndt, Ernst Moritz (26. 12. 1769 Groß Schoritz/Rügen – 29. 1. 1860 Bonn). Historiker, 1812–16 Mitarbeiter des Freiherrn vom und zum Stein, als Demagoge verfolgt, Dichter.

Bandlow, Heinrich (14. 4. 1855 Tribsees – 25. 8. 1933 Greifswald). Ausbildung auf dem Seminar in Franzburg, Lehrer in Tribsees und, speziell für den Zeichenunterricht, in Greifswald. Äußerst produktiver Erzähler, bekam jeweils fünf Bändchen LUSTIG TÜGS (1877) und STRATENFEGELS (1897) im Reclam-Verlag Leipzig unter, gab dort auch John Brinckman heraus.

Dittmer, Fritz (8. 2. 1889 Stettin – 16. 1. 1970 Hamburg). Wehrmachtsangestellter in Stettin. Schrieb als Hein Klok von't Bollwark für die POMMERSCHE ZEITUNG.

Düsterbrock, M. (Pseudonym für Luise Kaliebe; 18. 2. 1865 Anklam – 14. 2. 1947 ebenda). Heimatschriftstellerin.

Gebuhr, August (31. 8. 1845 Bergen/Rügen –?) Bahnbeamter, Gastwirt und Reuter-Rezitator. Verfasser von MICHEL UP DE FRI, DE POOK UP DAT MARTINIMARK, twei Läuschen, ut den Rügenschen Drähnbüdel herutsöcht (o. J.).

Godow, Fritz (25. 7. 1851 Kortenhagen – 6. 8. 1932 Stettin). Lehrer in Stettin. OLL FRÜNN' IN'N NIGEN ROCK, en Hümpel Schnurren in plattdütsche Rimels (1900).

Hagemeister, Erich (5. 11. 1878 Stralsund – 27. 1. 1958 Schwerin). Dramaturg am Staatstheater Schwerin, schrieb für die Niederdeutsche Bühne.

Hoefer, Edmund (15. 10. 1819 Greifswald – 22. 5. 1882 Cannstatt im Württembergischen). Studierte Klassische Sprachen, ohne Abschluß. Schriftsteller, Herausgeber einer Sammlung niederdeutscher Sprichwörter und Redewendungen WIE DAS VOLK SPRICHT (1855).

Kriesche, Alma (27. 3. 1844 Greifswald – 16. 5. 1923 Frankfurt / Main). STÜCKSCHEN UT OLE UN NIEGE TIED von olle un junge Lüd (1884).
S. 41 *Brüllup* große Festlichkeit
S. 51 *Probenrider* Handlungsreisender, Vertreter

Lucia, Ellen, Pseudonym für Wilhelmine (Minna) Weyergang (1840 Greifswald – 23. 2. 1903 Berlin). Lehrerin, auch in England, Frankreich, Polen. OLLE SCHARTEKEN, vel un noch wat van tau Hus (1876).

Müller-Grählert, Martha (20. 12. 1876 Barth – 18. 11. 1939 Franzburg). Eigentlich Johanna Friederike Karoline Daatz. Als Frau eines Landwirtschaftsprofessors nach Japan. Lebte später als Vortragskünstlerin „Mudder Möllersch" und „Fru Einsamkeit" in Zingst. Verfasserin des bekannten Ostseewellen-Liedes.

SCHELMENSTÜCKE (1907), KIEK MAL, KIEK! (1911), SÜNNEN-KRINGEL (1927).
S. 126 *Fliesen* Masern

Nerese, Margarethe (16. 8. 1870 auf dem Gut Nerese bei Groß Jestin, Kreis Kolberg-Köslin – 1917 Neuenhagen). Eigentlich M. Wietholz. KINNERSTREEK, en hinterpommersch Dörpgeschicht (1897), „HOLT FAST!", Erzählungen in Reuterscher Mundart (1898), UT OLLE TIDEN (1898), BI MI TAU HUS, Erzählungen, 2 Bd. (1902).
S. 84 *jümmeln un jösen* gaunern und bitten
S. 84 *Dwang* hier Angst, sonst Zwang
S. 84 *Baure* Buden
S. 86 *taumaure müchte* zumuten mochte
S. 87 *Binnfaurm* Bindfaden
S. 87 *Ull Wiwersaume* Altweibersommer
S. 87 *Noot* Nuß, Nüsse
S. 90 *lege gauhe wulle* zu Bett gehen wollten
S. 90 *Berrstroh* Bettstroh

Reuter, Fritz Georg (23. 10. 1927 Ueckermünde). Auf Rügen ansässig.

Schwarz, Albert (16. 10. 1859 Wandhagen – 31. 1. 1921 Hamburg). Besuchte die Kunstakademie zu Berlin und ließ sich dort als Herausgeber des EEKBOM nieder. DRAG'KNUPPEN, Gedichte und Erzählungen (1898), ÖSCHEN UN ASTERN widmete Albert Schwarz „in truge Fründschaft" Paul Wernicke.

Segebarth, Johann (16. 10. 1833 Wieck / Darß – 17. 5. 1919 Barth). Kapitän und Eigentümer der Bark „Apotheker Diesing", ab 1882 in Prerow ansässig. Nennt seine plattdeutschen Romane und Erzählungen in der hier abgedruckten autobiographischen Skizze.

Tiburtius, Korl (10. 4. 1837 Bisdamitz / Rügen – 19. 7. 1910 Marienfelde bei Berlin). Militärarzt. Roman KANDIDAT BANGBÜX (1884), Erzählungen HACKELS (1900).

Trittelvitz, Bernhard (22. 7. 1879 Wusterbarth bei Belgard – 17. 1. 1969 Elversberg an der Saar). Wuchs in Rappin / Rügen heran. Schrieb Erzählungen in Rügenschem Platt.

Wobbe, Otto (10. 4. 1898 Greifswald – 9. 5. 1945 ebda.). Sohn des Besitzers des „Hotels de Prusse", Weinhändler, Redakteur der Beilage zur GREIFSWALDER ZEITUNG, die unter dem Titel HEIMATLEIW UN MUDDERSPRAK erschien.

Worm, Fritz (11. 7. 1863 Barth – 3. 8. 1931 Alt-Reddewitz). Lehrer, Heimatforscher, insbesondere des Mönchguts. Entdeckte das Herzogsgrab zu Philippshagen.

Literaturverzeichnis

Adam, Korl, Dei Chronika von Gripswold, irnsthaft un evendrächtig vertellt un mit en poor Kunterfies utstürt, Leipzig 1907

Arndt, Ernst Moritz, Ausgewählte Werke in sechzehn Bänden, hg. von Heinrich Meisner u. Robert Geerds, 6. Bd. Märchen u. Jugenderinnerungen II, Leipzig [o.J.]

Bandlow, Heinrich, in: Lustig Tügs, Leipzig 1904–1915; Stratenfegels, Leipzig 1896–1902

Dittmer, Fritz, in: Heimatleiw un Muddersprak Jg. 5, H. 2

Dräger, Emil, Herr Kohn, Bunt Reej, Gedichten un Geschichten von dit un dat ut Dörp un Stadt, Tweet Deel, Pyritz 1924

Düsterbrock, M., Bur Kranich un anner Lüd, Berlin Friedenau [UB angeschafft 1946]

Gebuhr, August, Feldblomen vont Rügenland, hell un düster, so as die Natur sei schaffen, Saßnitz u. Leipzig 1907

Godow, Fritz, Oll Fründ in'n nigen Rock, Stettin 1900 oder: Striekhölter, Stettin 1924

Hagemeister, Erich, in: De Brügg. Eine Sammlung plattdeutscher Literatur. Zsgest. u. hg. von Adolf Woderich und Hans Heinrich Leopoldi, Schwerin 1955

Hoefer, Edmund, Pap Kuhn, 'ne Geschicht' ut de oll plattdütsch Tid, Stuttgart 1878

Kriesche, Alma, „Stückschen“. Ut olle un nige Tid, Von olle un junge Lüd, Leipzig 1884

Lucia, Ellen, (d. i. W. Weyergang), Olle Scharteken. Vel un noch wat van tau Hus, Greifswald 1876

Müller-Grählert, Martha, in: Mine Heimat. Plattdeutsche und hochdeutsche Gedichte und Geschichten, Hg. Freundeskreis Müller-Grählert, Auswahl Manfred Krüger, Leipzig 2001

Nerese, Margarete, Kinnerstreek, En hinnerpommersch Dörpgeschicht, Leipzig 1897

Poppe, Kurt, Utkiek vom Luntentorm, Kolberg 1925

Reuter, Fritz-Georg, in: Quelle wie bei Hagemeinster

Schwarz, Albert, Drag'knuppen. Gedichten un Geschichten in plattdütsche Sprak, Kiel 1898

Schwarz, Albert, Oeschen un Astern, Plattdütsch Dichtungen, Garding 1912

Schwarz, Albert, Lewen, Leev un Leed, Dichtungen, rutgewen von'n Plattdütsch Verband Hamborg, Glückstadt 1929

Segebarth, Johann, in: Eckart, Rudolf, Handbuch zur Geschichte der plattdeutschen Literatur, Bremen 1911

Segebarth, Johann, Ut de Demokratentid, Pasewalk 1885

Tiburtius, Korl, Hackels, Berlin 1900

Trittelvitz, Bernhard, Dat letzte Wuurt hett ümmer noch de Meister. En poor bunte Biller ut dat Läven von en Landdokter, hg. von Hans Faißt, (Evangelische Verlagsanstalt) Berlin 1963 / Furche Verlag, H. Rennbach KG, Hamburg 1967

Wobbe, Otto, in: Heimatleiw un Muddersprak, Greifswald Jg. 4, H. 11

Worm, Fritz, För Old un Jung. Plattdütsche Humoresken in vörpommersche Mundort, Bergen u. Saßnitz [o.J.]

Wir danken für die freundlichen Abdruckgenehmigungen. Nicht in jedem Fall ist es uns gelungen, die Urheber zu ermitteln. Berechtigte Ansprüche sind beim Verlag geltend zu machen.